Capitolo 1 –

Astronave Dirin
Presente

L'apprendista Ilis osservava lo spazio nero punteggiato di migliaia di minuscole lucine attraverso l'oblò dell'astronave.

Fino a pochi giorni prima non avrebbe mai immaginato che esistesse un modo per muoversi tra le stelle, ma ora aveva l'impressione di esser così vicino a quei corpi celesti che, se avesse chiuso gli occhi, l'avrebbero avvolto come una morbida coperta luminosa.

Sentì bussare alla porta e, quando alzò lo sguardo, la parte superiore dell'astronave divenne trasparente, consentendogli di scorgere al di là di essa il bel volto di Milia.

"Posso farla entrare?" chiese l'onnipresente Trinia.

Ilis rimase ancora una volta disorientato. Trovava bizzarro colloquiare con un dispositivo artificiale sempre attento ad anticipare ogni suo desiderio, bisogno o esigenza, che per di più si rivolgeva a lui con toni perfettamente umani.

Scattò in piedi e fece del suo meglio per sistemarsi con le dita i capelli spettinati. "Certo, certo," rispose impacciato. E Trinia, servizievole, aprì la porta, lasciando passare la bella fanciulla bionda.

Dinanzi alla bellezza di quegli occhi azzurri che lo fissavano, il suo disagio crebbe ancora.

"Posso stare qui con te?" gli domandò lei, timidamente.

"Sì, sì! Mi fa piacere... Vieni... Siediti," replicò Ilis, accompagnando l'invito con un gesto impacciato della mano.

Nella sua cabina, oltre al letto, trovavano posto un paio di sedie luminose e avvolgenti e un tavolino sospeso a mezz'aria. Le pareti erano bianche con gli angoli arrotondati e una luce calda si irradiava dagli spigoli ai bordi del soffitto. Dai tre oblò si intravedeva l'immensità dello spazio.

Lui si sedette su una delle sedie, mentre Milia si accomodò sulla sponda del letto. Indossava una tuta bianca che le aderiva al corpo come una seconda pelle e Ilis dovette fare del suo meglio per distogliere lo sguardo da quelle forme snelle e attraenti.

"Scusami, ma... non resistevo da sola... questo posto mi mette i brividi," si schermì la giovane.

"Non riesco ad abituarmici neppure io. Posso... posso offrirti qualcosa da bere?" le chiese.

Allertata, nella parete alla loro destra Trinia aprì una piccola cavità. Poco sopra, a mezz'aria, fluttuarono le immagini di alcune bevande vicino alle quali comparvero gli ingredienti al loro stato naturale con informazioni sulle loro origini. Milia e Ilis guardarono sorpresi. Trinia, accortasi della loro perplessità, cominciò a illustrare: "Il nactalis è una bevanda a base di..."

La ragazza la interruppe domandando: "Ci sarebbe un succo di frutta iskiana?"

"Sì, ne vorrei uno anche io..." si affrettò ad aggiungere Ilis, "se possibile."

"Come desiderate," rispose con gentilezza l'intelligenza artificiale.

Dopo pochi secondi nell'incavo furono depositati due bicchieri con dentro una cannuccia e un liquido arancione. Ilis ne porse cortesemente uno a Milia.

"È squisito!" esclamò soddisfatta la fanciulla dopo averne bevuto un sorso.

Era la prima volta che Ilis si trovava da solo in sua compagnia dal giorno in cui insieme avevano ucciso re Beanor. Esserle così vicino lo faceva sentire diverso, più vulnerabile, ma anche molto più vivo.

"Sì, è molto buono," confermò lui.

Dopo un silenzio imbarazzato lei chiese: "Potrai mai perdonarmi?"

Il ragazzo le rivolse un'espressione interrogativa.

"Lo so che mi odiate. E avete ragione, tu più di tutti. Sull'altra astronave vi ho messi in pericolo. Ho rischiato di farvi uccidere e, se non fosse stato per Lil, ora..."

Ilis posò il bicchiere sul tavolino e si sporse leggermente in avanti. "No, no, non devi preoccuparti. Eri spaventata, come tutti noi. Eri..."

"Terrorizzata, sconvolta, fuori di me! Non avrei mai voluto fare quel viaggio nel tempo. Me l'ha ordinato Aleia e la sola idea mi faceva già paura. E poi, quegli uomini in viola... li ho odiati fin dal primo momento. E quando siamo tornati nella nostra epoca e la nostra casa non c'era più... Non avrei mai pensato di chiamare il Palazzo casa mia, ma arrivare e trovarlo completamente diverso e capire che non avrei più rivisto la mia famiglia..." Le labbra di Milia tremolarono e lei fece del suo meglio per trattenere le lacrime. "Quando siamo finiti sull'astronave e tutto è diventato così impossibile... Non so cosa mi abbia preso! Volevo solo svegliarmi da quell'incubo. E..."

Milia scoppiò infine a piangere, coprendosi il volto con le mani.

"Il nostro pianeta, scomparso..." aggiunse tra i singhiozzi. "Avrei tanto voluto rivedere mia madre, almeno un'ultima volta."

Ilis avvicinò con cautela la sedia al letto, sospirò, si fece coraggio e le prese una mano tra le proprie.

"Sono stata una stupida... Dovreste gettarmi fuori da questa astronave. Ero disperata! Dentro di me ho incolpato di tutto Lil. Volevo allontanarmi il più possibile da lei. Ed ero... gelosa, come una sciocca ragazzina."

Ilis la guardò sorpreso. "Gelosa? Perché?"

Milia gli rivolse un sorriso amaro: "Quando l'hai vista, nel cortile del Palazzo, eri come ipnotizzato. La fissavi in estasi, rapito. Ho pensato che non mi avevi mai guardato in quel modo. Comunque, ora non è più un problema. Ho capito che devo farmene una ragione."

"Ma cosa dici? Sì, è vero, l'ho osservata a lungo. Appena l'ho incontrata mi sono subito reso conto che lei e Miril avevano poteri simili ai miei. Ho cercato di comprendere meglio, perché oltre a Aldin e Obolil non avevo mai conosciuto nessun altro come loro. Ed ero affascinato dalla forza del loro potere, questo sì. Ma... quello che sentivo per te era completamente diverso."

"Che sentivi?" ripeté Milia, con aria triste.

"No, cioè, volevo dire... quello che sento, che sento ancora!" Ilis sospirò di nuovo, alla ricerca delle giuste parole. "Milia, siamo stati a lungo separati, ma non ho mai smesso di pensare a te. Quando ero prigioniero ho implorato le guardie e la regina stessa perché ti risparmiassero la vita. Ho cercato di spiegare che tu non c'entravi nulla con l'omicidio di Beanor, che ero stato io a obbligarti, che era a me che dovevano addossare tutta la colpa. E, quando mi sono ritrovato su quella pedana, sotto tortura, mentre mi frustavano riuscivo solo a pensare a te. Il mio unico desiderio era che non dovesse toccare anche a te un simile supplizio. Non potevo sopportare l'idea che ti facessero del male."

Altre lacrime tornarono a rigare il bel volto della ragazza, che però si sforzò di sorridere all'apprendista: "Sei così gentile. Ti ringrazio. Anche se... la tua gentilezza mi fa vergognare ancora di più del mio comportamento."

Lui scosse la testa: "No, non devi vergognarti."

Con l'indice le asciugò una lacrima sulla guancia. Milia gli prese la mano e se la portò alle labbra, baciandogliela.

Ilis la fissò negli occhi azzurri e lei ricambiò lo sguardo. Si sentiva felice, commosso, impaurito ed eccitato allo stesso tempo. La voleva, ma la sofferenza accumulata per gli orrori vissuti insieme sembrava inchiodarlo sul posto. Sospirò e chiuse gli occhi, avvicinandosi come chi decida di fare un salto nel buio, costi quel che costi. Percepì il contatto con le labbra di Milia e si tuffò nel sapore della sua bocca. Il cuore parve scoppiargli in petto. Udì un sospiro di piacere della ragazza che gli diede coraggio. Le portò le mani dietro la schiena e fu sorpreso di essersi dimenticato di quanto fosse esile. Lei si lasciò andare sul materasso, trascinandolo giù con sé. Ilis aprì gli occhi, la guardò come per accertarsi che tutto quello non era un sogno, che l'aveva davvero ritrovata. Lei gli prese il viso tra le mani e lo tirò a sé, baciandolo appassionatamente, ancora e ancora.

È tutto vero, riuscì soltanto a pensare lui, risucchiato nel vortice di quei baci. Avevano perso ogni cosa, ma ora c'era lei lì con lui e non gli mancava più nulla.

Milia si ritrasse, Ilis la guardò stupito, lei si sfiorò la spalla e la tuta si ridusse fino a un unico bottone che andò a depositarsi in una nicchia apertasi sulla parete.

Il ragazzo rimase ad ammirare il suo corpo svelarsi come il cielo schiarito dalle luci di una meravigliosa alba.

Le fissò incantato i seni piccoli, con i capezzoli inturgiditi, sui quali poco dopo si avventò con passione. Prima sull'uno, poi sull'altro, quindi di nuovo sul primo, succhiando con avidità, timoroso di toccarla più in basso, come avrebbe voluto fare con tutto sé stesso.

Lei si aiutò con un piede sulla sponda del letto per stendersi con l'intero corpo sul materasso e tirò a sé quello di lui tra le sue cosce. Respirava come se non potesse attendere oltre, come se avesse urgenza di averlo su di sé, dentro di sé.

Quella passione impellente accese in Ilis un desiderio folle. Tornò a baciarla sulle labbra, sul collo, sui seni, e infine si spinse ancora più giù, fino all'ombelico, sentendo che lei, tra gemiti e sospiri, voleva che andasse oltre.

Avvertì le dita della ragazza premergli sulla nuca e con la bocca scese ancora finché percepì l'odore del suo sesso: aprì gli occhi, lo vide e per un attimo rimase fermo, immobile, trattenendo il respiro.

Era felice, disperato e bisognoso di lei allo stesso tempo. Voleva darle piacere, moltissimo piacere, e in quel godimento farle dimenticare tutto ciò che era andato storto da quando si erano conosciuti.

Milia divaricò leggermente le gambe e lui la leccò con passione, affondando la lingua dentro di lei, inspirando l'odore che gli aveva invaso le narici.

Cercò con insistenza le gocce del suo piacere. Poi uscì e le leccò il clitoride per provocarne altre e tornò nuovamente a penetrarla con la lingua tra i suoi gemiti.

Lei lo tirò per i capelli fino a riaverlo di fronte a sé, cogliendo sulle sue labbra il suo stesso sapore.

Gli posò la mano sul collo della tuta, tirandogliela in basso. "Toglila," gli disse. Lui si sfiorò la spalla e anche la sua tuta scomparve.

Lei gli prese con la mano destra il pene durissimo, poi la abbassò fissandolo negli occhi con uno sguardo intenso, scrutatore, attento a ogni minima reazione al suo movimento.

Si abbandonò nuovamente sul materasso e lo attirò a sé, guardandolo enigmatica.

Lui le obbedì. Affondò in lei troppo velocemente, sconvolto dal desiderio e dal piacere. La vide serrare le palpebre e la udì gemere. Ritrasse lentamente il pene, senza uscire del tutto, mentre lei inarcava la schiena e gridava per il godimento.

Perse cognizione d'ogni altra cosa. I dubbi e le incertezze si dissolsero. Contava solo lei e il piacere che le stava donando.

Iniziò a spingere all'unisono con i movimenti e i gemiti di Milia.

Non l'aveva mai fatto in quel modo, immerso nella disperazione, nel sentimento, nella follia. Quelle emozioni ora si traducevano in passione pura, senza freni. Milia urlava di piacere, lui continuava a spingere con il corpo completamente madido di sudore, con violenza, una punta di cattiveria, forza e amore.

Dopo un tempo che non avrebbe saputo quantificare, la schiena di Milia si inarcò ancora e l'intero corpo fu scosso da brividi così intensi che dovette stringerla con tutta la sua energia per rimanerle dentro. Lei venne gridando e sospirando, con gli occhi chiusi, il capo riverso all'indietro verso l'oblò, come se in quel momento fosse altrove, persa nell'immensità dell'universo.

Il corpo della ragazza continuò a tremare così a lungo da costringerlo a domandarsi se andasse tutto bene, ma poi lei riprese a muoversi come prima, in sincronia con le spinte di Ilis. Lo strinse a sé con la forza delle mani e lui capì che poteva abbandonarsi al suo piacere. Venne, riversandosi in lei incapace di alcun controllo, perso in quell'unico attimo eterno di piacere.

I due giovani giacquero in silenzio uno vicino all'altra. A Ilis pareva che un piccolo pezzo di realtà fosse tornato al posto giusto. Il loro mondo non esisteva più, era vero, si trovavano su un grumo di metallo in viaggio nello spazio gelido e non era più neppure sicuro di cosa fosse davvero il suo corpo, ma Milia era lì, al suo fianco, e lui si sentiva felice.

Il silenzio fu interrotto da un'improvvisa domanda della ragazza: "Ilis, credi che dobbiamo fidarci delle parole di Ipsia? Secondo te Lil è veramente capace di tutto quello che dice? E se si sbagliasse?"

Lui capì che anche Milia voleva credere, che stava cercando un modo per mettere a tacere le sue paure e che aveva bisogno di qualcuno di cui fidarsi. Rifletté per qualche secondo sulle parole adatte con cui rispondere, quindi replicò: "Il potere di Miril e Lil è sì paragonabile a quello di Obolil o al mio, ma nel caso di Lil è come se fosse... totale, assoluto. Fin dal primo momento in cui l'abbiamo incontrata mi ha lasciato senza fiato. A volte ho quasi l'impressione che neppure lei se ne renda conto. Spesso ha l'aria di una ragazzina impacciata, turbata, incapace di muovere un passo senza i consigli di Miril, ma... non è così. Quello che lei ha fatto sull'astronave è stata una cosa che va molto al di là di quello che avrei creduto possibile con la magia. Sta ancora imparando. È come se avesse dentro di sé la luce di una stella e stesse capendo soltanto ora come eliminare quella barriera invisibile che le impedisce di brillare. Ma sono convinto che presto non ci saranno limiti a quel che potrà fare o a dove potrà arrivare."

Ilis si fermò, chiedendosi se il suo entusiasmo potesse aver in qualche modo indispettito Milia. "Scusa, non volevo..."

Lei lo rassicurò: "Non ti preoccupare... voglio solo capire, anche se so che è una cosa... tra maghi!"

Lui sorrise e riprese: “Anche per me molto di quel che ci dice Ipsia è difficile da comprendere: la Federazione, i mondi indipendenti, il dominio sulla galassia, il Presidente, la lotta contro la spiritualità, il controllo dei pianeti. Ma, ecco, se loro credono in lei non ho difficoltà a intuirne la ragione e se esiste davvero qualcuno che possa fare qualcosa di impossibile, non ho dubbi che sia Lil.”

“Grazie. Avevo bisogno di sentire le tue parole.”

Milia lo baciò, accarezzandogli la guancia, poi si tirò su a sedere.

Ilis vide i lunghi capelli biondi accorciarsi e cambiare colore. I seni divennero più abbondanti. La vita e le cosce si allargarono e la pelle si ricoprì di scaglie, mutando dal rosa all’azzurro.

Ci volle un bel po’ prima che il giovane, rimasto a bocca aperta, riuscisse a dire: “Ipsia?”

La mutante gli rivolse un’espressione dispiaciuta: “Perdonami, Ilis, ma era fondamentale che sapessi la verità.”

“La verità? Su cosa?”

“Ilis, io ho fede in Lil. Credo con tutta me stessa che sia quella giusta. Penso che abbiamo finalmente trovato chi ci aiuterà a cambiare il destino della galassia, colei che arriverà dove tutti finora hanno fallito. Lei si fida di voi, siete gli unici superstiti del suo mondo e io ho dovuto accertarmi se le fossi davvero fedele.”

Il giovane non sapeva cosa dire. Si sentiva raggirato, deluso, offeso. Avrebbe voluto ci fosse stata la vera Milia poco prima a letto con lui, anche se non poteva negare che il sesso con la mutante gli era piaciuto molto.

Ipsia gli sorrise: “Ti chiedo scusa, ma ho dovuto farlo. Tuttavia...”

Vedendola esitare Ilis le rivolse uno sguardo interrogativo e corrucciato allo stesso tempo.

“A lei non ho rivelato la mia identità.”

Il cuore gli balzò nel petto. Si sentiva sì offeso per il doppio raggiro, ma la curiosità su cosa fosse successo tra Ipsia e Milia superò qualsiasi altra emozione. La fissò in attesa, agitatissimo.

La mutante scosse la testa. “È stato *quasi* come con te. Vi siete ritrovati, amandovi intensamente.”

“Quasi?” disse Ilis, con un misto di speranza e preoccupazione.

“Lei è ancora molto arrabbiata, le serve tempo per riprendersi, ma ti vuole al suo fianco, ha bisogno di te. E tu la potrai aiutare moltissimo. Anche per Lil.”

“Per Lil?” ripeté lui.

“Ha visto ciò di cui è capace, ma dentro di sé deve incolpare qualcuno e scarica su di lei parte della sua sofferenza. Vorrebbe credere in Lil, ma non riesce a togliersi il dubbio che sia parzialmente responsabile per la scomparsa del vostro mondo, che avrebbe potuto fare di più. Ma penso che le mie parole, le *tue* parole, l'abbiano aiutata a capire. Si fida di te."

Ilis cercò di processare la quantità di informazioni ricevute. Si sentiva un po' perso ma, nonostante l'assurdità della situazione, felice.

"Lascio a te la decisione su cosa rivelarle del *vostro* primo incontro su quest'astronave," aggiunse Ipsia con un sorriso complice. "Se deciderai di dirle di me, ti suggerisco di attendere il momento giusto."

Dopo qualche secondo di silenzio Ilis le chiese: "Come sai tante cose di noi?"

"Aleia mi ha raccontato molto su tutti voi. Ci siamo scambiate una serie di confidenze, ma non sapeva cosa avrei fatto."

La mutante si alzò per uscire. Ilis lasciò cadere lo sguardo sulla forma del suo sedere, pieno e slanciato.

"Bascos... lo sa che sei qui?" le domandò.

Lei si girò, facendogli l'occhiolino: "Non preoccuparti. Per i mutanti, quella che voi chiamate fedeltà è qualcosa di ancora più forte, ma è solo sul piano sentimentale. Anche se è un umano, Ian sa cosa posso fare, come sa che il mio cuore appartiene soltanto a lui."

Capitolo 2 – Miril

Lil sedeva su una panca sospesa a mezz'aria, con il viso appoggiato al palmo della mano e il gomito sul tavolino. Il suo sguardo era perso nel mare di stelle oltre l'oblò.

Miril si accomodò di fronte a lei dall'altro lato del tavolo e le prese la mano libera tra le sue.

"Vuoi parlare?" le chiese, cercando i suoi occhi.

Lil si voltò a guardarla, non riuscendo a trattenere una lacrima.

"Vorrei non sentire più nulla..." le rispose.

Miril tacque, ma le strinse la mano con ancora più forza, continuando a fissare gli occhi arrossati dell'amica. Avrebbe fatto qualsiasi cosa per aiutarla.

"Prima muoiono tutti e poi scompare l'intero mondo..."

"Lil, sai che non è colpa nostra. In nessun modo avremmo potuto immaginare..."

"Il nostro pianeta, la nostra casa!" esclamò Lil con rabbia. "Scusami," aggiunse poi, abbassando la voce. "Turios non esiste più, non esisterà mai più, non possiamo più fare nulla. Nessuno di loro tornerà mai più in vita, l'isola, il Tempio, la Barriera, il regno di Isk. Tutto perduto." Guardò fuori, come se lì, nell'immensità dello spazio, potesse ancora rintracciare qualche briciola del suo passato.

Miril le asciugò una lacrima che le era scesa sulla guancia: "A volte la tua terra viene investita da un tornado che distrugge ogni cosa e tu non puoi farci nulla, tranne tornare a vivere, recuperare i resti di quella devastazione e iniziare a ricostruire..."

"Ma noi non abbiamo più nessun posto dove ricostruire. Siamo sole, senza una casa, senza una terra."

La sacerdotessa le prese entrambe le mani. "Siamo noi la nostra casa. E ora viaggiamo nello spazio, alla scoperta di mondi che non avremmo mai potuto immaginare prima e di qualcosa di nuovo e sorprendente. Lo so, il dolore per quello che abbiamo perso è intollerabile, ma ora non ci resta che andare avanti. Quel che ti aspetta è straordinario e senza tutto quello che c'è stato prima forse non avresti mai potuto raggiungerlo."

Lil scosse la testa e disse, quasi sussurrando: "Non sarei voluta andare da nessuna parte se avessi saputo che questo era il prezzo da pagare."

"No," ribatté Miril. "Quanto accaduto non è stato lo scotto, ma è successo, nonostante tutti i nostri sforzi è successo, e la vita, malgrado tutto, ci ha aperto nuove opportunità. Ed è proprio per questo che dobbiamo andare avanti. È proprio per tutti coloro che non ci sono più che dobbiamo essere grate alla vita per le occasioni che ancora abbiamo."

“Tu credi a Ipsia?” chiese Lil, fissando la sua compagna negli occhi.

“Sì, assolutamente.”

“Io, una ragazzina di un isolotto sperduto, combattere questa immensa Federazione dei Mondi?”

“So che sei speciale, Lil, so che non esiste creatura vivente con la tua stessa energia. È qualcosa che sei, non che hai, qualcosa che ti rende unica, qualcosa che...” Miril abbassò lo sguardo “che amo con tutta me stessa.”

Lil strinse a sua volta le mani dell’amica. Sulle labbra le si disegnò un sorriso quasi impercettibile, poi tornò seria. “Questo universo... Tutto quello di cui veniamo a conoscenza non mi piace. È così pieno di superficialità, odio, dolore. Non c’è amore.”

“Hai avuto accesso alla mente di Molov. Hai visto il mondo tramite i suoi occhi. Ma siamo noi che coloriamo la realtà che viviamo. Anche io ho paura. La Federazione dei Mondi, Molov... sembrano una minaccia ben più grave di quelle che abbiamo affrontato per tanti anni, ma non posso credere che nella vastità che ci circonda non esistano l’amore, la gioia, la passione, lo spirito... Forse i luoghi dove si trovano i corpi di Molov sono i peggiori. Ognuno viene attirato dai posti che più rispondono al proprio carattere. O forse è lui a renderli tali, ma Ipsia ha parlato di luoghi bellissimi, dove gli esseri viventi sono liberi, felici e lottano per la propria libertà e sono tutto l’opposto di ciò che hai visto finora.”

“Non so cosa mi stia succedendo. Quello che è accaduto sull’astronave della Federazione mi ha lasciato svuotata di ogni energia. In quei momenti ero diversa, come fossi un’altra. È stato bellissimo, unico. Ho provato sensazioni che non avrei mai immaginato. E qualcosa è rimasto in me. Lo percepisco. Eppure mi spaventa, mi spaventa moltissimo. E mi sento sfinita.”

Miril accarezzò il volto stanco dell’amica.

“Ora hai bisogno di riposare, solo di riposare. Nel nostro cammino di evoluzione spirituale veniamo in contatto con serbatoi di energia sempre più vasti. A volte la loro immensità ci illumina, a volte ci assorbe fin troppo, lasciandoci spossate. Non so dove tu sia ora. Per ognuno è diverso. Ma, credimi, so che sei sulla via giusta. Lo so. Tra le tue palpebre quasi chiuse dalla stanchezza scorgo una luce che non avevo mai visto prima. Lil, sei dove dovresti essere, sei sul tuo cammino. Sei un fiore che sta sbocciando.”

La giovane parve rasserenata da quelle parole.

La sacerdotessa si alzò e andò a sederlesi accanto, con la panca che si allungò automaticamente per farla accomodare. Abbracciò l’amica all’altezza della vita. Lil le posò il capo sulla spalla. Tacquero a lungo, godendo di quel contatto caldo e rassicurante, finché Lil sollevò la testa per guardare Miril negli occhi.

In quel momento la sacerdotessa provò qualcosa di indecifrabile dentro di sé. Voleva proteggere la compagna, avrebbe voluto che ogni fatica e preoccupazione svanissero dall'animo di Lil per farsene carico lei stessa. Avrebbe voluto evitare di esporla ad altre lotte, ad altre sofferenze. Ma quando sentì le labbra di Lil sulle proprie, tutti i suoi timori scomparvero per lasciare il posto solo a un'infinita gioia. Fu colta da un impeto di passione che la fece tremare di desiderio, ma rispose al bacio con dolcezza e delicatezza.

Poi Lil si appoggiò con il capo sul suo petto e, poco dopo, Miril si accorse che si era addormentata.

Capitolo 3 – Ili e Nal

In un'altra dimensione

"No, io non lo accetto!"

Nal guarda preoccupata suo padre, temendone il rimprovero.

Lui, gentilmente, spiega al bambino: "Ili, l'hanno scelto loro, non possiamo farci nulla. Hanno plasmato il loro destino e ora, per noi, non c'è più posto."

"Padre, c'è ancora qualche speranza. Lo sai. E lo sa anche lei," ribatte il piccolo, guardando in direzione della sorellina.

Il padre scuote la testa: "Dovete imparare a lasciarli andare. Siete dei, dovete imparare ad amare gli universi e sapervene distaccare."

Nal si fa coraggio e prova a obiettare: "Però, Padre, una minuscola speranza esiste ancora. E se noi li abbandoniamo per loro sarà la fine."

I tre dei sono in piedi, con i piedi nudi sull'erba verde. Indossano abiti bianchi leggeri, mossi da un debole venticello.

Il padre si avvicina ai due figli, abbracciandoli. Si china, appoggiando un ginocchio a terra: "Siete stati molto bravi, davvero, e sono fiero di voi, ma ora ci sono altri universi che vi attendono, universi giovani, promettenti." Scuote la testa. "In quello ci hanno rifiutati. Hanno scelto di dimenticare sé stessi e la loro natura e noi dobbiamo rispettare la loro decisione."

Nal vede che Ili sta facendo del suo meglio per trattenersi dal piangere. Vorrebbe consolare il fratellino, ma sa che il padre ha ragione. La loro energia è per chi la sente, per chi è in grado di aprire il proprio cuore e accoglierla dentro di sé.

"Io ci voglio provare lo stesso, Padre. Hanno bisogno di me. *Lei* ha bisogno di me."

La cocciutaggine del fratellino impensierisce Nal. E se si smarrisse nel collegamento con l'universo sbagliato? Se rimanesse indietro o peggio? Il pensiero di perderlo la fa rabbrividire.

Il padre ribatte: "Ili, la scelta può solo essere tua. Qualsiasi cosa sceglierai, io sarò dalla tua parte. Tuttavia devi fare molta attenzione. Sei davvero disposto a rinunciare a te stesso per una speranza così piccola?"

Ili annuisce.

E, senza pensarci due volte, Nal aggiunge: "Lo voglio aiutare anche io."

Il padre li stringe forte, bacia prima lei e poi il fratellino.

Nal si gode quell'abbraccio, ma quando il padre si rialza vede quanto siano tristi i suoi occhi.

"Buona fortuna, bambini miei," dice. Si volta e si allontana.

Con un nodo alla gola, Nal si chiede se quella sia stata l'ultima volta in cui hanno visto loro padre.

Capitolo 4 – Saytak

PIANETA NESPOR
PRESENTE

"Avete sentito cosa è successo a Cloris?" sussurrò Init a bassa voce ai due amici intenti a scavare la roccia.

Saytak fu subito assalito da una paura oscura che cercò di ricacciare in fondo ai suoi pensieri. Scosse la testa, per far capire all'amico che non ne sapeva nulla.

Il terzo ragazzo, Tam, guardò spaventato Init, temendo l'annuncio dell'ennesima sventura.

Con una rapida occhiata Saytak si rese conto che, da lontano, il guardiano li stava esaminando e intimò a bassa voce agli altri due: "Continuate a lavorare!"

Nel cunicolo l'aria era rovente e la pelle seminuda dei tre ragazzi era madida di sudore. Avrebbero avuto bisogno di una pausa, ma il timore delle punizioni era troppo forte. Tutti e tre ripresero a picconare alacremente la pietra.

"Si è suicidata!" rivelò Init, con la voce rotta per l'emozione.

Per qualche secondo i tre non parlarono. L'unico suono udibile era il ritmo delle loro picconate. Poi Tam si asciugò le lacrime con un braccio e Saytak disse: "Non è possibile. Le ragazze prendono tutte il *nomos,* ogni giorno. Sono obbligate a farlo. E, con quello, devono solo eseguire i comandi delle vestali. Non possono decidere di suicidarsi!"

Init, di carnagione scura come i suoi amici e con i capelli corti dritti sulla testa, ribatté: "L'ho saputo direttamente da mia zia che fa le pulizie nel Santuario. Dice che lì non si parla d'altro. Ha detto che di punto in bianco, mentre era insieme alle altre, Cloris è andata alla finestra, ha scavalcato il davanzale e si è buttata giù."

Tam, cercando di soffocare i singhiozzi, dopo un'occhiata intimorita in direzione del guardiano mormorò: "Cloris... Era così bella!"

Init commentò: "Da queste parti non è una gran fortuna essere una bella ragazza..."

A Saytak quelle parole diedero i brividi. Tam si accorse del suo turbamento e tentò di rimediare: "Non preoccuparti. Lei è ancora troppo piccola."

Sebbene Entiak, la sorellina di Saytak, assomigliasse molto al fratello – stesso viso ovale, capelli lisci e nerissimi – aveva da sempre stupito per la sua bellezza.

Fin dal giorno della sua nascita, tutti l'avevano guardata con amore e ammirazione, rivolgendole sorrisi che la piccola aveva ricambiato con gioia.

"Però..." intervenne Init.

Saytak si impose di nuovo di respirare a fondo, cercando di tranquillizzarsi. Non doveva preoccuparsi, lei era ancora piccola e lui non smetteva di progettare piani di fuga che al momento giusto avrebbe messo in pratica. Sapeva che fuggire era quasi impossibile, ma, nonostante questo, era certo che loro due ce l'avrebbero fatta.

Init continuò: "Mia zia dice che ultimamente le prendono sempre più giovani. E che vogliono allevarle nel Santuario, perché così il *nomos* fa più effetto."

"Non è possibile," interloquì Saytak, "il *nomos* gli manda il cervello in pappa. Non possono più ragionare da sole, devono soltanto eseguire gli ordini. Sono come dei robot, ma in carne e ossa. Non fa nessuna differenza se iniziano a darglielo da grandi o da piccole."

"Sì, ma... mia zia dice che le prendono più piccole perché così imparano meglio e se le imbottiscono da subito di *nomos*, poi non possono più farne a meno."

Il respiro di Saytak accelerò. Il ragazzo scagliò con rabbia il piccone sulla pietra davanti a lui, facendo saltare schegge in tutte le direzioni. Alcune gli colpirono le gambe, le braccia e il torace nudi, graffiandolo.

I tre lavorarono per diversi minuti in silenzio, scavando la roccia con il sudore che gli colava sulla pelle.

Quando Saytak udì un robot trasportatore muoversi in fondo al cunicolo, azionò il dispositivo di chiamata. Il vecchio automa arrugginito si avvicinò sui cingoli nella loro direzione seguito dal loro amico Balminur, il quale con aria dubbiosa e preoccupata chiese: "Avete già un altro carico? Come avete fatto così in fretta?"

Saytak non perse tempo, perché sapeva che i trasportatori erano sempre latori di notizie fresche. "Hai saputo di Cloris?"

L'altro rispose: "Sì, certo, ma se non avete nulla non posso fermarmi qui a parlare." Guardò ansiosamente dietro di sé, ma il guardiano in quel momento era voltato dall'altra parte. "Avete qualcosa per me sì o no?"

"Ci sono movimenti dei guardiani al Dormitorio?" insistette Saytak.

"Eh... sì, ho visto un gruppo di guardiani in giro e Zaitaz mi ha detto che hanno preso qualche ragazza."

Saytak conosceva bene Zaitaz, un altro degli addetti ai robot trasportatori. Sapeva che, quando si incrociavano, loro si scambiavano sempre qualche informazione, il più delle volte a gesti, in base a un loro codice. Era l'unico modo per far circolare le notizie all'interno dei cunicoli.

Si sentì gelare il sangue. "Chi hanno preso?" chiese.

"Ragazzi, io qui rischio la pelle a starmene fermo a far niente." Balminur gettò un'altra fugace occhiata dietro di sé all'indirizzo dell'imponente guardiano, che per fortuna non si era ancora voltato.

"Balminur, chi hanno preso?" ripeté Saytak scandendo le parole in tono minaccioso.

Tam e Init cercarono di coprire lo scambio di battute con il rumore delle loro picconate, tenendo d'occhio con aria preoccupata il guardiano.

"Allora, credo le due gemelle Tlenis e Mical..."

"Cosa?" lo interruppe Saytak a voce così alta da far sobbalzare l'interlocutore. "Mical? Ha undici anni! Non avevano mai preso una così piccola!"

La voce del ragazzo era rimbombata nel cunicolo e neppure le frenetiche picconate degli amici erano riuscite a coprirne il suono. Il guardiano si era girato e li guardava con aria torva. Dopo qualche secondo avanzò verso di loro.

Tam e Init continuarono a picconare con foga. Balminur invece, visibilmente terrorizzato, seguì con lo sguardo l'avanzata dell'uomo, perché era consapevole che non avrebbe potuto giustificare quella sosta con la stiva del robot trasportatore completamente vuota. Saytak fissò il guardiano truce in viso.

Era arrivato il momento. Sapeva da tempo che quell'esistenza sarebbe finita, in un modo o nell'altro. Stava per imboccare una strada senza ritorno, stava per compiere un gesto che avrebbe cambiato il suo destino per sempre. Aveva paura, ma sentiva che doveva farlo. Del resto, che cosa stava lasciando? Una vita in schiavitù, rintanato come un animale nelle profondità della roccia di notte e a spezzarsi la schiena al lavoro nei cunicoli di giorno, senza alcuna consolazione, nessuna speranza. Aveva pensato così tante volte a cosa avrebbe fatto quando si sarebbe ribellato che quasi gli sembrò di rivivere qualcosa di già vissuto.

Avanzò. Prese il piccone con la mano destra e andò incontro al guardiano. Sentì qualche mormorio dei suoi amici alle sue spalle, ma non se ne curò.

Il guardiano era alto più di due metri. Completamente calvo e grassissimo, gli parve una montagna in movimento. Appena una settimana prima l'aveva visto strangolare un ragazzo rompendogli l'osso del collo con la stessa facilità di chi spappoli un frutto maturo tra le mani. Di quel momento, Saytak non poteva dimenticare il ghigno di piacere impresso sul volto dell'uomo. Aveva goduto nel farlo, e anche parecchio.

Immaginò la medesima scena ripetersi dinanzi agli occhi spalancati dei suoi amici, ma questa volta, al posto del collo stritolato di quel ragazzo, vide il proprio.

Man mano che gli andava incontro, il guardiano iniziò a sorridere, chiaramente pregustando la punizione che gli avrebbe inflitto di lì a breve.

A Saytak parve che la mole dell'energumeno occupasse tutto lo spazio del cunicolo.

Quando furono a non più di un paio di metri di distanza, l'uomo sollevò la mano in alto, pronto per colpirlo. Saytak però, abituato fin da piccolo a fare ogni tipo di acrobazie nei cunicoli, spiccò un salto e atterrò con i piedi sulla parete destra, che usò come appoggio per un secondo balzo.

Temette di sentire il colpo che quasi sicuramente l'avrebbe stordito, ma il guardiano lo mancò, cosicché lui, in volo a mezz'aria, riuscì a piantargli la punta del piccone in mezzo alla fronte. L'uomo barcollò per qualche secondo, con il sangue che cominciava a colargli giù per il viso, e infine cadde a terra, il ferro ancora conficcato nel cranio.

Saytak aveva sempre pensato che avrebbe provato un profondo sollievo il giorno in cui si fosse liberato di uno dei suoi carcerieri, che vendicare una vita di atroci soprusi contro di lui e tutti i suoi compagni di sventura sarebbe stata un'autentica liberazione. Con sua grossa sorpresa si rese invece conto che quel corpo esanime circondato da una macchia di sangue che continuava ad allargarsi sul pavimento del cunicolo non suscitava in lui nessuna emozione.

Ma non c'era tempo da perdere. *Sorellina, sto arrivando.*

Prima di gettarsi a capofitto nel cunicolo si girò verso i suoi amici e li vide sconvolti. Per qualche secondo accarezzò l'idea di coinvolgerli, di adattare il piano che si era figurato migliaia di volte nella testa per la salvezza di sua sorella trasformandolo in una fuga di massa o addirittura in una sfida aperta al potere del Santuario, in una ribellione che avrebbe portato tutti loro, i deboli, a conquistare una libertà di cui fino a quel momento nessuno di loro aveva mai goduto.

Fece un passo verso di loro, ma li vide ritrarsi, come se improvvisamente fosse diventato lui il loro nemico. Dai loro sguardi terrorizzati capì che era proprio così, che, per timore delle punizioni, avevano già eretto una barriera invisibile ma invalicabile tra loro e lui, il ribelle che avrebbe potuto consegnarli alla ferocia dei guardiani.

Saytak avrebbe voluto convincerli che poteva esserci una vita oltre la schiavitù, che, anche se erano vissuti in catene per tutta la loro esistenza, potevano aspirare a un futuro di felicità, di speranza, di libertà, ma non c'era il tempo. Fin dalla nascita erano stati abituati a soffocare ogni sogno. La schiavitù era ormai parte di essi, era dentro di loro, permeava ogni momento della loro vita e non sarebbe riuscito a persuaderli così rapidamente. E perdendo altro tempo avrebbe solo messo ancor più in pericolo Entiak.

"Datemi solo qualche minuto e *poi* chiamate i guardiani. Vi prego," li implorò. Se fossero stati trovati in presenza di un guardiano morto avrebbero pagato con la loro vita e con quella dei loro famigliari, quindi la loro unica speranza di salvezza era denunciarlo, il prima possibile. Ma lui aveva disperatamente bisogno di tempo, altrimenti sarebbe stato tutto vano.

Il primo ad annuire fu Init, seguito da Tam e, dopo qualche secondo, da Balminur.

"Vai," gli disse Init. "Vai."

Tam aveva le lacrime agli occhi. Prima che potesse commuoversi a sua volta, Saytak si voltò e corse via.

Aveva già coperto correndo diverse centinaia di metri quando udì il rumore provocato da un gran numero di passi proveniente da un cunicolo alla sua sinistra. Pur sapendo di avere pochissimo tempo a disposizione si costrinse a procedere con maggiore circospezione. Poco più avanti, però, ebbe l'impressione di sentire un suono indistinto dalle profondità di fronte a lui. Si fermò, si mise in ascolto e capì che qualcuno stava accorrendo anche da quella direzione. *Che mi stiano già cercando?*, si chiese. Possibile che i suoi amici avessero usato il dispositivo wireless del guardiano per denunciarlo così in fretta?

Fortunatamente aveva imparato a conoscere quell'intricato labirinto fin da quando era piccolo, perciò si infilò in un cunicolo abbandonato alla sua destra e, nella penombra delle luci mezze rotte, gli parve di riconquistare il silenzio. Calcolò che quella deviazione non gli aveva fatto perdere troppo tempo. *Riuscirò a raggiungerla prima che sia troppo tardi!*

Riprese a correre, ma dopo nemmeno un minuto gli giunse all'orecchio il brusio di un deciso battere di piedi dietro di lui. No, non c'erano più dubbi. I guardiani non avrebbero avuto alcun motivo di addentrarsi in un cunicolo abbandonato. *Mi stanno cercando*, realizzò. Conosceva una via di fuga tanto sicura quanto spiacevole, ma c'era poco tempo e sapeva di non poter fare altrimenti.

Percorse un'altra decina di metri e si fermò in corrispondenza di una grossa pietra squadrata con al centro un anello di ferro. Tirò il metallo con tutta la forza che aveva, ma quella non si mosse. Ritentò ancora e ancora, invano.

Distinse chiaramente l'avvicinarsi dei passi dietro di lui e si accorse che qualcuno stava arrivando anche dalla parte opposta.

Forse sono i miei amici, pensò, rianimandosi all'idea che il suo gesto avesse finalmente provocato una nuova ribellione, forse ancora più imponente di quella che i vecchi raccontavano esserci stata molti decenni prima.

Tuttavia non poteva rischiare. Se era davvero così, l'avrebbe appurato dopo aver messo in salvo sua sorella.

Per quanto provasse e riprovasse, la pietra non si muoveva. Fu colto dalla disperazione. Si immaginò circondato e incatenato, con Entiak ormai prigioniera nel Santuario. I guardiani avevano un ulteriore potere su di loro:

sapevano che i loro schiavi erano in grado di sopportare le torture che gli venivano eventualmente inflitte, ma non potevano tollerare l'idea che le subissero i loro parenti.

Saytak si guardò intorno e, poco più in giù nel cunicolo, vide una pala appoggiata alla parete. *Come ho fatto a non notarla prima?*, si chiese, maledicendo la sua disattenzione dovuta alla fretta.

Corse a prenderla. Era impolverata e arrugginita, ma il manico sembrava ancora in buono stato. Si domandò chi mai potesse essere stato così stupido da dimenticarsela, visto che la perdita di un utensile poteva essere punita con la morte.

Tornò alla pietra, infilò il manico nell'anello, fece leva sul pavimento di roccia e finalmente il pesante blocco cominciò a muoversi.

Quel piccolo successo gli provocò un'intensa scarica di energia. Fece ancora più forza e la pietra uscì di lato dal letto nel quale aveva riposato troppo a lungo. La spostò quel tanto che gli consentisse di infilarsi e buttò la pala sotto di sé.

Scese nel tombino appoggiando i piedi sugli scalini in ferro innestati nella roccia e con una mano cercò di alzare la pietra per rimetterla in posizione. Quella però non si mosse.

No, no, no!

Il rumore di passi da entrambe le direzioni ormai rimbombava insistentemente nel cunicolo sopra di lui. Puntò allora i piedi su uno scalino, la schiena contro la parete opposta e con tutte e due le mani tentò di sollevare la pietra. Riuscì a spostarla di poco. Udì distintamente la voce dei guardiani e fu certo che di lì a breve l'avrebbero trovato. Si chiese se fuggire lasciando il tombino aperto, ma così facendo avrebbe venduto la propria posizione, sarebbe stato braccato e non avrebbe avuto il tempo per trovare sua sorella.

Vide i fasci di luce delle torce filtrare dalla fessura ancora aperta del tombino. *Mi hanno raggiunto!*, realizzò. Ebbe la sensazione che il mondo gli crollasse addosso. Pur consapevole dell'inutilità del gesto, con un ultimo rabbioso sforzo spostò la pietra quel tanto che bastava per riportarla in posizione. Lo stridio fu così forte da abbattere l'ultima speranza di avercela fatta e, paralizzato dalla paura, rimase immobile. Attese, senza neppure avere il coraggio di respirare, con il cuore che gli batteva forte nel petto, certo che di lì a pochi secondi la pietra sarebbe stata nuovamente sollevata e la manona di un guardiano sarebbe calata su di lui per recuperarlo.

La roccia tutt'attorno fu scossa dalle vibrazioni dei passi dei guardiani. Fu poi la volta della pietra a pochi centimetri dal suo capo. Molti passi in movimento, ma nessuno che si arrestasse.

Saytak continuò ad attendere.

Il rumore di passi prima si affievolì, per poi spegnersi più giù nel cunicolo. Forse i due gruppi che lo braccavano si erano infine incontrati e si stavano chiedendo dove fosse finito.

Lo capiranno presto, pensò. Non attese oltre. Più incredulo che spaventato, iniziò la discesa, con molta cautela. Si accorse solo allora dell'odore insopportabile che gli aveva invaso le narici. Non era la prima volta che era costretto a sentirlo, ma si augurò che fosse l'ultima. Dopo qualche metro il piede destro, non trovando più alcuno scalino, rimase a penzolare nel vuoto. Era arrivato il momento che più detestava. Scese ancora e si ritrovò con le gambe completamente immerse nel liquame. Gli venne da vomitare, ma si costrinse a proseguire. Lasciò andare la presa e affondò fino al collo nelle acque nere del sistema fognario. Quelle gallerie erano state scavate particolarmente male e gli intasamenti erano così frequenti che la loro pulizia era diventata un vero fardello per la comunità. E quella, purtroppo, era la tipica punizione riservata ai più giovani, agili e snelli, e pertanto capaci di infilarsi ovunque. Non sempre, però, riuscivano a fare ritorno tutti.

Saytak inspirò a bocca aperta tutta l'aria che poté in una volta sola, trattenne il fiato e avanzò nella totale oscurità, tenendo una mano continuamente a contatto con la parete destra. Sbagliare anche una sola svolta poteva significare perdere la strada e dover girovagare alla ricerca di un nuovo tombino. Oppure, finire in una zona sconosciuta e smarrirsi per sempre.

Dopo l'ultima svolta iniziò a contare i passi, tenendo il braccio sinistro in alto. *Non è troppo tardi, la troverò*, continuava a ripetersi. Sarebbe dovuto uscire al terzo tombino, che individuò poco dopo.

Salì aggrappandosi agli scalini in ferro, rimase per un po' in ascolto e poi cominciò a spingere la pietra sopra di lui.

Sua sorella doveva essere impegnata nelle pulizie del Dormitorio insieme alle altre più giovani. Poiché una serie di epidemie aveva falcidiato la popolazione di schiavi a causa dell'impossibilità da parte di chi già lavorava nei cunicoli di prendersi cura del luogo dove abitavano, le vestali, qualche anno prima, avevano disposto che fossero le bimbe a occuparsi di quelle mansioni e alcune delle ragazze più grandi ad aiutarle e dirigerle.

E se si è allontanata proprio oggi? O se sono già passati a prenderla? La vide in fila con le altre, in lacrime, scortata dai guardiani verso il Santuario. No, era ancora in tempo, ne era certo.

Spinse la pietra sopra di lui con tutta la forza che aveva in corpo e subito dopo si issò oltre l'apertura, guardandosi intorno. Per un attimo si chiese se non avesse sbagliato tombino ma, nel caos che gli si parò dinanzi, riconobbe i tratti tipici del luogo dove abitava. Il cuore iniziò a battergli come un tamburo nel petto. Lo spavento per quel che aveva di fronte gli fece perdere per un attimo l'equilibrio e dovette aggrapparsi velocemente al bordo del pavimento per non cadere. I suoi peggiori timori si erano già concretizzati.

Capitolo 5 – Molov

Non ne posso più! Ogni volta che era costretto a salire quella lunga scalinata sotterranea diventava sempre più insofferente, ma poi rimandava immancabilmente la ricerca di una soluzione.

In quel corpo si sentiva ogni giorno più pigro ed era ben consapevole che questo andava anche a discapito delle sue energie mentali. *Sono sempre chiuso nei miei appartamenti, mi sto appesantendo*, rifletteva.

Pensò alla sua meta e sorrise ironico. *Un'intera galassia a mia disposizione e mi devo sudare ogni scopata con questa qui!*

Scosse la testa e si rassegnò alla fatica, pregustando quello che sarebbe seguito.

Dopo aver finalmente posato il piede sul pianerottolo in cima alla lunga scalinata, tirò con entrambe le mani un anello in metallo scuro affondato nella pietra. Un blocco di parete si mosse svogliatamente e Molov lo superò senza preoccuparsi di annunciare la sua presenza.

L'arredamento dell'appartamento, asciutto ed essenziale, gli strappò un altro sorriso. *Con tutti i regali che le faccio guarda come vive!*

Lei era distesa su un triclinio in compagnia di un *olobook* che le fluttuava a un braccio di distanza dinanzi agli occhi. L'ologramma scomparve non appena la donna alzò la testa per rivolgergli un sorriso che non lo convinse affatto. Molov annusò immediatamente che qualcosa non andava. *Non avrò fatto tutta questa fatica per niente?!* Avanzò comunque, ostentando sicurezza.

Mi fa impazzire!, pensò, ammirandola.

Capelli lunghi, mossi, neri, occhi così verdi che sembravano vibrare nell'aria. Bei fianchi, seni che scoppiavano sotto la veste semitrasparente impreziosita da fili argentati che la copriva fino ai piedi. Un viso non bello, troppo rotondo, sì, ma con delle labbra fatte apposta per prenderglielo in bocca.

Al collo portava una stupenda collana d'oro con al centro uno smeraldo della grandezza di una noce dello stesso colore dei suoi occhi. Anche braccia e caviglie erano adornate da magnifici braccialetti d'oro tempestati di diamanti.

I capelli erano in parte raccolti in una coda alta e in parte sciolti sulle spalle.

La biancheria intima era trasparente, cosa che glielo fece subito venire duro.

Abiti e gioielli erano quelli che lui le aveva regalato. Per un attimo se la immaginò con le candide vesti delle sue funzioni pubbliche e non riuscì a nascondere un altro mezzo sorriso.

Così agghindata non ha certo intenzione di tirarsi indietro, rifletté. Sentì l'erezione premere con tale forza che capì che, quali che fossero le rimostranze della donna, avrebbe dovuto possederla di lì a breve.

Ma dovette a malincuore registrare che il sorriso di Valika aveva ceduto il posto a un'espressione seria. "Ci hai pensato?" gli chiese.

Dannazione! A cosa si riferisce?

"Sì o no?" insistette lei di fronte al suo mutismo.

Non è possibile! Sono il Presidente della Federazione, gestisco decine di migliaia di mondi e devo ricordarmi cosa diavolo vuole questa qui!

Passò rapidamente in rassegna le discussioni dei loro ultimi incontri, organizzandole per importanza.

"Stai frugando nella memoria aggiunta sperando di trovare a cosa io mi stia riferendo?" gli domandò Valika, il tono freddo e accusatorio.

Lui provò a schivare l'attacco con un'alzata di spalle, come se l'accusa fosse troppo ridicola per meritare una risposta, ma la ricerca aveva restituito un nutrito numero di questioni aperte e questo non fece che aumentare il suo disagio, che si sforzò comunque di nascondere. Aveva confidato in un incontro breve in cui si andasse subito al dunque. *E ora quanto tempo mi farà perdere?!*

"Valika, sai che non ho tutto il giorno..." le disse a voce bassa con un tono teso a suscitare la sua comprensione.

"Oh, mi spiace, sei molto impegnato?" La donna si mise a sedere sulla sponda del triclinio, fissandolo sarcastica. Molov capì che il litigio era nell'aria.

"Perché sei venuto? Dimmi, cosa vuoi da me?" gli chiese, serissima.

Doveva davvero spiegarglielo? *Sono qui per scoparti*, pensò lui, ma tacque, alla ricerca di una replica più convincente.

"Mol, perché stiamo insieme, me lo dici?"

La conosceva. Di lì a poco lei sarebbe entrata in modalità monologo. In realtà non era affatto interessata alle sue risposte.

"Perché..." iniziò a dire, ma lei ovviamente lo ignorò.

"Non lo sai, vero?" Valika scosse ancora la testa, per rimarcare quanto la sua mancata spiegazione la facesse soffrire. "Perché non mi lasci andare? Non puoi mettere fine a tutto questo? Per favore, Mol, aiutami ad allontanarmi da te."

Si voltò in direzione del muro, come se il solo guardarlo le causasse una sofferenza insopportabile. "Io forse non ne sono in grado, ma tu sì! Tu puoi fare in modo che non ci vediamo più, che interrompiamo ogni comunicazione. Lasciami andar via, ti prego!"

Quanto lei gli stava chiedendo non era possibile, era ovvio. Lei era essenziale per il controllo sulle Terre Libere, era una gran figa e lui sapeva che in fondo lo stava soltanto provocando.

Stava per replicare ma lei lo anticipò, tornando a fissarlo: "Sei così con tutte o solo con me? Avrai decine di migliaia di amanti ovunque nella galassia, anche con loro sei così? Anche con gli altri tuoi corpi ti comporti in questo modo?"

In realtà, con la stragrande maggioranza Molov era gentile, premuroso e amorevole a seconda del bisogno e, a dire il vero, lo era anche con Valika, quando lei non era preda di qualche paranoia.

"Valika," iniziò a dirle, "sai che tu sei tutto per me..."

Lei scoppiò a ridere: "Sei un clone! Sei un clone di un individuo che ha migliaia di altri cloni. E gli altri? Tutti monaci?"

Non gli piaceva essere chiamato clone, lei lo sapeva, ma naturalmente ora stava cercando di offenderlo. Ci passò sopra. "Abbiamo una coscienza collettiva, ma anche emozioni individuali. Tu sei importante *per me*! Sono io che ti amo..."

Lei lo interruppe ancora: "Mi ami? Ma se non ti ricordi neppure quello che ti ho chiesto! Va bene, va bene. Dimmi, perché mi ami? Me lo spieghi?"

Molov aprì la bocca per rispondere, ma lei proseguì: "Lascia stare. Sappiamo tutti e due qual è l'origine del tuo amore, non è così? In quei cinque minuti che mi dedichi quando ne hai voglia me lo dimostri fin troppo chiaramente."

Questa volta lui si sentì davvero offeso, perché trascorrevano in genere ben più di cinque minuti insieme. Arrivava a farla godere per ore, ma non ritenne saggio puntualizzare.

"Valika, sono molto impegnato, è vero, ma le uniche pause che mi concedo le dedico a te. E tu lo sai che è così. Corro da te ogni volta che posso e anche mentre lavoro non faccio altro che pensarti."

Lei rispose con un'espressione ironica. Molov capì di aver esagerato.

"Ma ti ascolti mentre parli? Hai migliaia di corpi e mi vuoi far credere che non riesci a trovare un po' di tempo per noi?"

"Su questo pianeta ci sono solo io."

"Teoricamente, di quanto accade qui non dovrebbe importartene nulla," ribatté lei, seccata.

"Se non me ne occupo io, chi lo fa? Devo garantire le estrazioni di minerali unici che si trovano su pochissimi altri mondi e non posso certo fare affidamento sulle vestali!"

Valika avvampò: "Molov, lo fai per te, solo per te! Questo è un pianeta indipendente, non fa parte della Federazione dei Mondi e tu sei qui per sfruttarlo. Sei così avido che hai bisogno di incrementare ancora la tua ricchezza, che è già superiore a quella di qualsiasi altro essere della galassia!"

No, non era certo lì solo per quello, ma non era il caso che lei sapesse altro. Le si avvicinò, si sedette al suo fianco e le sfiorò lo smeraldo che portava al collo.

"Non sono l'unico a trarne dei vantaggi," le sussurrò.

"Hai voluto che li tradissi, che tradissi il mio popolo," gli disse lei, scuotendo lievemente il capo. "Non so più neanche chi o cosa sono. Ho fatto tutto per te. Ti adoravo come una novizia ama una divinità. E tu hai continuato a farmi promesse, promesse, promesse." Lo fissò negli occhi: "Molov, quando andiamo via?"

Era escluso che lui potesse condurla altrove. Lei gli serviva esattamente lì dov'era e non poteva certo permettersi di perdere una pedina così importante del suo gioco. Tuttavia, aveva finalmente capito perché era tanto arrabbiata. Si impegnò subito in una risposta rassicurante: "Presto, ti porterò via di qui molto presto."

"È quello che mi ripeti da anni!"

"Lo so, ma dobbiamo aspettare il momento giusto," ribatté lui in tono suadente.

"Tu hai il potere su tutto e tutti, perché non puoi fare in modo che andiamo via oggi stesso?"

"Lo sai perché. Sono qui per una ragione."

"Le miniere? Sono così importanti?"

Doveva darle qualcosa a cui aggrapparsi. "Sono anche interessato all'aspetto religioso..."

"Me l'hai insegnato tu. Siamo solo un branco di illusi che credono nel nulla. Sei stato proprio tu ad aprirmi gli occhi."

"Lo so, ma devo tenere la situazione sotto controllo."

"Perché? Non lo può fare qualcuno della Federazione?"

"È una questione politica. I miei oppositori farebbero un baccano senza fine se scoprissero che la FM si impiccia degli affari dei mondi indipendenti. Ci sono i trattati e tutta quella robaccia."

"Allora manda un altro te in incognito! Siete migliaia! Parti con me e sostituisciti con un altro te."

"È quello che intendo fare, ma gli altri *me* in questo momento sono tutti impegnati. Appena mi libererò altrove, mi sostituirò e partiremo insieme."

Lei abbassò la testa, sconsolata. "Quando? Dimmi, quando? Quando vivrò in un mondo dove possa vedere il cielo, la luce delle stelle, dove ci sono le nuvole, gli uccelli, il vento che ti sfiora la pelle?"

Gli uccelli c'erano anche lì, ma Molov preferì non sottilizzare. Le prese anzi il viso tra le mani. Sapeva che lei voleva andarsene per non specchiarsi ogni giorno nel suo tradimento. Si illudeva che vivendo altrove sarebbe sfuggita al proprio senso di colpa. *È troppo intelligente per crederci davvero, ma preferisce aggrapparsi a questa possibilità piuttosto che fare i conti con la persona che l'ho fatta diventare.*

Le accarezzò il mento e lei lo lasciò fare. Lui sentì subito tornare a crescergli l'erezione. *Come fa a eccitarmi con un solo sguardo?*

"Ti fidi di me?" le domandò.

"Voglio farlo," rispose Valika. "Lo sai che voglio farlo, però..."

"Ti porterò via con me, presto, molto molto presto."

Lei sembrò finalmente acquietarsi.

Molov sapeva che era il momento di baciarla, di rassicurarla ancora, di essere dolce. Sapeva che lei aveva bisogno di lui, ma in quel frangente gli mancavano il tempo e la voglia di essere l'uomo che lei avrebbe desiderato.

Si aprì con la destra la patta dei pantaloni, infilando al contempo la sinistra tra i capelli dietro la nuca di Valika. Dolcemente, ma con fermezza, la spinse in basso. Sentì il calore avvolgente delle labbra di lei sul suo membro e si lasciò andare, in estasi, sullo schienale del triclinio.

Capitolo 6 – Saytak

Il cuore gli martellava nel petto, i respiri si rincorrevano senza sosta, sulla testa sentiva una cappa opprimente che lo schiacciava a terra. Sarebbe voluto correre a cercare sua sorella ma, costretto a specchiarsi nei suoi peggiori incubi, era rimasto senza forze.

Saytak era seduto sul ciglio del tombino con i piedi ancora penzoloni nel vuoto. Il suo sguardo vagava nella devastazione tutt'intorno. Tremava di paura.

Silenzio. Aveva l'impressione che il silenzio di quel luogo lottasse per stritolarlo. Gli occhi andavano da un'estremità all'altra di quella grossa cavità naturale a forma di lumaca senza guscio. Odiava e amava il Dormitorio, casa e prigione, freddo come la frusta dei guardiani e caldo come i corpi degli abitanti stretti l'uno all'altro di notte.

Ma ora, sui vari livelli che collegavano gli anfratti scavati nella roccia che erano le loro abitazioni, era tutto distrutto. Lo scarno arredamento loro concesso era stato gettato in malo modo ovunque, gli utensili e le vettovaglie delle cucine del livello inferiore rimossi, le tende logore divelte, i paglericci buttati via.

Quei pertugi, nei quali erano vissuti fino ad allora come animali rintanati in attesa del turno di lavoro successivo, erano stati devastati.

Non c'era alcuna traccia del vociare sommesso e dei passi veloci e leggeri delle ragazzine che, come formichine laboriose, trascorrevano le giornate passando da un anfratto all'altro per pulire, rassettare e dare alle loro esistenze un minimo di dignità.

Le hanno prese tutte?, si chiese. *O si sono nascoste?*

Chiuse gli occhi e si impose dei respiri lunghi e profondi. Ancora tremante per la paura si alzò in piedi di scatto, ma subito un giramento di testa lo costrinse ad accovacciarsi di nuovo. Attese. Finalmente il pavimento smise di girargli attorno. Allora fece qualche passo esitante, poi, ricordandosi del tombino aperto, tornò indietro e spinse la pesante pietra nella propria sede. Nessuno doveva capire da dove era passato.

Se Entiak era ancora lì, l'avrebbe trovata. Da piccoli lei era sempre stata la più brava a giocare a nascondino. Il più delle volte usciva quando ormai tutti avevano smesso di cercarla.

Saytak raggiunse la prima scalinata e iniziò a salire i gradini a due a due. Si sforzò di richiamare alla memoria i nascondigli preferiti dalla sorella e salì fino al terzo livello. Entrò in un anfratto di una famiglia di loro amici. Su un lato si trovava un cunicolo di un paio di metri che subito dopo l'apertura svoltava ad angolo retto. Lei lo adorava.

Si inginocchiò, infilò la testa nel cunicolo e chiamò, a bassa voce: “Entiak! Entiak!”

Per un attimo pensò che non ci fosse nessuno, ma poi, quando la vista si adattò all’oscurità, gli parve di vedere due piedini che si ritraevano. Chiamò ancora il nome della sorella, ma in risposta ottenne solo il più completo silenzio.

Gli venne il dubbio che lei fosse troppo spaventata per rispondergli, ma scartò subito quell’idea. Si fidava ciecamente di lui.

Entrò carponi nel cunicolo ed ebbe l’impressione che qualcosa si muovesse sul fondo. “Entiak, sei tu?”

Cercò i lunghi capelli scuri, il corpo smilzo e i grandi occhi neri di sua sorella ma, avanzando cautamente, gli sembrò di intravedere un ragazzino troppo giovane. “Saimir?” azzardò.

Nessuna risposta, ma ora Saytak poteva distinguere un corpo che tremava per la paura.

“Saytak,” si sentì chiamare da una vocina terrorizzata. Era proprio Saimir.

“Sì, sì, sono io. Che cos’è successo?”

L’altro non rispose. Gli parve che stesse piangendo in silenzio. “Posso aiutarti, Saimir, ma ho bisogno che tu mi dica cos’è accaduto.”

Ancora silenzio.

È terrorizzato. Teme il ritorno dei guardiani da un momento all’altro, pensò Saytak. Tuttavia sapeva su cosa far leva. “Se me lo dici, ti darò la mia razione di cibo. Tutta! La mangerai tutta tu!” disse, sentendosi in colpa per quella che quasi sicuramente sarebbe stata una promessa impossibile da mantenere.

Finalmente il ragazzino aprì bocca: “Sono venuti i guardiani, erano in tanti. Noi... Noi siamo scappati, ma loro cercavano, andavano dappertutto. E ogni tanto prendevano qualcuno.”

“Chi hanno preso, lo sai?”

“No, no. Io ero qui. Li sentivo urlare. Ma li rivoglio, rivoglio i miei amici.”

Saytak tentò di rassicurarlo: “Sono certo che li riavrai. Vedrai che vi siete nascosti quasi tutti.”

“I guardiani... torneranno?”

“È possibile. Ma tu rimani nascosto. Saimir, sai nulla di Entiak?”

Il bambino scosse la testa.

“Sei sicuro? Mentre fuggivi l’hai vista? L’hai sentita gridare?”

“No, sono scappato. Avevo paura. Quando torneranno i guardiani?”

“Non lo so. Forse hanno trovato chi cercavano e non torneranno,” rispose Saytak, uscendo dal cunicolo carponi. “Ora stai qui, tranquillo.”

Il cuore gli batteva all’impazzata. Se Saimir si era nascosto poteva averlo fatto anche la sua sorellina. Avrebbe dovuto setacciare i nascondigli, uno a uno, ma sapeva che i suoi inseguitori sarebbero potuti arrivare da un momento all'altro.

E, proprio mentre ci pensava, proprio mentre stava decidendo in quale altro nascondiglio cercare sua sorella, vide un guardiano entrare nel Dormitorio.

Dannazione, come ho fatto a non sentirlo?, si chiese. Si voltò per fuggire ma, in quel preciso istante, udì rimbombare nel locale: "Fermo!"

Fu colto dalla disperazione. Avrebbe potuto provare a scappare, ma questo avrebbe significato dire addio a sua sorella.

Guardò in basso, disperato. Non ne poteva più. In quel luogo era tutto vano, tutto inutile. Ripensò agli uomini e alle donne di mezza età che morivano dopo una vita di stenti e di duro lavoro.

Ora, cosa lo attendeva? L'avrebbero preso, gli avrebbero mozzato un orecchio, il naso o forse peggio. L'avrebbero mutilato per dare l'esempio, oppure l'avrebbero torturato e ucciso.

No, non ne poteva proprio più. Un salto e sarebbe tutto finito.

Si avvicinò al bordo del livello, trasse un profondo respiro e gli vennero in mente quei grandi, infiniti occhi neri di sua sorella.

No, devo lottare, a qualsiasi costo.

Ma dove sarebbe potuto andare?

Il primo guardiano era seguito da molti altri. Almeno una dozzina. Tutti calvi, nerboruti. Non era poi così frequente vederne tanti tutti insieme. In genere si muovevano in gruppo solo a causa di minacce piuttosto gravi, come dover sedare una rivolta o per una punizione collettiva.

Non c'era più il tempo per scendere e tentare la fuga dall'altra parte.

D'istinto Saytak si aggrappò a una scaletta in legno e salì al livello successivo, mentre i primi guardiani avevano già raggiunto il primo.

Li seguì con lo sguardo mentre si separavano. Ognuno stava prendendo una via diversa.

Superò tre anfratti e salì su una scala di pietra al quinto livello.

Era come un topo in trappola. Sarebbe salito, salito fino ad arrivare all'ultimo livello e da lì non sarebbe più potuto fuggire.

Non sapeva cosa fare, ma l'istinto gli diceva di continuare a scappare.

Fu sorpreso da quanto quegli uomini giganteschi fossero in realtà piuttosto agili.

Salì ancora un altro livello e un altro ancora.

Quando si voltò a guardare giù verso i suoi inseguitori gli parve che fossero diminuiti di numero. Intravide una possibile via di fuga. Gli sarebbe bastato andare verso destra e poi scendere il più velocemente possibile. Ma sua sorella?

Proprio in quel momento, però, scorse un guardiano uscire da un anfratto.

Il cuore gli batté ancora più forte.

E se per causa sua avessero trovato Entiak? Forse sua sorella era riuscita a nascondersi come Saimir e ora che lui aveva riportato i guardiani nel Dormitorio l'avrebbero presa.

Non posso. Non posso correre il rischio.

Smise di avanzare, si fermò e tornò indietro. Scese due livelli.

Il suo intento era stato salvare la bambina che aveva promesso di proteggere e invece con le sue azioni avventate l'aveva soltanto messa in pericolo.

Perdonami, Entiak.

Si ritrovò a pochi passi da un guardiano. Lo sguardo dell'uomo non prometteva nulla di buono. Esprimeva un misto di collera e cattiveria. Saytak si sentì perduto.

L'uomo aveva la testa completamente calva, una corporatura robusta, braccia e gambe possenti e un collo taurino. Indossava solo un paio di pantaloncini in pelle sorretti da bretelle che si incrociavano sul petto e sulla schiena. A causa dell'afa che opprimeva quegli ambienti sotterranei, sudava copiosamente. Nella mano destra reggeva una frusta.

Saytak lo vide alzare il braccio e istintivamente si chinò coprendosi il capo con le mani. Purtroppo sapeva già molto bene quale dolore potesse arrecare la frusta di un guardiano. Le molte cicatrici che lui, come tutti gli schiavi, conservava su tutto il corpo ne erano una chiara testimonianza. Ma sapeva anche che questa volta la ferita sanguinante sarebbe stata soltanto l'inizio. Aveva ucciso uno di loro. Neppure la morte sarebbe stata sufficiente a ripagare il danno.

Con sua grossa sorpresa, al posto del colpo di frusta arrivò la presa dell'uomo sul braccio. Lo strinse con una tale forza che per poco non glielo spezzò.

Riaprì gli occhi e trovò il coraggio di fissare quella montagna di carne umana. Il guardiano si guardava intorno. Seguendone lo sguardo Saytak si rese conto che attendeva che i suoi compari lo raggiungessero.

Dopo l'arrivo di quattro di loro, sopraggiunse anche il loro capo, che sul braccio sinistro portava una fascia nera come simbolo di riconoscimento del suo status.

"Dov'è tua sorella?" gli chiese l'ultimo arrivato.

"Non lo so."

"Allora perché sei qui?"

Non aveva la più pallida idea di cosa rispondere.

Il guardiano ripeté la domanda con voce minacciosa: "Perché sei qui?"

"Ero... Avevo..." biascicò Saytak.

"Dov'è tua sorella?" gli urlò in faccia l'uomo, visibilmente incollerito.

Saytak si rese conto che stava tremando.

In quel momento vide che altri guardiani erano entrati nel Dormitorio e alcuni di essi conducevano degli schiavi in catene.

Quando comprese che si trattava dei suoi amici, sentì la terra mancargli sotto i piedi. Gli occhi gli si riempirono di lacrime.

"Sono stato io. Loro non c'entrano nulla. Non hanno fatto niente."

Il capo guardiano non si degnò neppure di rispondergli e attese che i suoi sottoposti portassero i prigionieri al loro livello.

Init, Tam e Balminur avevano lo sguardo terrorizzato. Init aveva il labbro spaccato e sembrava che avesse perso un dente, Tam aveva numerose ferite sul petto e sulla schiena e un occhio pesto, ma era Balminur quello messo peggio. L'avevano picchiato così duramente che non era in grado di camminare con le proprie forze e doveva essere sorretto da due guardiani.

"Dov'è tua sorella?" gli chiese ancora una volta il capo, quando i tre amici gli furono di fronte.

Saytak provava un terrore così profondo da non riuscire a proferir parola. Il tremolio del labbro era incontrollabile. Fissava gli occhi neri dell'uomo incapace di aprir bocca.

"Dov'è-Tua-Sorella?" scandì l'energumeno con quanto fiato aveva in gola, in un tono così alto da far sobbalzare i quattro ragazzi.

"Non lo so, non lo so," rispose Saytak, con un filo di voce.

Vide il guardiano arretrare di qualche passo, strappare il braccio di Balminur da uno dei due uomini che lo sorreggevano, sollevarlo da terra come fosse un fuscello e avvicinarsi al ciglio del livello, lasciandolo penzolare nel vuoto.

Saytak smise di respirare. Cercò di lanciarsi in avanti, ma il guardiano gli strinse il braccio talmente forte da farlo cadere in ginocchio per il dolore.

Da terra guardò Balminur in viso. Il ragazzo sembrava solo vagamente cosciente. La sua espressione era vuota, emetteva soltanto qualche triste lamento.

"Saytak, vuoi dirmi dov'è tua sorella?" gli domandò ancora il guardiano, che non sembrava minimamente accusare il peso del giovane.

Saytak spostò lo sguardo su Init e Tam, come se loro potessero aiutarlo, ma i due erano così terrorizzati da non osare neppure alzare gli occhi.

La mano del guardiano si aprì di colpo. Saytak vide con orrore il corpo del suo amico raggiungere in pochi attimi il pavimento del Dormitorio. Sentì il rumore dello schianto fin nello stomaco. Si chiese se si sarebbe mosso, se fosse sopravvissuto alla caduta, ma il cadavere di Balminur giaceva lì in basso, immobile.

"Sei venuto qui per trovarla?" insistette con calma il guardiano.

Saytak non rispose.

"Dobbiamo portarla dalle vestali. Avrà dei vestiti, un letto su cui dormire, cibo in abbondanza, potrà lavarsi. E tu avrai salva la vita. Se tieni a lei, devi dirmi dov'è. Vuoi che rimanga una schiava, come voi?"

Il ragazzo fece segno di no con la testa. Non perché credesse alle parole dell'uomo, ma perché voleva che continuasse a parlare, che non uccidesse un altro suo amico.

"Bravo. Allora mi dici dov'è?"

"Io non lo so," replicò Saytak con un tono di voce appena udibile. "Non la vedo da questa mattina."

"Sei venuto qui per cercarla?"

Nessuna risposta.

"Hai saputo dal trasportatore che volevamo parlarle e sei venuto a cercarla?"

A Saytak girava la testa.

Il guardiano gli chiese ancora, con calma: "Preferisci che li facciamo cadere?"

Init strillò: "Diglielo, Saytak, diglielo. Hanno detto che se li aiuteremo non ci uccideranno. La porteranno al Santuario, non le faranno del male. Ti prego... Non lasciarci morire."

Tam si era messo a piangere.

Saytak scosse la testa: "Non l'ho trovata, non so dove sia."

"Si sta nascondendo," disse Init. "Si sta nascondendo qui intorno. Non può essere andata da nessun'altra parte. Vi aiutiamo noi a cercarla."

Il guardiano andò da Init e lo prese per un braccio.

Iniziò a trascinarlo verso il bordo. Il ragazzo puntò i piedi, ma l'uomo lo alzò facilmente a un metro da terra.

Init si aggrappò con le gambe al busto del guardiano, ma questi gli assestò un colpo in pieno volto così potente da tramortirlo.

Quando si riebbe Init era sospeso nel vuoto. Si rivolse a Saytak: "Fratello, ti prego, non farmi questo. Ti prego, aiutali a cercarla. Non farmi morire. Per favore, ti supplico." Poi, all'indirizzo del guardiano aggiunse: "Io non ho fatto nulla. Non ho violato le regole. Se non mi uccidi ti aiuterò a cercarla. Sono sicuro che riusciremo a trovarla."

L'uomo non si girò neppure a guardarlo, ma continuò a fissare Saytak negli occhi. "Tu non sai dov'è Entiak, lui sì!" rispose alle suppliche del ragazzo. Dopodiché, aprì la mano.

Questa volta il tonfo gli parve un rumore lontano, che non lo riguardava. Gli vennero in mente tutti i momenti trascorsi con l'amico: i giochi che avevano condiviso fin da piccolissimi, le corse su e giù per le scale del Dormitorio, i nascondigli nei quali nessuno riusciva mai a trovarli.

Salutò l'amico nel profondo del suo cuore: "Addio, Init... Scusami," disse a bassa voce, con le labbra tremanti.

Il capo guardiano procedette a passo deciso verso Saytak. Ogni volta che l'uomo posava il piede sulla pietra, al ragazzo pareva che il pavimento tremasse. Quando il gigante gli fu di fronte, istintivamente chiuse gli occhi, aspettandosi un pugno, una sberla o peggio.

Si sentiva distrutto dalla paura, le labbra continuavano a tremargli, avvertiva il calore delle lacrime sulla guancia, le gambe ormai si rifiutavano di sostenerlo e rimaneva in piedi solo grazie alla stretta dell'altro guardiano.

"Mi hai stufato, ragazzino!" gli disse il capo guardiano.

Era finita, lo sapeva. Mentre l'uomo lo prendeva per il braccio e lo portava verso l'abisso, Saytak si vide volare in basso e finire spiaccicato al fianco dei cadaveri dei suoi amici.

Di sfuggita guardò Tam. Voleva disperatamente vivere, voleva portare via da tutto quell'orrore la sua sorellina, ma provò un lieve senso di sollievo all'idea che forse almeno il suo amico si sarebbe salvato, che tutto quello avrebbe avuto fine prima che Tam andasse incontro alla stessa sorte di Init e Balminur.

Si sentì sollevare di peso. Guardò in basso e vide che penzolava nel vuoto. I due corpi morti laggiù, però, gli sembravano irreali. Come potevano appartenere a due ragazzi che, nonostante la loro vita di schiavitù, erano sempre stati così vitali, energici, talvolta persino allegri? Anche il suo cadavere sarebbe apparso così insignificante, un sacco di carne immobile?

Sperava che accadesse un miracolo che potesse salvargli la vita e allo stesso tempo si augurava che tutto quello finisse il prima possibile.

Ma il capo guardiano non si astenne dall'ennesima tortura.

"Entiak," tuonò la voce dell'uomo, "vieni subito fuori o tuo fratello morirà!"

"Entiak," ripeté nuovamente, a voce ancora più alta, "vieni con noi. Le vestali ti vogliono con loro. Starai bene, avrai da mangiare e salverai la vita di tuo fratello."

"N-n..." provò a protestare Saytak, ma il capo guardiano con l'altra mano gli strinse la gola con tale forza da mozzargli il respiro e causargli violenti conati di vomito.

Per qualche secondo nessuno parlò. Poi, due livelli sopra di lui, oltre il bordo, Saytak vide comparire la sagoma del viso della sua sorellina.

Si sentì perduto, sconfitto, provò un dolore così profondo che desiderò ardentemente che tutto quello non fosse mai successo, che lui non fosse mai nato, che fosse tutto solo un orrendo incubo, che quella realtà non esistesse. Tutto quello prima o poi avrebbe avuto fine, lui non ci sarebbe più stato, non sarebbe stato responsabile, come lo era in quel momento, della cattura della sua sorellina e dell'uccisione dei suoi amici.

Ho sbagliato ogni cosa, pensò, con la morte nel cuore.

Con un movimento fluido del braccio, il capo guardiano lo spinse tra le braccia del suo sottoposto.

Saytak tentò di urlare all'indirizzo della sorellina: "Fug...", ma l'uomo gli strinse e piegò il braccio con una tale veemenza da farlo ricadere sulle ginocchia con un grido di dolore.

Così non poté far altro che assistere impotente mentre Entiak scendeva le scale. Sembrava molto spaventata, ma anche risoluta. Saytak aveva sempre creduto che non esistesse creatura più bella di sua sorella. Ne osservò i lunghi capelli neri che le arrivavano fino a metà schiena, i lineamenti del viso, simili ai suoi ma più dolci, aggraziati, gentili, le gambe e le braccia agili e snelle.

Aveva atteso troppo, era quello il suo maggior rimpianto. Sapeva che tentare la fuga sarebbe stato rischioso, così, fino a quel giorno, aveva indugiato, confidando nel fatto che la bimba fosse troppo piccola per prendere servizio nel Santuario. *Dannazione, avrei dovuto portarla via anni fa*, pensò, con le lacrime che avevano ripreso a colargli sul viso.

Quando Entiak arrivò al quarto livello fu raggiunta da due guardiani, che, prendendola sotto le braccia, la scortarono ancora più giù, di fronte al capo guardiano.

Saytak si ritrovò così a pochi passi dalla sorellina, ma ancora in ginocchio, con le lacrime che non la smettevano di scendere e il guardiano che gli serrava il polso.

"Mi dispiace," riuscì solo a sussurrarle.

Entiak, con uno scatto, si liberò dai due uomini e balzò verso il fratello. Gli gettò le braccia al collo, stringendolo forte e posando la testa sulla sua spalla.

Saytak rispose all'abbraccio con il braccio libero e ne assaporò l'odore di bambina, quell'odore di cui si nutriva ogni notte prima di addormentarsi e al risveglio, quando lui e Entiak si tenevano ben stretti sul pagliericcio per scaldarsi un po'.

Temeva che i guardiani li separassero da un momento all'altro, ma quella dolce pausa durò invece a lungo, finché il capo disse loro: "Entiak, dobbiamo andare, per il bene di entrambi."

Saytak fu sorpreso dall'assenza di un tono minaccioso nelle parole dell'uomo, che anzi ribadì: "Saytak, lasciala andare, per il suo bene." Così il ragazzo allentò la stretta.

Vide il capo prendere gentilmente la ragazzina dal busto e tirarla indietro. Lei per un po' non cedette, ma alla fine le sue braccine dovettero staccarsi dalla schiena del fratello.

Entrambi piangevano, ma nessuno dei due disse nulla. Si guardavano, ciascuno perso negli occhi nerissimi dell'altro.

Infine Saytak alzò lo sguardo sul capo guardiano, che stava posando la bimba a terra, tenendola per un braccio. Dal modo in cui la reggeva, il ragazzo capì che anche lui aveva una sorella o una figlia.

Lo vide mettere una mano in una borsa alla cintura ed estrarre una sfera gelatinosa di colore verde brillante, da cui si innalzava un sottile rivolo di fumo bianco.

Non l'aveva mai visto prima, ma intuì che si trattava del *nomos.*

Nella sua testa si affollarono gli stessi interrogativi che si era posto un'infinità di volte. Perché le drogavano? Era proprio necessario? Perché avevano bisogno delle loro sorelle? Non avrebbero potuto farne a meno?

Ma sapeva che erano domande futili, che era così e basta, e che quell'orrore sarebbe continuato senza che loro potessero farci nulla.

Notò lo sguardo preoccupato della sorellina mentre la mano del guardiano si avvicinava al suo capo. Poi accadde tutto in un attimo: il *nomos* dalla mano dell'uomo si librò in aria, raggiunse il padiglione auricolare della bimba e fu risucchiato all'interno, come attratto da una calamita. Le gambe le cedettero e il corpo si afflosciò sulle braccia del capo guardiano. La testa le si reclinò all'indietro, lasciando intravedere tra le palpebre gli occhi rovesciati.

Il suo sguardo, sempre così vitale, sorridente, animato nonostante tutto da una felicità capace di illuminare tutto e tutti intorno a sé. Quella luce ora si è spenta. "L'avete uccisa," mormorò Saytak all'indirizzo del capo guardiano.

"No, no, no," piagnucolò Tam, con la voce distrutta dal dolore.

Gli stessi guardiani tradirono in viso una certa preoccupazione, mentre il capo scrutava il volto di Entiak come alla ricerca di un segno di vita.

Nella mente di Saytak turbinavano mille domande. Le avevano dato una dose eccessiva di *nomos*? Quella droga poteva uccidere le persone? Alcuni potevano metabolizzarla e altri no?

Seguitava a fissare il volto della sorellina, in attesa del suo risveglio, che avvenne poco dopo.

Lei tornò a reggersi in piedi con le sue sole forze, stropicciandosi gli occhi e guardandosi attorno come intontita.

Il guardiano le disse, lasciandole il polso: "Andiamo."

La bimba subito si riebbe. Saytak la vide in posizione ben eretta, tranquilla. Quando il capo guardiano si incamminò, lei lo seguì, diligente.

"Entiak," la chiamò il fratello, quando lei ebbe quasi raggiunto la scalinata che portava al secondo livello.

Lei non accennò a voltarsi e, pochi passi dopo, iniziò la discesa.

Stringendogli il polso, il guardiano lo condusse nella direzione opposta. Mentre scendevano giù Saytak continuò a seguire con lo sguardo il capo e sua sorella, finché uscirono dall'estremità in basso del Dormitorio.

Il guardiano lo stava scortando verso le celle. Se era così, non l'avrebbero ucciso. Ma questo significava anche qualcosa di molto più importante. *Aspettami, Entiak. Ti giuro che verrò da te e troverò il modo per portarti via. Tu ed io andremo via di qui. Ho sbagliato tutto, lo so, ma questa volta non commetterò più errori.* Ne era certo. Sapeva che sarebbe accaduto. Sapeva che l'avrebbe salvata.

Capitolo 7 – Lil

ASTRONAVE DIRIN
PRESENTE

Nella stanzetta dalle pareti bianche Lil si avvicinò a Miril, le cui labbra sembravano tremare di desiderio. *Mi vuole, almeno quanto io voglio lei.*

Quanto erano state costrette ad attendere? Il Tempio, il viaggio nel passato, i tuffi nello spazio profondo. Lil sentiva un bisogno fisico, sentimentale, spirituale di congiungersi con la donna che amava follemente come se d'improvviso fosse diventato intollerabile anche solo un altro minuto di attesa.

Si fece ancora più vicina, fissandone i meravigliosi occhi verdi accesi di passione.

Finalmente erano insieme. Era troppo da egoisti pensare che, in fondo, nonostante tutto ciò che era accaduto, in quel preciso istante la loro unione era l'unica cosa che importava?

Ho bisogno di te, proprio ora, comunicò telepaticamente alla donna che amava. *Null'altro ha importanza, adesso. Sei il mio universo, la mia vita, tutto. E voglio stare con te.*

Fece un altro passo in avanti, totalmente immersa nell'intensità del momento. Chiuse gli occhi e si abbandonò al flusso delle emozioni, in attesa dell'attimo in cui finalmente avrebbe percepito il calore del corpo di Miril sul suo. Quando poco dopo li riaprì, si ritrovò in uno stanzone circolare, con una serie di aperture disposte lungo le pareti. Miril non c'era più.

Istintivamente Lil cercò con lo sguardo un'uscita, ma riuscì a intravedere solo delle camerette tutte uguali con i muri bianchi. Allora guardò in alto, scorgendo la volta colorata di una sala del Tempio.

Si mise a spazzare il pavimento con una scopa, come aveva fatto spesso nelle settimane trascorse con Bashinoir e Miril.

Eppure era conscia di non trovarsi sulla sua isola, ma in una prigione dell'astronave della Federazione dei Mondi. *Però il pavimento va pulito, devo andare avanti.*

"Brava, stai facendo un ottimo lavoro," le disse una voce alle sue spalle. La conosceva, era quella del Presidente Molov. Sapeva che la stava osservando e si sentì sollevata per il complimento. Voleva pulire bene, così lui sarebbe stato contento.

Sorrise e si rimise all'opera, aveva ancora moltissimo lavoro da fare.

Quando, girandosi, vide che una cella era occupata da alcune persone, alzò la scopa da terra e andò a controllare.

Erano Bashinoir, la regina Aleia e Milia, intenti a confabulare sottovoce.

Come hanno fatto a entrare? Da dove sono passati?

Quando la videro i tre tacquero e la fissarono, senza dirle nulla.

"Quando potrò uscire di qui?" gli chiese Lil.

Suo marito si strinse nelle spalle e sospirò.

Le rispose la regina Aleia, annuendo con il capo: "Ancora un po', devi rimanere ancora un po'."

Lil si accorse che Milia continuava a fissarla, con una certa aria di sfida.

A quel punto si spazientì. "Ma perché devo stare qui? Non capisco!"

Con un tono di voce basso e paterno, fu Bashinoir a spiegarle: "È complicato. La magia non è ammessa. Non va bene. Devono trovare un modo per curarti."

Lil lo ascoltò, poi, stanca dello sguardo accusatorio di Milia, le fece un cenno interrogativo come per chiederle *Cosa c'è? Cosa vuoi?*, ma la ragazza non mutò espressione.

Non volevano aiutarla, questo era chiaro. Ma se loro erano entrati, da qualche parte doveva esserci un'apertura.

Fece qualche passo indietro, guardando ancora una volta attorno a sé.

"Non puoi uscire ora, non puoi!" le disse in tono secco Bashinoir, avanzando verso di lei. Aveva uno sguardo torvo, simile a quello che aveva negli ultimi istanti che avevano trascorso insieme, poco prima che accoltellasse Miril nel Tempio.

Il cuore prese a batterle forte, percepì la paura scorrerle nelle vene. Cercò con gli occhi l'aiuto di Aleia e Milia, ma loro si limitarono a fissarla, in attesa.

Tutto accadde in un lampo. Vide Bashinoir balzarle addosso e si ritrovò a terra, con un forte dolore per aver sbattuto la nuca. E subito dopo sentì le mani dell'uomo strette intorno alla sua gola.

"Non avresti dovuto, non avresti dovuto," le disse il marito, gli occhi iniettati di sangue, il volto trasfigurato in una maschera di ferocia, le goccioline di saliva che le colavano sulla pelle del viso. "Non avresti proprio dovuto!" le ripeté ancora.

Lil aveva disperatamente bisogno d'aria, stava soffocando. Portò le mani intorno ai polsi dell'uomo, anche se sapeva che era molto più forte di lei. Canalizzò ogni energia nel tentativo di divincolarsi, ma non servì a nulla.

Allora fece ricorso ai propri poteri telepatici. Poco prima di sentire la coscienza scivolare via, chiuse gli occhi e si appellò alle profondità del suo spirito. Nulla! Non c'era più nulla! Se n'erano andati. I suoi poteri l'avevano abbandonata. Questo le fece ancora più male della morte imminente.

Aprì nuovamente gli occhi e vide Milia avvicinarsi e poi posare una mano sulla spalla di Bashinoir in un atteggiamento complice. Quel gesto la infastidì. La giovane si chinò verso di lei e le sussurrò qualcosa all'orecchio.

Percepì il suo fiato caldo. Le stava parlando, le stava dicendo qualcosa, ma cosa?

Il mondo intorno incominciò a svanire. Il suo corpo fu scosso dalle convulsioni, forse per l'assenza d'ossigeno. Poi non provò più nulla, nessuna sensazione. Nulla.

Si rese conto di avere gli occhi chiusi. Li riaprì.

Udì una voce di donna risuonare dietro di sé. "È inutile che cerchi la risposta altrove. Devi solo credere in te."

Si alzò in piedi, toccandosi la gola. Avvertì ancora il dolore per la stretta di Bashinoir.

Guardò verso la camera dove il marito e le due donne erano comparsi, ma non c'erano più. Allora si girò verso il centro dello stanzone, alla ricerca dell'origine della voce, ma capì d'essere di nuovo sola.

"Perché sono prigioniera?" chiese, ad alta voce.

"Perché lo vuoi tu," fu la risposta, quasi che a parlare fosse la stanza stessa.

"No, non è vero."

"Sì che lo vuoi. Lo vogliono tutti. Ma alcuni riescono a liberarsi. Tu no."

"Cosa dovrei fare?"

"Supera i limiti che ti sei imposta, vai oltre la tua convinzione di non potercela fare."

"Ma..."

"Finché non ti convincerai di potercela fare, rimarrai così come sei. Continuerai ad avere le mani legate. Ricorda però che sei stata tu a legartele."

"Io non so cosa devo fare!"

"Sì che lo sai."

"No, non lo so più. Volevo salvare il mio mondo, ma ho fallito."

"Hai un'intera galassia da salvare. Salvala e ritroverai il tuo mondo."

"Davvero? Il pianeta che è stato distrutto, la mia isola?"

"Sei tu che crei l'universo dove vuoi vivere."

"Io voglio la mia isola!"

"Allora esci dal tuo guscio, non ne hai più bisogno."

"E poi?"

"Cerca la Sorgente."

"La Sorgente?"

"È lì, nel cuore del pianeta dove vi sta portando Ipsia. Tu sei l'erede della luce. Devi trovarla."

Lil annuì. "Va bene, lo farò."

"Attenta! Dovrai attraversare dolore e sofferenza senza eguali. Se fallirai perderai tutto."

"Perché?"

"Perché è nel male assoluto che scoprirai il vero bene."

"Qual è il vero bene?"

"Devi capirlo tu. È quello che hai sempre cercato, il segreto che custodisci da tutta la vita dentro di te. Hanno provato a convincerti che non esiste, ma fortunatamente non ti sei mai lasciata persuadere."

Lil tacque, poi chiese: "Chi sei?"

"Lo sai."

Aprì gli occhi e si accorse che il braccio di Miril le cingeva la vita. Erano a letto, ancora insieme. Si domandò se fosse il caso di svegliarla. No, avrebbe atteso ancora qualche ora.

Capitolo 8 – Valika

PIANETA NESPOR
PRESENTE

Valika percorreva a passo spedito il corridoio che l'avrebbe portata alla camera delle udienze di Elor. Ogni sei o sette metri, in corrispondenza delle nicchie dedicate alle diverse divinità, le pieghe della sua veste erano rischiarate dalla luce ondeggiante di una torcia. Approfittò di quella del dio Pal, con le pareti completamente rivestite di specchi, per controllare il proprio aspetto.

Aveva un po' di occhiaie, questo sì, ma il suo volto non sembrava recare segni dell'incontro con Molov.

Si era dovuta spogliare in fretta e furia di tutti i gioielli e degli abiti che tanto piacevano al suo amante e, dopo aver indossato la sua veste abituale, si era risistemata velocemente il viso e i capelli.

Ricevere la convocazione per recarsi al cospetto dell'anziana guida spirituale proprio mentre era in compagnia di Molov l'aveva riempita di vergogna. Naturalmente, il messaggero aveva trovato la porta chiusa a chiave (*e comunque non si sarebbe mai permesso di entrare!*), ma le rimaneva il dubbio che il ragazzo, prima di bussare, nonostante tutte le precauzioni prese potesse aver udito qualche rumore di troppo.

Aveva, come in molte altre occasioni, l'impressione che le sue colpe le fossero tatuate in fronte. *Quanto sono diventata brava a mentire?*, si chiedeva. *E Elor può essere invecchiato a tal punto da non accorgersi che la persona in cui in apparenza ripone maggior fiducia non è altro che la peggiore delle traditrici?*

Si aggiustò una ciocca di capelli.

Il suo aspetto la metteva a disagio. Fin da quando era una bambina sua madre le aveva insegnato a detestarsi. Non era mai abbastanza bella o brava, non si prendeva mai sufficiente cura di sé stessa, non era neppure lontanamente in grado di mettere in risalto i pochi tratti buoni che possedeva. Quegli ammonimenti materni continuavano a rimbalzare senza sosta nei suoi pensieri ogni volta che osservava la propria immagine.

Mia madre aveva ragione. No, non è un bel viso il mio. Ed è il viso di una traditrice.

Sapeva però bene come a Elor non interessasse granché l'aspetto esteriore. La guida spirituale del loro popolo era capace di guardare direttamente al cuore delle persone, ed era proprio questo che la terrorizzava.

Sospirò, riprese il cammino e, dopo diverse svolte, giunse alla porta della camera delle udienze.

Prima ancora che le sue nocche colpissero il legno della porta annunciando la sua presenza, la voce dell'anziano la invitò a entrare.

Bassino di statura, l'uomo negli ultimi mesi era dimagrito a tal punto che per l'ennesima volta Valika si chiese come facesse a reggersi in piedi. Anche il volto, un tempo paffuto e in salute, aveva ora guance scavate e lineamenti scheletrici. Nonostante ciò, Elor appariva tranquillo, energico e sorridente, con due occhi azzurri che la fissavano carichi di buonumore. Come al solito, i pochi ciuffi di capelli bianchi erano in disordine.

Si trovavano in una grande sala circolare dipinta con iscrizioni appartenenti a così tante lingue diverse che neppure i più illustri studiosi del loro popolo erano in grado di decifrarle tutte. Solo Elor, durante le sue lezioni, talora si avvicinava alle pareti, rimaneva qualche secondo in silenzio e poi iniziava a tradurre gli antichi insegnamenti con tale naturalezza da destare ammirazione e stupore tra i presenti.

Nella sala gli unici posti a sedere erano semplici cuscini disposti in cerchio, sui quali l'anziano invitò Valika ad accomodarsi con un cenno del capo.

Lei si sedette con le gambe incrociate, imponendosi di ricambiare il sorriso e di mostrarsi a sua volta attenta e rilassata.

Come suo solito, Elor andò direttamente al punto: "Tra poco le vestali saranno qui e vorrei che partecipassi all'incontro con me. Non mi aspetto nulla di buono."

Accadeva sempre più spesso che Elor la invitasse a presenziare a quel tipo di udienze. *Che stia già pensando a un successore? Possibile che prenda in considerazione proprio me?*, si chiese Valika, in un accesso di panico. L'idea di ricoprire il ruolo di guida spirituale le diede i brividi. Sarebbe mai stata in grado di difendere la libertà del popolo, proprio lei che non era neppure capace di prendersi cura della sua?

Si costrinse a mettere dubbi e paure da parte e a rispondere cercando di apparire attenta e concentrata. "Sai di cosa vogliano discutere?" domandò.

"Non nello specifico, ma l'avidità del Santuario ormai sta superando ogni limite e posso immaginarlo."

"Credi che abbiano delle nuove richieste da farci?"

"È molto probabile."

"Eppure sanno già qual è la nostra posizione."

"È vero, ma temo che non abbiano intenzione di fermarsi," spiegò Elor, incapace di nascondere un moto di insofferenza nella voce.

Valika conosceva fin troppo bene la situazione del Santuario, che faceva scavare in ogni direzione alla ricerca di metalli preziosi da commerciare. La sete di ricchezza delle vestali sembrava inarrestabile e, benché l'accesso alle miniere fosse proibito agli estranei, i racconti che filtravano dipingevano un quadro fosco sulle condizioni di vita dei lavoratori. Inoltre, se in principio la loro attività aveva avuto origine dalle necessità di scambio con gli altri mondi indipendenti, era risaputo che in realtà ormai la quasi totalità delle spedizioni finisse nella Federazione. E Valika non riusciva a togliersi dalla mente il dubbio che, in qualche modo, senza volerlo, fosse divenuta lei stessa parte di quell'oscuro ingranaggio.

"È come se la Federazione, oltre a pagarle, le stesse pian piano plagiando," le confermò Elor, quasi le avesse letto nel pensiero. "Ho a lungo coltivato la speranza che un movimento interno le potesse ricondurre sulla via dello spirito, ma è accaduto invece esattamente il contrario. Ormai la loro religione è quanto di più distante dalla ricerca spirituale."

Il cuore di Valika iniziò a battere forte, ma lei si impose di rimanere calma. Aveva chiesto innumerevoli volte a Molov se avesse qualcosa a che fare con quanto stava succedendo nel Santuario, ma il suo amante aveva sempre negato con fermezza qualsiasi ingerenza. *Possibile che mi stia mentendo fino a tal punto?*

"E non è tutto: mi è stato riferito che stanno creando un esercito," aggiunse Elor.

I pensieri della donna presero a vorticare. *Un esercito? Non ha alcun senso! O meglio, avrebbe senso se...*

Fu bruscamente richiamata alla realtà dalla voce di un giovane che annunciò l'ingresso delle vestali.

La porta si spalancò e le tre donne fecero il loro ingresso. Valika, facendo del suo meglio per tranquillizzarsi, si alzò per accoglierle.

Indossavano vesti simili alla sua, ma di colore grigio e con il cappuccio alzato. I visi erano coperti da maschere argentate atteggiate a un'espressione seria e anonima.

Valika, come sempre a disagio in loro presenza, diede il benvenuto alle tre donne, le quali la ignorarono e si accomodarono senza indugi sui cuscini.

"Vestali," le salutò semplicemente Elor.

"Elor," risposero loro, con un lieve cenno del capo.

Avevano parlato tutte e tre con lo stesso timbro vocale per via del dispositivo che uniformava le loro voci.

Maschere e occultamento del tono di voce, secondo le leggi del Santuario, dovevano servire per l'annullamento dell'individualità a favore dell'identificazione spirituale in un corpo unico, ma Valika sapeva bene che anche quella non era altro che una delle tante distorsioni degli antichi principi spirituali create ad arte per favorire i nuovi interessi.

"Ebbene?" non perse tempo l'anziano.

Il clima era così teso che Valika aveva quasi timore a respirare.

"Vorremmo prendere in esame la situazione degli attuali confini degli scavi," spiegò una vestale.

"Quindi?" ribatté Elor, fissandola con l'azzurro intenso dei suoi occhi.

"Recentemente abbiamo constatato che moltissime vene proseguono in direzione del sottosuolo delle Terre Libere. Possiamo immaginare che per voi non ci siano problemi se continuiamo a scavare, ma, per correttezza, abbiamo ritenuto giusto mettervi al corrente."

I territori sacri?, pensò Valika. Il rispetto per essi era uno dei principi cardine del suo popolo. Com'era possibile che le vestali avessero la sfrontatezza di fare una simile richiesta?

"Avete fatto bene, perché non ho nessuna intenzione di darvi il mio permesso."

"No?" replicò un'altra di loro, con un tono di finta sorpresa.

La sicurezza delle tre donne iniziò a farle temere il peggio.

"Assolutamente no. Come ben sapete, la sacralità del territorio è intoccabile, a ogni livello."

La vestale sospirò. "Capisco. Quei territori formalmente vi appartengono..."

"Sono liberi," la corresse Elor.

"Proprio così, quindi è giusto che anche voi riceviate la vostra parte. Poiché noi ci occuperemo interamente dello scavo e del commercio, potremo stabilire come ripartire i guadagni."

Valika era esterrefatta. *Sono impazzite?* Non si erano mai rivolte a Elor con una tale supponenza ed era inconcepibile che arrivassero ad avanzare una simile proposta! Eppure, per un qualche strano e indecifrabile motivo, una parte di lei si sentiva profondamente in colpa, come se fosse lei stessa responsabile di quanto stava avvenendo.

"I territori manterranno la propria integrità. Apparterranno sempre e solo a Nespor, il pianeta ci ospita nel proprio grembo," ribatté Elor, impassibile.

"A noi non sembra che al pianeta possa dispiacere se continuiamo a scavare. Questi stessi locali..."

L'uomo la interruppe bruscamente: "Questi luoghi di culto sono stati ricavati da cavità naturali rispettando l'antico patto che i nostri avi fecero con questo mondo, patto nel quale chiesero ospitalità offrendo in cambio il rispetto della sua integrità."

"Elor, gli avi sono morti da molto tempo e allora le condizioni erano ben diverse."

L'anziano strinse le palpebre e tacque. Valika ebbe l'impressione che si stesse trattenendo dall'esplodere di rabbia.

Si accorse che una delle vestali la stava osservando e il suo disagio crebbe a dismisura. Cosa sapevano quelle tre donne sul suo conto? E quali erano davvero i collegamenti di Molov con il Santuario? Sarebbe voluta intervenire in aiuto della sua guida spirituale, ma fino a quel momento si era sentita terrorizzata all'idea che in qualche modo proprio loro potessero smascherarla.

Non posso più tacere. Se qualcosa fosse andato storto, avrebbe ricevuto solo quello che si meritava.

"Viviamo da migliaia di anni nel sottosuolo di questo mondo, che finora ci ha protetto, accudito, sfamato," disse. "E nei miti è scritto a cosa si va incontro quando si rompe l'equilibrio tra un pianeta e chi lo abita," aggiunse, tutto d'un fiato.

Le tre vestali si volsero a guardarla. *Lo sanno, sanno chi sono e ora glielo diranno.* Rimpianse di non aver avuto il coraggio di essere lei a dirgli tutto, di non aver confessato al suo Maestro di aver tradito il proprio giuramento e di essere l'amante del più grande nemico del loro popolo. Tuttavia, si sentì sollevata al pensiero che, di lì a poco, quella farsa avrebbe avuto fine. *Niente più menzogne, sensi di colpa, sofferenze. Affronterò l'umiliazione che mi aspetta e poi me ne andrò*, rifletté, ripensando ancora una volta alle promesse di Molov.

"Possiamo ampliare la nostra offerta," continuò in tono pacato la vestale che aveva parlato per prima, tornando a guardare in direzione dell'anziano, come se l'interruzione di Valika non fosse degna di ulteriore attenzione. "Possiamo offrire ai vostri abitanti di lavorare per noi, con una buona retribuzione."

Valika nascose un sospiro lento e profondo.

"Al fianco degli schiavi che comprate sugli altri pianeti?"

Sta per perdere la calma, pensò Valika. Elor continuava a mostrarsi tranquillo, ma lei sapeva che persino la leggendaria pazienza del Maestro aveva un limite e che le parole delle vestali stavano per oltrepassarlo.

Tra i tanti dolori che negli anni gli aveva dato il Santuario, la schiavitù era quello che lo angustiava di più. Con la continua espansione delle miniere e il ristretto numero di lavoratori a loro disposizione, le vestali avevano iniziato, diversi decenni prima, a comprare forza lavoro su altri mondi. Perché non si erano rivolte a uno dei tanti fornitori di robot efficienti e instancabili? Perché, si diceva, secondo i loro calcoli gli umani costavano decisamente meno!

"Sono lavoratori liberi," rispose pacatamente una delle tre donne. "E i vostri abitanti avrebbero la possibilità di guadagnare cifre considerevoli, anche per incarichi limitati nel tempo."

Valika ripensò alle innumerevoli discussioni avute con Molov sull'argomento. Il Presidente le aveva sempre assicurato di non aver nulla a che fare con il ricorso aberrante alla schiavitù, che, tra l'altro, le ricordava essere bandita nell'intera Federazione. *Mi addolora l'idea che possa ancora esistere nella nostra galassia una pratica che lede così profondamente i diritti degli esseri viventi*, le aveva detto. Ma quelle parole, sfoggiate con tanta sincerità, non l'avevano mai convinta del tutto.

"Vestali, non siamo interessati a nessuna delle vostre proposte," tagliò corto Elor. "Se non c'è altro, il nostro colloquio finisce qui."

Era una chiusura netta e un chiaro invito ad andarsene, ma le tre donne non si mossero.

Dopo qualche secondo, una di loro replicò: "Possiamo includere le Terre Libere nella protezione militare del Santuario."

Valika capì infine dove volevano arrivare. *Come ho fatto a non pensarci prima?*

Elor rivolse loro un sorriso beffardo. "E perché credete che le Terre Libere abbiano bisogno di protezione militare?"

"Qualsiasi territorio della galassia ne ha."

Il Maestro tornò serio. "Ma le Terre Libere di Vaior sono un luogo sacro, una zona franca custodita nel grembo di questo pianeta, un luogo dove ogni abitante della galassia può venire per intraprendere un cammino di crescita spirituale. È il pianeta che ci protegge, la nostra simbiosi con esso. Noi ne rispettiamo i confini e riceviamo in cambio la sua protezione."

Prima di ribattere, la vestale attese nuovamente qualche secondo. "Noi non crediamo che questo sia sufficiente. Se la Federazione..."

"La Federazione? Se la Federazione lo volesse spazzerebbe via in un battito di ciglia tutti i mondi indipendenti. Anticamente, popoli provenienti da ogni angolo della galassia cercarono riparo in questo mondo con l'obiettivo di creare un luogo puro, sacro, lontano dalle lotte fratricide degli altri pianeti. Stabilirono delle regole che furono accettate dagli altri mondi. Vaior sarebbe stato un luogo di tutti e di nessuno. Chi avesse deciso di venire a vivere qui si sarebbe lasciato alle spalle le proprie origini per dedicarsi alla ricerca spirituale. I nostri antenati decretarono che le Terre Libere non avrebbero fatto politica, non si sarebbero schierate, non avrebbero preso parte ad alcun tipo di conflitto e questo patto venne accettato da tutti. Implicitamente, persino dalla Federazione! Da allora è lo spirito che ci protegge e," Elor si concesse un lieve sorriso, "non certo delle armi giocattolo."

Non era del tutto vero. In realtà le Terre Libere avevano diversi amici influenti nella Federazione, personaggi che garantivano che la libertà di Vaior non venisse minacciata in alcun modo.

E lei stessa, molti anni prima, aveva compiuto un viaggio nella Federazione, in incognito. Era lì che era iniziato tutto. Ogni volta che ci ripensava provava un misto di dolore, ansia, gioia, eccitazione e senso di colpa.

L'incarico le era stato affidato direttamente da Elor e la fiducia del Maestro l'aveva riempita d'orgoglio. L'obiettivo era la semplice trasmissione di un messaggio, una breve comunicazione a uno degli amici che curavano i loro interessi all'interno della Federazione. Era filato tutto liscio, il viaggio di andata si era svolto regolarmente e il loro contatto si era dimostrato gentile e disponibile. Poco prima di ripartire, tuttavia, Valika aveva incrociato allo spazioporto un affascinante ragazzo con il quale si era ritrovata immersa in una conversazione spontanea e stimolante.

Ne ricordava ancora i gesti leggeri e maschili allo stesso tempo, il bel sorriso e, soprattutto, il modo in cui la guardava. Su Vaior nessuno aveva mai posato gli occhi su di lei così apertamente. Lui, al contrario, sembrava che non si stancasse mai di fissarla, quasi che non potesse farne a meno. E Valika, anziché sentirsi infastidita, ne era rimasta incantata.

Senza che se ne rendesse conto, avevano trascorso diverse ore a ridere e a scoprirsi. Lei era molto attenta a non rivelare troppo di sé e del posto da cui proveniva e lui aveva una capacità naturale nel rispettare la sua riservatezza.

Come in un bel sogno, d'un tratto si era ritrovata le labbra di lui sulle sue, quel corpo caldo che premeva contro il suo, quei muscoli che la stringevano con forza e passione.

Valika era venuta meno al suo voto di castità senza alcun senso di colpa, sospinta anzi dalla magia del momento, in un'elegante camera d'albergo, dove erano entrati mano nella mano, ridendo e spogliandosi prima con gli occhi e poi con le dita. Lui l'aveva alzata con entrambe le mani sotto le cosce, le aveva appoggiato la schiena alla parete ed era scivolato dentro di lei. Valika aveva sentito il suo corpo pervaso da un calore a cui aveva rinunciato da troppo tempo, un calore al quale sapeva di aver segretamente pensato ogni giorno dei lunghi anni trascorsi sulla via della ricerca spirituale su Nespor.

La voce della vestale la fece ripiombare nei sensi di colpa del presente. "Ti abbiamo fatto proposte ragionevoli e interessanti, Elor, proposte in grado di garantire e accrescere la vostra sicurezza. Ti concediamo il tempo per rifletterci. Siamo certe che, a questo punto, potrai intuire da solo le implicazioni di un tuo rifiuto."

La donna si alzò in piedi e, imitata dalle due compagne, si avviò verso l'uscita, lasciando Valika a bocca aperta.

Ci hanno minacciati! Sono davvero arrivate al punto di minacciarci! Era come se il mondo si fosse capovolto. Fino a quel momento Valika aveva pensato al Santuario come a un grosso problema, sì, ma non come a qualcosa che potesse costituire una minaccia per le Terre Libere di Vaior. Le vestali erano delle ribelli, un gruppo di persone che si erano allontanate dalla via dello spirito per inseguire sogni di benessere e ricchezza. Ma aveva sempre creduto che conservassero un profondo rispetto, una soggezione anzi, per Elor e il suo popolo. Invece... *Eppure loro non sono le uniche ad aver abbandonato la via dello spirito...*

Si volse a guardare il Maestro. Non tradiva nessuna emozione. Sembrava assorto, gli occhi fissi sulla porta chiusa quasi si aspettasse che di punto in bianco le tre vestali tornassero indietro per ritrattare.

"È il loro ultimatum," commentò dopo qualche minuto, la voce tranquilla e rilassata, come se quella vicenda gli interessasse solo marginalmente.

"Credi che...?" iniziò a dire Valika, ma poi esitò, incerta su quali fossero le parole adatte per continuare.

"Ci hanno fatto una serie di proposte inaccettabili con l'intento di farci comunque capire che non abbiamo molta scelta. Ci hanno semplicemente annunciato quel che credono che avverrà, chiedendo la nostra collaborazione perché tutto si svolga nel modo più pacifico possibile. Dal loro punto di vista, se noi capiamo da soli di doverci sottomettere alle loro richieste e decidiamo di assecondarle, loro otterranno quello che vogliono senza spargimenti di sangue."

Sangue? Sangue? Valika non riusciva neppure a immaginare i pacifici abitanti delle Terre Libere impegnati in una lotta fratricida con il Santuario.

"Cosa possiamo fare?" domandò con il cuore in gola.

"Affidarci alla più grande arma di cui disponiamo, l'unica che ci ha protetto per millenni."

Dapprima si sentì rassicurata dal tono calmo e composto di Elor, ma un attimo dopo, riflettendo sul significato delle sue parole, capì che in realtà non la tranquillizzavano minimamente. Fu assalita da mille dubbi. Elor si era mai trovato in precedenza di fronte a una simile minaccia? Che fosse impreparato? O troppo avanti negli anni per giudicare lucidamente la situazione? Ma in fondo lei, con il suo tradimento, non aveva già ampiamente dimostrato in chi e cosa riponesse davvero fiducia?

Soppesò con cura le parole con cui ribattere e infine chiese solamente: "Basterà?"

"Dipende da noi e dalla purezza della nostra anima. Il tocco della Sincronicità si posa sulla limpidezza, come un uccellino che scenda a dissetarsi sull'acqua pura di un laghetto. Se le Terre Libere meritano di essere salvate, i misteri della Sincronicità ci aiuteranno a trovare una soluzione."

Dopo qualche secondo aggiunse, come in risposta ai silenziosi dubbi della donna: "Non possiamo armarci, non dobbiamo stravolgere la nostra identità. Le vestali del Santuario un tempo erano nostre sorelle e coltivavano la nostra stessa ricerca spirituale. Hanno costruito quel luogo di culto spinte dall'ardore della propria fede, ma il frutto delle loro azioni le ha cambiate. La missione di creare una meraviglia degna del loro credo è divenuta più importante della fede stessa. La loro opera, giorno dopo giorno, anno dopo anno, è diventata sempre più fine a sé stessa conducendole sempre più lontane dalla loro fede. Forse è venuto il momento che tornino a essere chi erano e non chi credono di essere."

Più Valika lo ascoltava e più sentiva crescerle dentro un sentimento di cupa disperazione. *Davvero non sa che fare?*

"Maestro, sarà sufficiente?" domandò ancora una volta, educatamente.

"Dobbiamo credere nei misteri della Sincronicità. La risposta arriverà," replicò Elor, sereno. "O forse è già arrivata," aggiunse con un sorriso. "Poco prima che tu entrassi, ho ricevuto una comunicazione molto interessante da parte di Ipsia."

All'udire quel nome Valika si irrigidì.

"È certa di averla trovata," chiosò Elor.

La donna fece del proprio meglio per parlare con la massima educazione: "Ma, Maestro, quante volte un nostro fedele è partito alla sua ricerca e, ancor prima di fare ritorno, ha professato questo stesso ottimismo?" *È sempre la solita storia. Sono millenni che cerchiamo l'Erede, senza neppure avere una chiara idea di chi sia.*

"Ipsia ha inviato un resoconto piuttosto dettagliato e incoraggiante," ribatté Elor, enigmatico.

Ipsia, la donna, anzi, la mutante che Valika sopportava meno di chiunque altro. Era la soluzione per le missioni impossibili, colei che, in teoria, sacrificava sé stessa per il bene delle Terre Libere e che, quando faceva ritorno a Vaior, veniva osannata alla stregua di un'eroina. Ma la verità era che non era mai presente e non aveva la più pallida idea di cosa significasse lavorare giorno dopo giorno per il bene del loro popolo risolvendo problemi concreti.

Anche prima del proprio tradimento, Valika non aveva mai smesso di dubitare della lealtà di Ipsia, una creatura che, a parer suo, faceva molto meno di quanto volesse dare a vedere e che usava il proprio ruolo per scorrazzare per la galassia più alla ricerca del benessere personale che di quello di tutti loro.

Tuttavia Elor, anche in quella occasione, sembrava crederle ciecamente senza neppure avere in mano qualcosa di tangibile.

"Di cosa si tratta?" chiese Valika, cercando a fatica di mantenere il contegno.

Con sua grossa sorpresa, vide gli occhi dell'anziano rattristarsi: "La vibrazione di qualche settimana fa... ricordi? Era tutto vero."

Valika rammentava bene quando, quasi un mese prima, Elor era apparso molto turbato e aveva riunito gli abitanti delle Terre Libere per un rito collettivo, mantenendo tuttavia un certo riserbo sulle finalità.

"La Federazione ha cancellato un intero mondo, con tutti i suoi abitanti."

Fu come ricevere un pugno alla bocca dello stomaco che la lasciò senza respiro. "Era per loro il rito?" riuscì solamente a chiedere.

"Sì, era per aiutare tutte quelle anime nel loro percorso evolutivo."

Valika si accorse che le tremavano le labbra. "Ma perché? Perché fare una cosa simile?"

"Magia... Secondo Ipsia, Molov duemila anni fa scoprì che su quel mondo era stata usata la magia per una serie di modifiche ai rami del tempo. I maghi autori delle alterazioni temporali provenivano però dal nostro presente, così la Federazione ha predisposto l'eliminazione di quel mondo e di tutti i suoi abitanti cancellandone ovunque ogni riferimento, in modo da non essere accusata della sua scomparsa. Molov ha deciso di prelevare solo i viaggiatori temporali, per usarli come cavie. Ipsia era lì, ha assistito a tutto, ma non ha potuto fare nulla per salvare quel pianeta. Ha però visto con i propri occhi quello che una di loro, una certa Lil, è stata capace di fare."

Valika rivolse a Elor uno sguardo interrogativo.

"La giovane maga ha avuto la meglio sull'astronave della Federazione, sull'equipaggio e sullo stesso Presidente Molov, attingendo a nient'altro che ai propri poteri telepatici."

La donna si mostrò dubbiosa. "Sono in molti nelle Terre Libere a essere dotati di simili poteri."

Elor scosse la testa: "Non come lei. Secondo Ipsia questa ragazza possiede un potere unico, scomparso dalla galassia migliaia di anni fa."

Valika era sempre più perplessa e non riusciva a spiegarsi come Elor potesse fare affidamento su delle semplici impressioni della mutante. "E credi che questa ragazza potrà aiutarci con il Santuario?" chiese.

"Credo che Lil cambierà ogni cosa."

Capitolo 9 – Molov

Potrebbero non accettare, ma visto che non sono molto intelligenti è probabile che lo faranno, rifletté Molov, studiando le sette vestali sistemate ai vertici di un ottagono color grigio fumo disegnato sul pavimento.

Cercò per l'ennesima volta una posizione comoda sulla poltrona di pietra nera con lo schienale alto. *Ma come ci riescono?*, si chiese, osservando le sue interlocutrici che invece sedevano con la schiena rigida senza tradire la minima insofferenza.

Il Presidente della Federazione dei Mondi trovava alquanto bizzarra quella grande sala rettangolare. Oltre le vestali un gigantesco monolite di pietra grigia sfoggiava a metà altezza la spirale nera del Santuario. Quest'ultima era disegnata con una delle pietre più singolari che Molov avesse mai visto, così scura che sembrava assorbire la luce attorno a sé. Sui due lati del parallelepipedo, due lente colate di metalli fusi scendevano lungo gli incavi della parete verticale per poi perdersi in due griglie nel pavimento in basso.

Nonostante l'impostazione austera, l'uso di pietre e metalli rarissimi voleva essere una chiara dimostrazione della ricchezza e della potenza del Santuario.

Ma cosa me ne farò?, si domandò Molov, incerto su che tipo di destinazione avrebbe potuto dare a quella sala dal carattere così spigoloso quando ne avrebbe preso possesso.

"Quindi lei ritiene che questo congegno sia adatto ai nostri scopi?" gli chiese una vestale alla sua destra.

"È assolutamente perfetto. Otterrete l'esatta tipologia di individui che state cercando: attivi, intelligenti, capaci e, soprattutto, fedeli."

"Ma abbiamo già al nostro servizio questo genere di persone," obiettò un'altra vestale alla sua sinistra, con lo stesso tono della compagna.

"Oh no... neppure lontanamente. Voi avete guardiani, schiavi e ragazze imbottite di *nomos*. I guardiani sono mercenari che eseguono i vostri ordini perché li pagate, gli schiavi li avete comprati, vi odiano e, potendo, vi ucciderebbero, e le ragazze in questo caso non vi sono di nessuna utilità. Ma se prendete uno qualsiasi di questi individui e gli somministrate l'*autron*, lo trasformerete proprio in ciò di cui avete bisogno." *E che servirà soprattutto a me...* "Potete far condurre tutti i test che desiderate. È impossibile che rimaniate deluse."

"Non abbiamo tempo. Ci interessa solo che l'*autron* funzioni," interloquì una terza vestale.

"Capisco le vostre perplessità e vi assicuro che è qualcosa di unico. È una combinazione psichica di intelligenza artificiale e nanotecnologie. L'*autron* scava a fondo nel cervello e modifica l'interpretazione dei ricordi. Non li cancella, non li reprime, ma si limita a mutarne le emozioni a loro associate. Ed è proprio per questo che è così straordinariamente efficace. Se si cancellano i ricordi di un individuo e si prova a impiantarne di nuovi, l'efficienza del cervello il più delle volte è compromessa e si va incontro a problematiche che in migliaia di anni nessuno è mai riuscito a risolvere. Agendo sulle emozioni, invece, tutto diviene più semplice. I vostri nuovi servitori saranno proprio quel che fa al caso vostro. Non vedranno l'ora di mettersi al vostro servizio e saranno assolutamente motivati. Per loro sarà la cosa più naturale del mondo esaudire i vostri desideri."

La vestale seduta di fronte a lui fece con la mano un gesto subito seguito dall'ingresso nella grande sala di un guardiano, che, nonostante la gigantesca mole, si mosse con insospettabile leggerezza.

"Quanti schiavi abbiamo in cella?" chiese la donna all'energumeno.

Con chi scopano le vestali?, si domandò Molov. Non aveva ancora scavato a fondo in quel segreto! Era certo che la loro aria austera fosse solo una maschera del tutto simile a quella che portavano sul viso. Si divertì a immaginare il pavimento di quella stessa sala tappezzato di letti e cuscini, con quelle sacerdotesse che, dismesse le sacre vesti, indulgevano a orge di ogni tipo. *Scopano tra loro, si trastullano con le giovani o si fanno cavalcare dai guardiani? O tutte e tre le cose?* Non gli sarebbe dispiaciuto scoprirlo e, soprattutto, far parte della festa. Valika lo eccitava moltissimo e svolgeva bene la propria funzione, ma ultimamente sentiva sempre più spesso il bisogno di avere nuova carne per le mani. *I mondi indipendenti... così affascinanti e carichi di mistero!* Non poteva non ammettere che far politica in incognito da quelle parti si rivelava di gran lunga più eccitante della solita routine nel cuore della Federazione.

"Quindi in tutto centoventisette?" stava chiedendo una vestale al guardiano.

"Centoventotto," precisò l'uomo, "con l'arrivo del fratello della nuova ragazza, che però dovrà essere soppresso in serata."

"Cos'ha fatto?" domandò una donna.

"Ha ucciso un guardiano e ha resistito alla cattura."

"Perfetto!" intervenne Molov. "È un condannato a morte, perciò non correte alcun rischio. Se l'esperimento dovesse andare male non avrete perso nulla!"

Una vestale alla sua destra disse: "Va bene, portalo qui."

Ma come riescono a concordare le decisioni?, si chiese. *Che abbiano anche loro una sorta di connessione?* La tecnologia di cui si avvaleva lui per il collegamento con i suoi cloni era unica nella galassia e di certo le vestali non potevano disporre di nulla di neppure lontanamente paragonabile, ma magari il Santuario si era procurato qualcosa di interessante sugli altri mondi indipendenti. Al momento giusto avrebbe dovuto indagare sulla questione.

Nessuno di loro parlò fino al ritorno del guardiano, che trascinò nella sala, tenendolo per il braccio, un ragazzino dalla pelle scura, i capelli lunghi e neri, magro e molto sporco, vestito solo con qualche straccio sotto la vita. Il giovane riusciva a stento a tenersi in piedi, aveva un occhio completamente chiuso e gonfio e l'altro appena socchiuso. Il labbro era spaccato e sanguinante e numerose altre ferite su tutto il corpo lasciarono Molov piuttosto dubbioso su quanto gli sarebbe potuto tornare utile.

"Quindi sono loro i vostri schiavi?" domandò il Presidente.

"Ovvio," rispose una vestale.

"E siete proprio sicure che possano fare un lavoro migliore di un robot della Federazione?"

"Siamo sicure che costino di meno."

Oche, pensò Molov. *Sono delle vere oche.* L'efficienza di un robot non era neppure lontanamente paragonabile a quella di un umano. Credevano di risparmiare e invece il mantenimento di quegli schiavi, con ogni probabilità, costava loro cento volte tanto. *Ma ora concentriamoci su altro...*

"Benissimo. Allora posso procedere?"

Le vestali annuirono all'unisono.

Molov si alzò in piedi e si diresse verso il ragazzo, che mormorò qualcosa di appena comprensibile. Allora avvicinò l'orecchio alle sue labbra, per cercare di capire.

"Dov'è... Dov'è mia sorella?" gli chiese con uno sforzo notevole il giovane.

Se non l'avessi fatto portare qui probabilmente non sarebbe neppure arrivato vivo all'esecuzione. "Tranquillo," lo rassicurò, "tua sorella si trova al sicuro e tra poco potrai vederla." In realtà non aveva la più pallida idea di chi potesse essere, ma presto non sarebbe più importato nemmeno al ragazzo.

Estrasse un cilindro trasparente dalla tasca, svitò il coperchio superiore argentato e, dopo averlo diretto verso il viso del giovane, premette sulla parte inferiore. Una nuvola di fumo guizzò verso le narici.

Uno degli aspetti che Molov più apprezzava dell'*autron* era che l'intelligenza artificiale degli *psynano* di cui era composto era quasi completamente autonoma. Era sì collegata a lui stesso, ma sarebbero state sufficienti poche indicazioni perché facesse il proprio dovere. Le vestali avrebbero avuto il tipo di automi che desideravano, finché lui glielo avesse concesso.

Capitolo 10 – Saytak

Nella Mente di Saytak

Il piccone si alzava e si abbassava senza sosta, quasi avesse vita propria. Su e giù. In alto e in basso. In aria e contro la roccia. La pietra veniva scalfita, ammaccata, bucata. Le incrinature ne rigavano il profilo. Le schegge schizzavano in tutte le direzioni. Le fessure diventavano via via più grandi e interi pezzi rotolavano giù, pronti per essere caricati sul robotrasportatore che li avrebbe portati dove altri schiavi si sarebbero occupati del processo di estrazione dei metalli.

A Saytak piaceva quella danza. Sollevava il piccone in aria fino a piegare la schiena all'indietro e poi lo scaraventava con forza in basso. Scavare nella roccia gli dava un piacere intimo, viscerale. Godeva del modo in cui la pietra si sottometteva al suo volere per svelare quei frutti dei quali il Santuario si sarebbe nutrito, per la propria ricchezza e potenza.

E godeva nel metterci tutto sé stesso, per dimostrare la sua devozione e attirare le occhiate compiaciute dei guardiani, augurandosi che questi ultimi, al momento giusto, parlassero di lui alle vestali.

No, lui non sarebbe rimasto ancora a lungo un semplice minatore. Non era quello il suo destino.

Non provava altro che compassione per quei poveretti che non riuscivano a guardare al di là del loro naso, che, giorno dopo giorno, ripetevano le loro mansioni lesinando sui propri sforzi, senza metterci alcun impegno, con le ore di riposo nel Dormitorio come unico obiettivo. Qual era lo scopo della loro giornata? Proprio non riusciva a comprenderlo.

È anche vero che, però, con il loro atteggiamento non fanno altro che far risplendere la mia devozione, rifletté. *Le loro disgrazie saranno la mia vittoria.*

Guardò con la coda dell'occhio Init, intento a lavorare nel cunicolo alla sua destra. *Poverino, si crede chissà chi! Fa tanto la parte di quello che ne sa sempre una più degli altri, ma in realtà non è altro che uno stupido che si inventa un sacco di frottole pur di attirare le attenzioni di quelli ancora più stupidi di lui.*

Poco più in là c'era Tam. Ultimamente Saytak faceva sempre più fatica a reggerlo. L'amico ragionava con la mentalità di un bambino e aveva paura di tutto, persino della propria ombra. Non sapeva nulla, non capiva nulla, non aspirava a nulla. Era completamente privo di spina dorsale.

Qualche metro più indietro, all'imboccatura di un altro ramo laterale, lavorava invece Prail. Era il più grosso, muscoloso e resistente del gruppo. Saytak proprio non riusciva a reprimere, dentro di sé, la profonda invidia che provava per lui. C'erano casi in cui Prail, quando era animato da una collera che non poteva sfogare altrimenti, si metteva a picchiare la roccia con tale forza che i suoi colpi potevano essere uditi chiaramente anche se ci si trovava a più di cento metri di distanza. Era capace di lavorare a lungo con quel ritmo infernale che neppure i più grandi erano in grado di eguagliare. Per fortuna, tuttavia, quelle fasi non erano così frequenti e Prail il più delle volte svolgeva le proprie mansioni al limite della svogliatezza, attirando sovente su di sé le punizioni dei guardiani. Come la quasi totalità degli schiavi, il ragazzone detestava con tutto sé stesso il Santuario, sicché a conti fatti non rappresentava un ostacolo per le ambizioni di Saytak.

E, proprio mentre pensava a Prail, d'improvviso Saytak udì il rumore di un crollo provenire dal cunicolo dove l'amico lavorava, subito seguito da un urlo straziante.

Tam e Init abbandonarono all'istante i picconi, lui invece, prima di fare altrettanto, si voltò in direzione del guardiano. Vedendo che anche l'uomo si era messo a correre verso la zona della frana, gettò a terra il piccone e scattò per raggiungere gli altri.

Appena svoltato l'angolo scorse Prail accasciato sulla pietra nuda con il capo sanguinante, un grosso masso sulla gamba destra e diversi sassi sparpagliati intorno a lui. Un'altra pietra sembrava volersi staccare dalla parete alle sue spalle e solo Init, con la forza dei propri muscoli, cercava di tenerla al suo posto. Tam stava invece provando a liberare il ragazzo.

"Aiutami!" lo supplicò Init con la voce strozzata.

Saytak non perse tempo e andò a dargli manforte. Fece del suo meglio per dimostrare tutto il suo impegno, attento comunque a far gravare il peso maggiore sulle braccia dell'amico.

"Non ce la faccio! Non riesco a spostarlo," urlò Tam, con un'inflessione nella voce più fastidiosa del solito.

Saytak sentì il rumore dei passi del guardiano a pochi metri da loro e si finse allo stremo delle forze.

Proprio quando l'energumeno entrò nel cunicolo ci fu un ulteriore movimento della parete, che costrinse Saytak e Init in ginocchio.

Doveva calcolare attentamente le mosse successive. Secondo gli ordini erano obbligati a prestare soccorso ai propri compagni in quel genere di situazioni, ma non voleva certo mettere a repentaglio la sua vita per salvare Prail.

Digrignò i denti ed emise un gemito, fingendo di non poter sostenere ancora per molto il peso.

Il guardiano andò a dar manforte a Tam nel tentativo di liberare la gamba del ragazzo.

Nonostante i potenti muscoli dell'uomo, il masso si alzò di pochissimo e, quando i due non riuscirono più a reggerlo, Prail gridò un'altra volta di dolore.

"Lasciatemi, sta per crollare tutto," li esortò il poveretto.

"Ti tiriamo fuori, non temere, ora ti tiriamo fuori," disse Saytak, compiacendosi delle gocce di sudore che gli colavano sul viso.

Un pezzo di roccia si staccò dalla volta. Cadendo urtò il braccio del guardiano e finì sul bacino di Prail, il cui urlo rimbombò nel cunicolo. Impaurito, Tam arretrò di qualche passo e, proprio in quel momento, ci fu un ulteriore crollo.

Saytak balzò a sua volta all'indietro, seguito da Init e dal guardiano. Un'intera parete di roccia sommerse Prail davanti ai loro occhi, sollevando una nuvola di polvere dalla quale non provenne più alcun lamento.

Quando il pulviscolo si diradò, Saytak vide soltanto il polso e la mano di Prail emergere ancora dal mucchio di pietre. Si inginocchiò per sentire il battito dell'amico, rimase per qualche secondo in silenzio e poi, con un cenno della testa e un'espressione tetra, comunicò la triste notizia agli altri.

Era giunto il momento di ostentare il dolore per la perdita del compagno, ma, proprio in quell'istante, fece il suo ingresso nel cunicolo un capo guardiano.

"Cos'è successo?" chiese quest'ultimo in tono perentorio al sottoposto, il quale gli andò incontro e iniziò a dargli spiegazioni, accompagnandolo lontano dai quattro ragazzi.

Saytak non riusciva a sentire cosa si stessero dicendo. Il guardiano gesticolava piuttosto concitato, mentre fissava a turno lui e gli altri con un'aria torva che non prometteva nulla di buono.

Init, appoggiato alla parete, una volta tanto taceva, mentre Tam si rosicchiava le unghie sporche.

Saytak notò che il capo guardiano aveva cominciato a muovere il capo in segno di assenso. Forse il loro guardiano era riuscito a fargli comprendere quanto si erano sforzati per salvare il loro amico. Era molto raro ricevere dei premi da quelle parti, ma forse, sommando il suo continuo impegno con il piccone alla prontezza con cui era intervenuto in quel frangente, i guardiani avrebbero finalmente deciso di riconoscere il suo valore.

Benissimo, pensò quando vide tornare verso di loro entrambi gli omoni.

"Giratevi, mani in alto contro la parete," intimò loro il guardiano.

Saytak non capì, ma eseguì l'ordine e attese senza fiatare, imitato dai due amici. Tam iniziò a singhiozzare.

La prima frustata fu così dolorosa da farlo cadere sulle ginocchia.

"Avete lasciato morire l'altro ragazzo e ora la pagherete," sibilò l'uomo.

Mentre tentava di rimettersi in piedi, Saytak sentì che anche Init e Tam venivano colpiti. Magari a loro sarebbe toccata la parte peggiore e a lui invece un semplice avvertimento.

Il secondo colpo fece vibrare tutto il suo corpo di dolore. Dovette stringere i denti per non urlare.

Alla terza frustata rischiò di cadere nuovamente a terra, ma riuscì a resistere, nonostante avesse l'impressione di perdere i sensi da un momento all'altro.

Qualcosa era andato storto, terribilmente storto, ma in quel frangente non c'era nulla che potesse fare per rimediare. Doveva però dimostrare di essere in grado di sopportare la punizione meglio degli altri due. Doveva essere un esempio. Doveva stupire i guardiani con il proprio coraggio.

No, non avrebbe pianto come stava facendo Tam, non sarebbe crollato ancora sulle ginocchia. Lui avrebbe resistito e, quando i guardiani avessero riconsiderato la sua posizione, il modo esemplare in cui aveva affrontato una punizione ingiusta e dolorosissima avrebbe certamente giocato a suo favore.

Mentre Tam piangeva ormai senza controllo e Init urlava di dolore a ogni colpo, Saytak continuò a stringere coraggiosamente i denti, resistendo con stoicismo a ognuna delle dieci frustate che gli furono inflitte.

Quando il supplizio ebbe termine, vide Init e Tam entrambi a terra, piegati dalla sofferenza. I colpi di frusta avevano lasciato sulle loro schiene un reticolo di ferite sanguinanti.

"Tornate al lavoro," ordinò infine il guardiano.

Init si alzò e si avviò barcollante, mentre Saytak raggiunse Tam, lo aiutò a rimettersi in piedi e a camminare reggendolo per un braccio.

Non si voltò verso i due guardiani. Immaginò che lo stessero guardando e si augurò che quel suo gesto altruistico fosse considerato come un ulteriore punto a suo favore.

Un passo dopo l'altro. Presto sarebbe arrivato dove aveva sempre sognato.

Capitolo 11 – Lil

Astronave Dirin
Presente

Lil aprì gli occhi e nella stanza subito si diffuse una luce tenue. *Devo proprio abituarmi a queste intelligenze artificiali così servizievoli*, pensò sorridendo.

Al suo fianco, Miril dormiva ancora profondamente, dandole la schiena. Aver finalmente riposato accanto alla sua compagna la riempiva di gioia. Benché avesse ancora stampato nella mente il bagliore del suo mondo che spariva nel nulla, essersi nutrita del calore della sacerdotessa per tutta la notte le aveva donato un insperato conforto. *Finalmente insieme...* Si sentiva nuova, diversa e carica di energia.

Ripensò all'incredibile sogno della notte appena trascorsa. Sebbene la prima parte fosse sfocata dalle sfumature della visione onirica, la seconda aveva la stessa nitidezza di un viaggio astrale. *No, non può essersi trattato solo di un sogno.* Era lì, si trovava in presenza di quella donna, che era reale, proprio come lei. Eppure non riusciva a capire chi fosse davvero.

Si alzò a sedere sulla sponda del letto. Nella parete vicina si aprì uno scompartimento con all'interno una bevanda azzurrina. Bevve, assaporando il gusto dolce e dissetante.

Miril, forse disturbata dai suoi movimenti, si girò verso di lei. *Dorme ancora*, pensò Lil, osservandone il bel viso con il cuore che le si stringeva. Posò il bicchiere e non resistette alla tentazione di accarezzarla. Quindi le scostò delicatamente una ciocca di capelli dalla guancia e si abbassò fino a baciarla sotto l'orecchio.

La sacerdotessa aprì i meravigliosi occhi verdi, la guardò e sorrise. Lil sentì un brivido correrle lungo la schiena. Quello sguardo esercitava su di lei un'attrazione magnetica, irresistibile. Si chinò nuovamente e, chiudendo gli occhi, posò le labbra su quelle di Miril. La compagna le portò una mano dietro la schiena, ma Lil si allontanò per baciarla prima su un angolo della bocca, poi dietro l'orecchio e infine sul collo.

Avvertì i brividi che scuotevano il corpo della donna e continuò a ricercarne il piacere in punti diversi. Miril sospirò e Lil si rese conto di essere calda, molto calda, come se quello che le scorreva nelle vene fosse fuoco. Una mano invisibile le strinse a più riprese i muscoli della pancia.

Miril ancora una volta provò ad abbracciarla, ma lei scivolò in basso, fino all'altezza dei suoi seni. Sfiorò con la bocca il primo, poi il secondo, poi di nuovo il primo. Avvertì le dita della sacerdotessa tra i capelli e dischiuse le labbra per richiuderle subito dopo sul capezzolo.

Si sentiva come sotto l'effetto di un incantesimo, rapita. Ogni movimento, brivido o emozione erano parte di una totalità che non aveva mai vissuto prima.

Non avrebbe mai voluto separarsi da quei capezzoli, ma avvertiva il bisogno di dare a Miril tutto il piacere che meritava. Le era dispiaciuto essersi addormentata la sera prima, ma ora avrebbe rimediato.

Con le labbra scese lungo il corpo dell'amata, mentre Miril continuava a premerle le mani sulla nuca.

Giunse fino alla pancia, che coprì di baci, percependo l'impaziente desiderio della sacerdotessa crescere a dismisura.

Davvero l'amore con un altro essere umano poteva essere un'esperienza così totale, completa, un vortice di emozioni che riempiva l'anima?

Miril ansimava e Lil non poté fare a meno di compiacersi dello stato di forte eccitazione al quale la stava conducendo. Si sentiva libera da dubbi, incertezze, difficoltà. Con la sua compagna, ogni movimento era quello perfetto.

D'un tratto, Lil realizzò di non poter attendere oltre e scese con il viso tra le cosce di Miril. Posò le labbra sul suo sesso, lasciando che le proprie narici ne inalassero l'essenza. *È così inebriante...*

Da Miril non riceveva nessun pensiero e da questo capì che la sacerdotessa si era completamente abbandonata alle sole emozioni.

A occhi chiusi aprì le labbra e la leccò, penetrandola leggermente con la punta della lingua. Miril reagì con un mugugno così profondo, carico e intenso che a Lil venne il dubbio di averle fatto male. Ma non resistette e ripeté il movimento, ancora, ancora e ancora.

Con il cuore gonfio di gioia, si sentì scivolare altrove. Poteva percepire quello che stava accadendo, le sue labbra e la sua lingua continuavano a cercare e bere ogni goccia del piacere dell'amata, ma aveva perso la cognizione del tempo e dello spazio. Lei e Miril non erano più solo corpi che vibravano all'unisono, ma pura luce.

Erano altrove. In quella nuova dimensione le venne spontaneo cercare Miril al suo fianco ma, con sorpresa, si accorse che la sacerdotessa era in lei, come lei era in Miril. Erano un'unica passione, un unico amore, una sola energia, un'unione di sensi nella quale confluivano le vibrazioni del corpo e dello spirito di entrambe.

Quella bolla di luce seguitava a crescere e al contempo a condurle sempre più in profondità. Le loro anime erano intrecciate, sovrapposte, unite. La bellezza e la totalità di quella sensazione la commossero. Era un turbine di energia che ormai vorticava a una velocità irreale.

Dopo un tempo che non avrebbe saputo quantificare, il suo corpo tornò a reclamarla. Si rese conto che la sua lingua era impazzita nella vagina dell'amata e sentì Miril fare altrettanto tra le sue cosce. La stava leccando, elargendole un piacere sopraffino di gran lunga maggiore di quello che lei era in grado di darle.

Comprese di non potersi più trattenere e un po' le dispiacque. Non voleva che quell'incanto giungesse al termine, ma il piacere fisico prese il sopravvento.

Ondate di energia sempre più intense confluirono verso il bacino. I corpi di entrambe iniziarono a essere scossi con violenza proprio quando la fusione delle loro anime divenne così vivida da illuminare lo spazio fisico circostante. Furono assorbite da un movimento continuo, eterno, totale, esplosivo. Un piacere immenso attraversò come una scarica le due donne, spingendole in un territorio sconosciuto, illuminato dai raggi del divino, quell'oltre che era a lungo rimasto celato nelle loro anime e che ora potevano toccare solo perché unite. Lil fu sopraffatta da un pianto di gioia. Poteva davvero nascondersi tanta bellezza dentro di loro? Ed erano davvero una sola essenza, una sola energia, un'unica dimensione che superava i confini dello spazio, del tempo, dei corpi degli esseri viventi? Sentì il piacere dell'amata invaderle la bocca e il proprio scivolare tra le labbra di Miril.

Tutto tacque. Si rese conto di aver appoggiato il viso sulla coscia di Miril. Le mani della sacerdotessa le accarezzavano i capelli. Continuava a piangere e sentiva di non essere più la stessa. Il suo cammino spirituale l'aveva condotta all'unione con la persona di cui era follemente innamorata. Rammentò le ore trascorse nel Tempio, la meditazione, la lunga preparazione. L'energia che aveva così faticosamente cercato era sempre stata vicino a lei, *dentro* di loro, era lei e Miril, insieme. Nonostante tutto quello che era successo, l'eccidio della sua gente, l'orrore del viaggio nel passato, la scomparsa del suo mondo, fu grata di essere lì, in quell'attimo perfetto, nel quale aveva scoperto chi era davvero e qual era la strada che l'attendeva.

Capitolo 12 – Miril

Tenendo Lil per mano, Miril entrò nella sala multiuso dove si consumavano i pasti. Il locale era di dimensioni contenute, rettangolari, con al centro una lunga tavolata di luce trasparente sospesa in aria. Gli altri erano già seduti su panche dello stesso materiale.

Al loro ingresso tutti si voltarono.

Non avverti uno strano imbarazzo?, comunicò telepaticamente la sacerdotessa alla compagna.

In effetti..., le rispose Lil.

Solo Ipsia, seduta da un lato del tavolo vicino a Ilis, sembrava a proprio agio.

La mutante aveva assunto il suo aspetto naturale e non indossava altro che un perizoma, lasciando scoperte le splendide forme. Era la prima creatura aliena che potesse ammirare e ancora una volta Miril si stupì della sua incredibile bellezza.

Proprio Ipsia le salutò dando loro il benvenuto e invitandole a sedere.

Gli altri avevano addosso gli abiti forniti dall'astronave. Seduto accanto a Ipsia, il giovane Ilis portava un comodo vestito grigio chiaro che gli cascava giù dritto sul corpo magro. Obolil aveva scelto un abito simile, ma di una tonalità più scura. Milia aveva invece optato per un tessuto aderente che era quasi una seconda pelle, di un bianco semitrasparente. Quello di Aleia, seduta di fronte a lei, era pressoché uguale, ma di un colore tendente al verde che si accordava molto bene con i suoi capelli ramati. Le due donne erano magnifiche con quegli abiti futuristici.

Miril prese posto vicino a Ipsia e Lil si accomodò davanti a lei, al fianco di Obolil.

Era tutto così nuovo, diverso, affascinante. Anche se nulla avrebbe mai potuto rimpiazzare la bellezza della loro isola, le profondità del Tempio, l'unicità del fuoco sacro, era emozionante per Miril scoprire tante novità tutte insieme.

Gli altri erano già intenti a degustare i cibi che la nave aveva preparato per loro. Non appena le due donne si furono sedute, delle specie di tentacoli si allungarono dalle pareti fino a depositare davanti a loro due piatti da cui si levò un profumo delizioso.

Miril era affascinata da quell'astronave che si prendeva cura di loro, anticipandone continuamente i desideri. Era qualcosa di ben lontano dalla magia, ma trovava sorprendente quello che gli esseri umani erano riusciti a creare al di fuori del loro pianeta.

"Purtroppo la nave oggi non è particolarmente loquace. Non capiamo bene il perché, ma sembra esserci un problema alle funzioni vocali. Ian se ne sta occupando proprio ora," disse Ipsia.

Parlare con una macchina... Puoi crederci?, comunicò Miril telepaticamente a Lil, la quale le sorrise gentilmente in risposta. In effetti, la sua compagna non poteva essere sorpresa quanto lei visto che, dopo averla esplorata con gli occhi del Presidente Molov, conosceva già molti dei segreti della galassia.

Prese le posate e iniziò a mangiare. Non aveva mai gustato qualcosa di simile, ma il sapore era delizioso. Notò che anche Lil aveva cominciato a mangiare con gusto.

"Ancora una volta devo scusarmi con ognuno di voi," aggiunse Ipsia. "So che non tutti avete apprezzato il mio comportamento della scorsa notte e vi assicuro che non si ripeterà mai più. Per alcuni di voi è difficile capire a fondo cosa sta accadendo nella galassia e certe mie scelte possono esservi sembrate *inusuali*, ma ho dovuto farlo. La nostra missione è fondamentale per la vita e la libertà di ogni essere vivente e io ho dovuto assicurarmi della lealtà di ciascuno di voi. Mi spiace, ma quello è stato il modo più rapido."

Miril guardò Lil con aria interrogativa. La sua compagna alzò le spalle. Gli altri invece avevano accolto le parole della mutante con un certo imbarazzo. Ilis e Milia avevano abbassato gli occhi sui loro piatti.

Ipsia si voltò verso Lil e Miril e spiegò: "Non ne sapete nulla, ma durante la notte ho assunto sembianze diverse, ho fatto visita a ciascuno dei vostri amici e mi sono sincerata della loro lealtà. Non è stato corretto nei loro confronti, ma era necessario."

"E cos'hai scoperto?" le chiese Aleia, guardandola dritto negli occhi.

"È andata come mi aspettavo. Mi avete raccontato molto di voi. So che sul vostro pianeta siete stati nemici, ma quello che avete vissuto sull'astronave della Federazione vi ha cambiati. Ora avete fiducia in Lil, e questa è la cosa che più conta."

Mentre Ipsia parlava, a Miril non sfuggì un'occhiata fugace all'indirizzo di Milia, che durante la spiegazione della mutante aveva continuato a tenere gli occhi bassi sul proprio piatto, apparentemente disinteressata.

"Eh, ma questa missione? Cosa sarebbe?" domandò Obolil.

Era sorprendente la trasformazione del mago. Miril l'aveva conosciuto curvo e devastato dalle cicatrici, e invece adesso, benché conservasse le sembianze di un uomo anziano, lo vedeva nel pieno del proprio vigore. Delle frequenze magiche di un tempo, tuttavia, non c'era più alcuna traccia. Era come specchiarsi nell'immagine del mondo in cui si trovava ora: un prodigio figlio della scienza da un lato, un guscio vuoto senza spirito dall'altro.

"Dobbiamo portare Lil fin su Nespor, l'unico luogo della galassia dove ancora sgorga un'energia pura e sopraffina. Esiste una profezia, per la quale ho dedicato gran parte della mia vita alla ricerca dell'Erede della Luce. Sono stata ovunque, nei territori della Federazione, nei mondi indipendenti, a volte addirittura su pianeti disabitati e oltre. Sono riuscita a portare molti individui dotati di poteri straordinari nelle Terre Libere di Vaior, ma nessuno di loro è mai stato in grado di superare le prove che lo attendevano. Purtroppo, sono venuta a sapere dell'esistenza del vostro mondo troppo tardi, perché Molov nei secoli passati ne ha fatto cancellare qualsiasi riferimento in tutta la Federazione."

Milia la interruppe, sfidandola con uno sguardo commosso e risentito: "E non hai fatto nulla per salvare il nostro mondo? Fai tanto per Lil e per un intero pianeta non hai fatto nulla?"

"No. E mi dispiace. Ho saputo quello che sarebbe successo solo quando sono stata coinvolta per caso nel monitoraggio della sua distruzione. E non c'era più alcuna possibilità di fermare il Raggio dei Mondi. Non ho potuto far altro che assumere all'ultimo momento le sembianze del generale Varmin per venirvi incontro," spiegò Ipsia. "Mi dispiace, mi dispiace davvero," aggiunse guardando tutti loro a turno. "So che il modo di agire della Federazione è aberrante ed è proprio per questo che la nostra missione ha un'importanza fondamentale per la vita di tutti. Può sembrarvi difficile da credere, ma io sono convinta che tutto dipende da Lil e dal vostro aiuto."

Miril osservò la compagna. La ragazza di qualche settimana prima avrebbe abbassato gli occhi imbarazzata all'udire quelle parole, mentre ora ascoltava il discorso della mutante con un'espressione attenta e concentrata. Era come se fosse pienamente consapevole di tutto ciò che l'attendeva e pronta a sostenerne il peso.

"Puoi contare su di me," affermò Ilis. "Potete farlo tutti, davvero. Non avrei mai creduto che questo viaggio potesse portarmi tanto lontano. Siamo andati indietro nel passato e quando siamo tornati la nostra realtà non esisteva più. E ora non esiste più neppure il nostro mondo e l'universo che stiamo imparando a conoscere sembra essere ancora più pericoloso dei luoghi che ci facevano paura un tempo. Quando abbiamo combattuto gli abitanti dell'isola di Turios non sapevamo chi fossero davvero. Vedevamo in loro solo degli individui che ci tenevano imprigionati nella fredda Isk e ci impedivano di scoprire cosa si celasse oltre la Barriera. Ma ora è diverso. Ora siamo noi tutto ciò che rimane di quella realtà. E dobbiamo stare insieme. Dobbiamo lottare insieme! E non importa quanto saranno difficili le imprese che Lil dovrà affrontare. Io sarò al suo fianco... e al fianco di tutti voi!"

"Grazie," gli disse Lil, mentre Ipsia annuiva alle parole del giovane.

"E ci sono anche io," intervenne Aleia. "Comunque ieri notte non è stato neppure tanto male," aggiunse, con uno sguardo malizioso rivolto alla mutante.

“Eh, una vita passata a combattere contro quella lì e ora ci devo lavorare assieme... Non è una gran prospettiva, ma direi che si può fare,” disse Obolil, con un sorriso ironico all’indirizzo di Miril.

Tutti gli sguardi si volsero verso Milia, la quale aveva nuovamente abbassato gli occhi.

“Io rivoglio mia madre!” si lamentò quest’ultima, dopo qualche secondo, a voce bassa. “E il mio ragazzo! E i miei amici! E tutti quelli che amavo.” Alzò gli occhi verso gli altri, con le labbra tremanti. “Li rivoglio, lo capite?” urlò. “Avreste potuto fare qualcosa! Tu sapevi, sapevi che il nostro pianeta sarebbe stato distrutto!” gridò all’indirizzo di Ipsia. Poi scoppiò a piangere. “Come potete far finta di niente?” chiese tra i singhiozzi, guardando a turno Ilis, Obolil e Aleia. “Isk era tutto il nostro mondo. Dobbiamo seguire Lil? Per cosa?! E poi?! Riavremo indietro le nostre case? No! E questa missione, questa profezia, questa storia dell’erede della luce? Vi siete chiesti cosa ci sia di vero? Chi è davvero quest’essere?” domandò, con un cenno della mano verso Ipsia. “Come fate a fidarvi di lei? Chi di noi la conosce? Fa quello che vuole, era in compagnia di quelli che hanno distrutto il nostro mondo, si infila nei nostri letti la notte usando i suoi trucchetti perversi. Come potete fidarvi?”

Ilis le posò una mano sulla spalla e l’altra su un braccio. “Milia, calmati. Non...”

“Non toccarmi!” gli urlò in faccia lei, scandendo le parole e scattando in piedi. “Avevi giurato di proteggermi, di riportarmi dalla mia famiglia e invece ora non ce l’ho neppure più, una famiglia! Se non avessi ucciso Beanor, se non mi aveste trascinato indietro nel tempo, ora tutto questo non sarebbe successo. È la vostra magia che ha distrutto il nostro mondo! È colpa vostra! Siamo stati puniti per quello che avete fatto voi, solo che non avete il coraggio di ammetterlo. Avrei preferito il membro di Beanor dritto in gola per tutta la vita piuttosto che far uccidere tutta la nostra gente!”

Si girò, dirigendosi verso l’uscita della sala, ma la porta si chiuse in automatico prima che potesse varcarla. Uno dei tentacoli che aveva servito loro la colazione le si parò dinanzi. A Miril parve avere un’aria insolitamente minacciosa.

Capitolo 13 – Ilis

Ma cosa succede?, si chiese Ilis osservando il tentacolo all'altezza del viso di Milia. D'istinto si alzò in piedi per raggiungere la ragazza.

Quando la strana forma avanzò ancora, Milia arretrò di un passo e cercò di colpirla con una manata, ma il tentacolo la schivò e le si avvolse attorno al polso. Proprio in quel momento numerose altre appendici si staccarono dalla parete e andarono velocemente ad aggrapparsi agli arti e al busto della giovane.

Una scarica di adrenalina fece scattare Ilis in avanti, ma fu bloccato da una presa decisa sul suo braccio. Credendo che si trattasse di un altro tentacolo, il cuore gli schizzò nel petto ma, voltandosi, vide invece che era la mano di Ipsia. "Fermo o finirai come lei!" gli intimò la mutante, mentre Milia veniva trascinata via.

"Tutti al centro della sala," ordinò Ipsia tra le urla disperate della ragazza. "State lontani dalle pareti... solo quelle sono polimorfiche!"

Gli altri erano già tutti in piedi, mentre Ilis si sentiva incapace di muoversi, ipnotizzato da quanto stava accadendo a Milia. Nonostante lei cercasse in tutti i modi di divincolarsi, i tentacoli l'avevano fatta girare su sé stessa e ora sembrava che la parete la stesse risucchiando.

Braccia, mani, gambe, piedi, l'intero busto e la testa scomparvero assorbite dal materiale vivo, finché rimase visibile solo il viso, su cui era disegnato l'urlo di terrore muto di Milia.

Dalle quattro pareti si erano intanto protesi innumerevoli altri tentacoli, che erano avanzati minacciosi verso il gruppo ancora in piedi al centro della sala.

Ilis non poteva più sopportare la vista straziante del volto terrorizzato di Milia. Tentò di liberarsi dalla stretta della mutante, ma lei non allentò la presa.

"Ti ho detto di star fermo!" gli ribadì Ipsia. "Ora non puoi fare nulla per lei. Se avessero voluto ucciderla l'avrebbero già fatto!"

Il giovane stava per replicare quando nell'aria rimbombò un suono fragoroso e la porta incominciò a liquefarsi. Tutti si voltarono spaventati verso l'apertura temendo un nuovo assalto, ma fu il capitano Bascos a irrompere di corsa nella sala, sparando verso i tentacoli con colpi veloci e precisi.

"Cosa succede?" gli chiese Ipsia, quasi urlando.

"Un virus... Ha superato tutti i firewall e ha preso il controllo della nave!" spiegò l'uomo, senza smettere di sparare.

"Un virus?" ripeté sorpresa la mutante. "Ma da dove..."

"Dall'astronave della Federazione! Possiamo essere stati infettati soltanto lì. Una qualche tecnologia di difesa di cui non eravamo a conoscenza."

Ilis si voltò verso gli altri. Aleia, Obolil, Lil e Miril guardavano sgomenti i tentacoli che avevano di fronte.

"Tenete, sono pistole laser," disse Bascos, estraendo delle armi da una borsa a tracolla.

Ilis ricevette un'arma e cercò di capire dai movimenti del capitano come usarla. "Quando puntate," stava spiegando l'uomo, "vedrete comparire un ologramma visibile solo a voi che vi indicherà l'aggancio del bersaglio. A quel punto premete per sparare."

Il ragazzo diresse la canna della pistola verso un tentacolo che gli si stava avvicinando. Vide un puntatore in aria passare dal colore rosso al verde. Premette il grilletto e, con sua grossa sorpresa, benché il tentacolo avesse scartato sulla destra, un colpo luminoso lo centrò in pieno, facendolo cadere liquefatto a terra.

Si voltò subito verso Milia, ma esitò. *E se la ferissi?*, si chiese, guardando l'estremità della propria arma. "Come facciamo a liberarla?" domandò allora a voce alta agli altri.

"Dobbiamo disabilitare l'IA dell'astronave," urlò di rimando Bascos.

"Come?"

"Bisogna raggiungerne la memoria e riazzerarla," rispose il capitano, continuando a sparare.

"La nave sta trasportando materiale polimorfico dagli altri ambienti," fece notare Ipsia, senza smettere di premere a sua volta sul grilletto a una velocità impressionante.

Ilis capì cosa intendeva. Nonostante l'intensità dei loro sforzi, gli attacchi dei tentacoli anziché diminuire erano aumentati ulteriormente.

"Questa nave è sotto il controllo della Federazione dei Mondi. Cessate ogni resistenza e sarete risparmiati," scandì una voce atona proveniente dall'ambiente circostante.

"Dannazione, il virus ha preso il comando delle funzioni vocali," commentò Bascos.

"Fate come dice, vi prego, non voglio morire," li implorò Milia, piagnucolando. "Consegniamoci a loro, vi scongiuro!"

"Non morirai," le promise Lil. "Ti tireremo fuori..."

"Allora prova qualcosa! Fai quella cosa che hai fatto con Molov. Non resisto più! Non riesco più a respirare!"

Lil esitò per qualche secondo, poi avanzò di un paio di passi.

"No!" urlò Miril.

Lil la guardò e Ilis capì che le stava rispondendo telepaticamente.

"Cosa vuoi fare?" gridò Ipsia.

"Devo provarci," replicò Lil. "Non possiamo lasciarla così."

Un tentacolo la afferrò alla caviglia, facendola crollare a terra. Subito altre appendici le si aggrapparono alla gamba. Ipsia e Bascos si affannarono a colpirle, ma ancora una volta sembrò che ai loro sforzi corrispondesse un intensificarsi dell'attività della parete polimorfica.

Obolil avanzò fino ad afferrare il polso di Lil. Incurante delle minacce a pochi passi da lui, tirò la ragazza con tutte le sue forze, ma venne colpito pesantemente alla fronte da un tentacolo più lungo degli altri.

Ilis si rese conto che Milia aveva smesso di gridare. La giovane piangeva ininterrottamente, con un fiume di lacrime che ne bagnava il bel viso.

Cosa posso fare? Come posso salvarle?, si chiese Ilis. Con orrore vide prima i piedi di Lil, poi le caviglie, le gambe, il bacino e infine braccia e mani venire risucchiati dalla parete. Mentre inglobava la ragazza, il materiale polimorfico la spinse in posizione eretta.

Gli occhi di Lil si chiusero. *È svenuta?*, si domandò l'apprendista. *O sta per mettere fuori uso l'astronave?* Pur continuando a sparare, si sentì frustrato per la propria incapacità di soccorrerla.

Come se gli avesse letto nella mente, Ipsia urlò: "Lil, se fai quella cosa che hai fatto sull'astronave della Federazione i supporti vitali saranno compromessi. Ci ritroveremo su un guscio vuoto."

Non accadde nulla e a Ilis si strinse il cuore al pensiero che Lil potesse aver perso conoscenza.

Intanto i tentacoli avevano tirato verso la parete anche Obolil, la cui ferita alla testa aveva lasciato una striscia di sangue sul pavimento. Nessuno di loro aveva provato ad aiutarlo perché, nonostante la velocità dei colpi e la potenza delle armi di cui disponevano, la stanza era ormai diventata una foresta selvaggia di tentacoli che dalle quattro pareti saettavano senza sosta verso di loro.

Ilis si girò spaventato verso Miril. La vide bianca in viso, preoccupatissima. "Lil, cosa stai facendo?" mormorò la sacerdotessa, quasi parlasse tra sé e sé.

Come per Milia, il viso di Lil era l'unica parte del corpo ancora visibile, ma Ilis, guardando meglio, notò qualcosa di diverso. La porzione di parete che aveva assorbito la ragazza aveva iniziato a crescere, come se qualcuno stesse soffiando aria al suo interno.

Forse me lo sto semplicemente immaginando, pensò, ma pochi secondi dopo vide che il materiale polimorfico non solo aveva continuato a gonfiarsi, ma era addirittura divenuto più trasparente. Anche il numero di tentacoli nel resto della stanza aveva cominciato a diminuire, cosicché Bascos e Ipsia, oltre a eliminare quelli dinanzi a sé, erano ora in grado di dar manforte anche a Miril e Aleia, che sembravano ormai allo stremo delle forze.

La bolla attorno a Lil seguitò a crescere fino a che, con un boato, esplose gettando intorno una gran quantità di materiale.

Aleia e Miril urlarono per lo spavento e Ilis d'istinto chiuse gli occhi e si riparò la faccia con un braccio. Quando, pulitosi con la manica della tuta, tornò a guardare di fronte a sé, vide Lil avanzare verso di loro, subito attaccata dai tentacoli superstiti. Qualcosa tuttavia era cambiato.

Non riescono più a toccarla!, realizzò, notando che i tentacoli si fermavano a pochi centimetri dal corpo della ragazza, come se lei fosse protetta da una barriera invisibile.

A quale serbatoio di energia magica sta attingendo?, si chiese Ilis. Lil aveva uno sguardo al tempo stesso rapito e consapevole. *È come se una parte di lei fosse qui con noi e un'altra altrove.*

Il modo in cui i tentacoli venivano respinti un attimo prima che potessero toccarla gli appariva ipnotico e affascinante.

Lil raggiunse Milia, alzò le mani unite di fronte a sé e poi le allontanò lentamente. Nel materiale della parete si aprì uno squarcio che si allargò fino a lasciare libero il corpo della giovane, la quale, con un sospiro, cadde in avanti, proprio tra le braccia di Lil.

Ilis rimase a bocca aperta.

Durante il suo apprendistato, condotto sotto il vigile occhio del mago Obolil, il ragazzo aveva studiato le possibilità di controllo della materia, ma proprio quello si era rivelato per lui uno dei settori più ostici da esplorare.

Come fa?, si chiese. *E fin dove potrà arrivare?* Nonostante la drammaticità del momento, si sentì sopraffatto da un'attrazione unica per la giovane maga. *Non importa quali saranno i rischi, la seguirò sempre e ovunque, anche a costo della vita. Dove andrà lei, andrò io.*

Lil accompagnò Milia verso il centro della stanza. L'ex moglie di re Beanor era terrorizzata ma in grado di camminare. Lil lanciò a Ilis un'occhiata che non lasciava adito a dubbi sul fatto che si aspettava da lui più aiuto e meno ammirazione, così l'apprendista andò a sorreggere Milia e lei liberò Obolil in modo analogo a quanto aveva appena fatto. L'anziano mago era ancora svenuto, perciò dovette trascinarlo per un braccio.

"Cos'altro puoi fare?" le chiese Bascos.

"Non lo so, non ho la minima idea di come ci sia riuscita..." rispose Lil. Era visibilmente affaticata.

"Dobbiamo uscire di qui," disse il capitano. "Milia, te la senti di camminare sulle tue gambe?"

La giovane annuì.

"E con Obolil? Cosa facciamo?" domandò Ilis.

"Lo porteremo tu ed io, sottobraccio, tenendo una mano libera per sparare. Lil, ce la fai a guidarci? Avanzando per prima ci farai da scudo; io e Ilis ti verremo subito dietro. Ci seguiranno Miril e Milia. Aleia e Ipsia chiuderanno la fila e si occuperanno di tenere a bada i tentacoli alle nostre spalle," li istruì Bascos.

Lil annuì. Ilis notò che sembrava assorta in una comunicazione telepatica con Miril. La sacerdotessa appariva piuttosto preoccupata e poté facilmente dedurne il motivo. Anche a lui non andava a genio l'idea di usare Lil come scudo.

Ma fu proprio la ragazza a esortarli: "Andiamo!", cosicché tutti si disposero come stabilito.

Sparare con una mano sorreggendo Obolil con l'altra era piuttosto complicato, ma per fortuna il sistema di mira dell'arma rendeva tutto più semplice.

Quando uscirono dalla stanza si ritrovarono nell'ampio corridoio antistante, in cui la selva di tentacoli sembrò molto più facile da contenere.

"La nave ha trasmigrato un gran quantità di materiale polimorfico nella sala dove siamo stati attaccati e ora dovremmo riuscire a procedere più agevolmente," li rassicurò Bascos.

"Ian, dobbiamo fare attenzione. Se la nave vuole attaccarci ci sono centinaia di modi diversi con i quali può farlo!" gli fece notare Ipsia.

"Ci ho pensato, ma credo che il virus non sia programmato per ucciderci, ma solo per imprigionarci."

Il gruppo percorse lentamente una ventina di metri lungo il corridoio continuando a rispondere agli attacchi dei tentacoli.

"Quanto manca?" domandò Lil dopo che ebbero superato un boccaporto per le attività extraveicolari.

È stremata, non ce la fa più, pensò Ilis. Non sparava neppure più, quasi non avesse più la forza di alzare il braccio. Lasciava che fossero gli altri a eliminare i tentacoli che le si avvicinavano.

Lil, come posso aiutarti? Cosa posso fare per te?, si chiese Ilis.

Non ti preoccupare, ce la farò, gli rispose la ragazza.

Il giovane rimase a bocca aperta. *Puoi leggermi nella mente?*, le domandò.

Lei si fermò e si voltò a guardarlo dispiaciuta. "Scusami, io... non me ne sono resa conto. L'ho fatto senza volerlo. Di solito faccio del mio meglio per schermarmi dai vostri pensieri, ma ora... ora sono così stanca. Ti prego di perdonarmi."

Ilis le sorrise. "Non c'è nessun problema. Davvero, va tutto bene."

Bascos, che non aveva smesso un attimo di sparare, con aria impaziente li esortò: "Dobbiamo andare avanti."

Lil si girò per riprendere il cammino, ma rimase ferma a osservare i tentacoli che avevano appena finito di attaccarli. Vibravano in aria senza più spingersi in avanti.

Cosa aspettano?, si chiese Ilis.

Gli parvero scossi da strane convulsioni, quasi stessero digerendo qualcosa di poco gradito al loro interno.

"Correte!" ordinò Bascos ma, proprio allora, i tentacoli si ritrassero per poi riallungarsi improvvisamente. Dalle estremità scagliarono su di loro una pioggia di strani ovetti bianchi.

Ilis li vide rimbalzare sui loro vestiti e rotolare al suolo. *A cosa servono?*, si domandò. Avvertì uno strano prurito al collo e si sentì tutt'a un tratto così stanco da non desiderare altro che sdraiarsi a terra per riposare. Il prurito, però, divenne quasi subito insopportabile. L'apprendista alzò una mano e si tastò dietro il capo.

Gli ovetti! Si sono attaccati al collo. Era una sensazione orribile, come se fosse stato aggredito da dei parassiti.

Ne staccò uno, gettandolo sul pavimento, poi un altro e un altro ancora. Mentre li rimuoveva si accorse che erano macchiati di sangue. *È il mio?*

Ebbe l'impressione che qualcuno gli stesse parlando. Non gli importava. Desiderava soltanto liberarsi di quelle orrende creature. Alzò un piede e pestò sotto la suola gli ovetti che aveva scagliato a terra. Il sangue scuro schizzò in tutte le direzioni. Ilis riuscì a stento a trattenere i conati di vomito.

In alcuni punti del collo dove aveva staccato gli ovetti sentì nascere un nuovo forte prurito. L'idea che quei cosi gli stessero succhiando il sangue gli metteva i brividi. Avrebbe voluto sollevare la mano per riprendere a staccarli, ma ormai non ne aveva più la forza. Si reggeva a stento in piedi, la testa gli girava. Qualcuno continuava a parlargli, altri si muovevano attorno a lui, ma lui non riusciva più a fare altro. Aveva bisogno di riposare.

Lil! Devo proteggerla. Cosa le sta accadendo? E Milia? Dov'è? Ha anche lei bisogno d'aiuto? Non posso abbandonarle!

Cadde infine sulle ginocchia, spossato. Quando capì di essere sul punto di crollare in avanti, alzò le mani di fronte a sé per evitare di rompersi il naso sul pavimento.

Una mano però lo sorresse. Era un tocco dolce, gentile. La pelle aveva un buon odore. Ilis si sentì accarezzare il viso. D'istinto gli venne da cercare quelle dita con le labbra.

Era la mano di Milia, l'aveva riconosciuta. Ma perché lei non era stata attaccata? Con le labbra stava per sfiorarle il dorso, ma gli scivolò via troppo velocemente. Peccato! Avrebbe voluto dirle che l'amava, che lei per lui era tutto. Le cose non erano andate come avevano previsto, ma lui le era sempre rimasto fedele, anche quando si era ritrovato a marcire nel buio di una cella, anche sotto tortura, anche quando aveva scoperto di aver fatto l'amore con Ipsia e non con lei. Le avrebbe spiegato tutto e lei avrebbe capito.

Sentì il prurito svanire e riuscì a sollevare una mano fino a toccarsi il collo. Gli ovetti non c'erano più. La vista gli stava gradualmente tornando, così come l'udito.

Si girò e vide una sagoma affannarsi su altri corpi accasciati sul pavimento. *Lil?* Era lei, da sola, in piedi? Gli parve che altri, come lui, stessero pian piano rinvenendo. Scorse Milia, a terra, a pochi metri da lui.

Si accorse di un movimento continuo per aria. *Gli ovetti... continuano a spararceli addosso.* La selva di tentacoli intorno a loro si muoveva come tanti serpenti impazziti. Sparavano senza sosta gli ovetti, che tuttavia non li raggiungevano più. Cadevano a mezz'aria.

Ilis sentì il cuore balzargli nel petto. *Lil!* Si voltò verso la ragazza, la quale, con l'aria affannata, stava ripulendo Aleia.

"Lil, sei tu che...?"

Lei gli rivolse un'occhiata sfinita. Da come barcollava, il giovane credette che sarebbe caduta a terra da un momento all'altro.

Infine furono nuovamente tutti in piedi.

Bascos reggeva Lil per un braccio e le diceva: "Rimani sveglia. Continua a fare questa cosa. Mantieni la protezione attiva. Manca poco, possiamo farcela."

Ipsia sfiorò un braccio di Ilis, invitandolo ad avanzare con loro.

Erano tutti pressati gli uni contro gli altri, procedevano come un unico corpo, sotto la protezione di Lil.

"Obolil, ti sei svegliato?!" esclamò sorpreso Ilis, vedendo l'anziano camminare da solo sulle proprie gambe.

L'altro grugnì in risposta.

Obolil sveglio!, rimuginò l'apprendista. *È ancora opera di Lil?*

"Ci siamo! Appena svoltato l'angolo siamo arrivati!" annunciò Bascos.

Poco più avanti, però, videro una selva così fitta di tentacoli da non riuscire a scorgere neppure la più piccola porzione di parete.

"Oh dei!" si lasciò sfuggire Aleia.

"Torniamo indietro?" chiese Miril.

La sacerdotessa aveva ragione. Se si fossero avvicinati ancora, per loro sarebbe stata la fine.

"No, non c'è altra via. Dobbiamo abbatterli tutti," replicò Bascos convinto.

"Ma Lil non può reggere in queste condizioni," insistette Miril. "Ha bisogno di riposare."

"Posso farcela," intervenne la giovane.

"Spariamo, forza! Senza mai fermarci. Colpite tutto ciò che si muove di fronte a voi," li spronò il capitano.

E così fecero.

I tentacoli reagirono immediatamente saettando in avanti con inaudita velocità.

Ma Ipsia e gli umani ce la misero tutta. Nessuno si preoccupava di mirare, perché ovunque sparassero andavano comunque a segno.

Ben prima di quanto Ilis si sarebbe aspettato furono in grado di intravedere la porta dietro il brulicare di appendici della parete polimorfica.

"Bene, manca poco," confermò il capitano Bascos.

Ilis aumentò a tal punto l'intensità dei propri colpi che l'indice iniziò a dolergli. Tuttavia non si concesse nemmeno un secondo di pausa, sicuro che presto avrebbero ripreso il controllo della nave e che quell'incubo avrebbe avuto fine.

Ma all'improvviso il pavimento gli scivolò da sotto i piedi e lui fu risucchiato violentemente indietro. Sbatté con forza contro una parete e un dolore feroce gli esplose alla spalla destra. Tentò di aggrapparsi ai maniglioni sulle pareti, ma fu inghiottito ancora più indietro, lungo il corridoio che aveva appena percorso. Intravide le figure degli altri che come lui sbattevano di qua e di là. Cozzò ancora contro la parete proprio con la spalla già offesa e per il dolore il mondo scomparve per qualche attimo. Ma, poco dopo, l'istinto di sopravvivenza lo spinse a riaprire gli occhi. Continuò a rotolare lungo la parete per poi urtare con violenza contro lo spigolo del boccaporto interno. Scivolò nella camera di compensazione e infine sentì la sua mano muoversi da sola.

Afferralo! Afferra il maniglione!, udì nella propria mente anche se la sua mano si era già saldamente ancorata al maniglione del boccaporto esterno della camera di compensazione.

Si girò, guardò dietro di sé e non vide altro che lo spazio, enorme, infinito, punteggiato di stelle. Al suo fianco poteva vedere l'esterno dell'astronave. Capì che la stretta delle sue dita era l'ultimo appiglio con quel piano di esistenza.

Un freddo glaciale gli penetrò nelle ossa. Aveva un disperato bisogno di ossigeno, ma inspirare l'aria che vorticava fuori dall'astronave era quasi impossibile.

Ilis si sentì come al centro di un tornado, con la forza del vento che gli impediva di respirare e di aprire bene gli occhi e che lottava per spingerlo là dove il freddo l'avrebbe stretto in un abbraccio mortale.

"Chiudeteli! Chiudete i boccaporti!" udì una voce urlare nel vento.

Cercò il maniglione di chiusura, rendendosi conto che era stato divelto. "Non posso! Il maniglione non c'è più," urlò con quanto fiato aveva in gola.

"Questo funziona!" gridò la voce di Obolil.

Il boccaporto interno si mosse di qualche centimetro.

"Cosa devo fare? Cosa devo fare?" strillò ancora Obolil, nel panico.

Qualcun altro rispose, ma il sibilo del vento gli rese impossibile afferrare il significato.

E Ilis comprese.

Lil, mi senti? Io vado...

No, aspetta. Dev'esserci un modo.

Non c'è più tempo. Dovete chiudere il boccaporto interno, lo so.

Aspetta... Troveremo un modo!

Non posso mettervi in pericolo. Non posso farlo. Rimarreste senz'aria e morireste tutti.

Ilis, ti prego, aspetta.

Dì a Milia che l'amo, che l'ho sempre amata. Quando ci rincontreremo in un'altra esistenza, staremo insieme.

Ilis, ti prego, ho bisogno di te.

Lil, ti ho promesso che avrei fatto di tutto per te e questo è ciò che devo fare ora. Tu sei la luce e la speranza di quest'universo. Ovunque andrò, so che ci sarà una parte di te a guidarmi.

Aprì le dita. Con un pensiero fugace si chiese cosa gli sarebbe accaduto là fuori, nel freddo, nel vuoto, come sarebbe morto, ma prima che potesse darsi una risposta tutto divenne nero.

Capitolo 14 – Aleia

Aveva sbattuto più volte contro gli spigoli delle pareti ma, dopo l'ultima botta, era rimasta per sua fortuna bloccata in un avvallamento del corridoio, circostanza che probabilmente le aveva salvato la vita.

Cercò a fatica di rialzarsi. Con una certa sorpresa, si rese conto che, nonostante il male diffuso in tutto il corpo, riusciva a reggersi in piedi.

Il dolore più acuto veniva dalla fronte. Si toccò il capo con una mano, che riportò davanti al viso sporca di sangue.

Benché l'idea di essere stata clonata sull'astronave della Federazione l'avesse parecchio infastidita, non poteva negare che, da allora, si era sentita piuttosto bene nel suo corpo nuovo.

Dannazione! Chissà come ne uscirò adesso?!, si domandò, terrorizzata al pensiero che molte delle ferite riportate le avrebbero lasciato delle orrende cicatrici.

Milia era a pochi passi da lei. Camminava zoppicando, con una smorfia di dolore e una mano appoggiata al costato. Subito dietro c'era Ipsia. La mutante era in buone condizioni, così come Bascos, più giù nel corridoio. Obolil, vicino al boccaporto, appariva invece alquanto dolorante. Nel suo nuovo corpo, comunque, nonostante le ammaccature, sembrava di gran lunga più in forma che in quello vecchio.

Aleia fissò Ipsia. Ogni volta che la guardava sentiva infiammarsi lo stomaco e non vedeva l'ora che tutto tornasse alla normalità per trascorrere un po' di tempo insieme. *Perché penso al sesso sempre nei momenti meno adatti?*, si chiese, continuando ad ammirare la mutante.

Proprio Ipsia si avvicinò a Bascos e gli domandò: "I tentacoli? Dove sono finiti?"

In effetti le pareti polimorfiche erano butterate e non c'era più traccia di quelle spaventose appendici.

"Probabilmente la forza dell'aria ne ha risucchiato la maggior parte fuori dalla nave e il poco materiale superstite si sarà già mosso a difesa del nucleo dell'IA."

Milia si accostò ai due. "Dov'è Ilis?" chiese.

Il capitano scosse la testa e le rispose: "Mi dispiace, non ce l'ha fatta."

La giovane si guardò attorno confusa. "Cosa? Cosa significa? Dov'è? Cosa gli è successo?"

Lil la raggiunse e le disse: "Ha deciso di sacrificarsi, per tutti noi."

Milia guardò con orrore verso un oblò. "È là? È là fuori?" domandò.

Lil annuì. Aleia si stupì di come in alcuni casi la giovane maga apparisse forte e sicura di sé mentre in altri avesse la tipica espressione di una bimba che viene sgridata dai genitori. Provava una certa tenerezza per quella ragazza così potente e fragile allo stesso tempo. La trovava anche graziosa, ma l'assolutismo del suo amore per Miril era un po' troppo adolescenziale per i suoi gusti.

Milia spostò lo sguardo su Lil. "Sei stata tu?" le chiese, con un tono di voce appena udibile.

"Abbiamo comunicato. Volevo che resistesse, che ci desse il tempo di pensare a una soluzione," rispose lei. "Ho fatto del mio meglio, ma..."

Senza lasciarla finire di parlare Milia le si scaraventò contro, spingendola con forza a terra. Lil cadde all'indietro e l'altra si protese in avanti per gettarsi ancora su di lei, ma Ipsia e Bascos furono più rapidi e la bloccarono.

"Lasciatemi!" urlò la ragazza. "Lasciatemi, ho detto!" Poi, all'indirizzo di Lil, aggiunse: "La pagherai, brutta troia! Te la farò pagare! Sei solo una troia. Hai capito? Nient'altro che una troia!"

Aleia si rese conto che era il caso di intervenire. "Milia, calmati, non può essere stata colpa sua. Ha sicuramente fatto tutto il possibile per salvarlo."

La giovane scosse la testa. "Avresti potuto aiutarlo," disse ancora a Lil, scoppiando a piangere, con le lacrime che le inondavano il viso. "Avresti potuto fare una di quelle cose che fai tu, ma l'hai lasciato morire. Ti odio. Ti odierò sempre, sempre, sempre. E te la farò pagare. Sei solo una lurida sgualdrina. Ricordatelo, non sei nient'altro."

Intervenne Ipsia: "Milia, Lil non c'entra nulla. Perché te la prendi con lei?"

"Perché fa solo quello che interessa a lei. Voi non ve ne rendete conto, ma ci usa, ci usa quando le serviamo e poi ci lascia morire come cani."

Aleia provò a tranquillizzarla, posandole una mano sulla spalla. "Ascoltami, Milia. Lil non ha nulla a che fare con la morte di Ilis. Sei sconvolta, è comprensibile, e hai bisogno di prendertela con qualcuno, ma non è colpa sua."

Milia si girò a guardarla: "Maestà, non capite?"

Aleia si chiese se la giovane stesse impazzendo.

"Da quando l'abbiamo incontrata è andato tutto male. Tutto! Quando siamo tornate dal viaggio nel tempo abbiamo scoperto che il nostro regno era scomparso, voi non avevate più il vostro trono, nel Palazzo Reale c'era un altro sovrano. Ma poi anche tutto quello è svanito e siamo finite su quell'astronave e il nostro pianeta è stato disintegrato di fronte ai nostri occhi. E quella sgualdrina ha di nuovo sbagliato tutto. E ora... Ilis. Lo amavo, lo sapevate? Era l'unico motivo che mi tratteneva dal farla finita, la mia unica ragione di vita. Era tutto ciò che mi rimaneva..." Si fermò per qualche secondo, smarrita. "Lo amavo, lo amavo davvero. L'ho detto a Ipsia, ieri notte. Sì, ero ancora molto arrabbiata con lui, ma in fondo non sapevo neppure più io per cosa. E volevo..." Abbassò gli occhi a terra. "Lei non è chi credete! Vi state sbagliando. Dietro di sé lascia solo dolore, morte, sciagura. Finché la seguiremo non farà altro che rovinarci la vita."

Lil aveva le lacrime agli occhi. Miril, che aveva assistito impassibile a tutta la scena, si chinò e l'aiutò a rialzarsi.

Le due donne si guardarono a lungo. Aleia sapeva che si stavano parlando telepaticamente. Avrebbe dato qualsiasi cosa per imparare anche lei a comunicare con la mente.

Bascos si allontanò e, dopo qualche secondo, tornò con nuove armi, che consegnò a tutti tranne che a Milia.

"Dobbiamo andare, ora," disse.

Aleia e Obolil presero Milia sottobraccio. Avanzarono lungo il corridoio e, svoltato l'angolo, videro che i tentacoli superstiti erano ormai pochissimi, tanto che vennero eliminati in breve tempo.

Ipsia domandò a Ian: "Perché ha aperto il boccaporto?"

"Credo che il virus fosse programmato con almeno due modalità. Nel caso in cui fosse riuscito a farci prigionieri, avrebbe dovuto mantenerci in vita. Ma, nel momento in cui siamo sfuggiti indenni ai primi attacchi e, avvicinandoci al cuore dell'intelligenza artificiale, siamo diventati un pericolo per la sua sopravvivenza, è passato alla modalità uccisione," rispose l'uomo.

La mutante annuì.

Bascos sparò alla porta dinanzi a loro, provocandone la liquefazione in pochi secondi.

Quando finalmente vide quello che c'era oltre, Aleia si lasciò scappare un "Oh!" di sorpresa.

Il cuore dell'intelligenza artificiale dell'astronave era contenuto in uno sgabuzzino dove c'era a malapena posto per due persone. Su un ripiano si trovava una sfera di luce con al centro un rettangolo nero delle dimensioni di un pollice che volteggiava nell'aria rilasciando un nugolo di minuscoli fulmini verso le pareti della sfera.

Bascos posò le mani sul ripiano, che si illuminò. Fece una serie di gesti che per Aleia non avevano alcun significato e, nel tempo di un battito di ciglia, la sfera si scurì, per poi riaccendersi subito dopo.

"Fatto!" esclamò soddisfatto. "In pochi minuti il sistema tornerà perfettamente funzionante e, grazie ai registri, ci aiuterà a capire l'origine del virus."

"Bene," commentò Ipsia.

Aleia si avvicinò per esaminare meglio la sfera. Il gioco di colori al suo interno era ipnotizzante. Alzò una mano e vide diverse scariche saettare nella sua direzione.

"Puoi toccarla," le disse la mutante. "Non succede nulla."

L'ex sovrana seguì il consiglio, accostò ancora di più la mano e a un certo punto il suo indice fu raggiunto da una moltitudine di saette che le diedero una leggerissima scossa.

Le era stato spiegato che l'intelligenza artificiale dell'astronave era una sorta di macchinario estremamente sofisticato creato dagli uomini ma, in quel momento, le appariva come qualcosa di vivo, dotato di una propria anima, una sorta di magia paragonabile a quella dei maghi della sua corte.

Si girò a guardare gli altri, curiosa di vedere se anche loro fossero sorpresi quanto lei per l'incantesimo che stava prendendo vita dinanzi ai suoi occhi. In effetti Lil, Miril e Obolil ammiravano affascinati la sfera e persino Milia sembrava incuriosita.

Ma la magia fu bruscamente interrotta da una spettrale voce metallica che si diffuse nell'ambiente: "Questa nave è sotto il controllo della Federazione dei Mondi. Cessate ogni resistenza e sarete risparmiati."

Aleia sentì un brivido gelido correrle lungo la schiena. D'istinto ritrasse la mano e fece qualche passo indietro, riunendosi agli altri.

Bascos e Ipsia reagirono all'istante, il primo scattando verso la sfera luminosa con le mani alzate e la mutante scandagliando con lo sguardo l'ambiente circostante alla ricerca di obiettivi ostili.

"No, no, no... non un'altra volta!" gridò Milia in tono angosciato.

Obolil le posò le mani sulle spalle, dicendole con gentilezza: "Calmati, Milia. Andrà tutto bene."

Bascos intanto aveva ripreso a muovere freneticamente le mani sul davanzale sotto la sfera luminosa.

Ma questa volta il virus fu molto più rapido di loro. Dalla parete guizzarono cinque tentacoli molto più sottili dei precedenti che afferrarono Obolil dietro il collo, alle caviglie e ai polsi. Aleia si aspettava che lo trascinassero verso la parete, invece il corpo dell'anziano mago fu sollevato a un metro dal pavimento. Sembrava che stesse urlando, ma nessun suono gli usciva dalla gola. Poi la testa si staccò di scatto dal busto, subito seguita da braccia e gambe, che rimasero per aria grondando sangue alle estremità. Il tronco invece cadde a terra, schizzando sangue tutt'attorno.

Aleia si rese conto che stava gridando con tutto il fiato che aveva in gola, e non era l'unica.

I tentacoli precipitarono d'improvviso al suolo e le luci dell'astronave si spensero, lasciandoli nell'oscurità più completa.

La donna strillò ancora, chiese aiuto, si strinse alle altre, senza sapere di chi fossero i corpi al suo fianco.

Guardò verso il punto in cui avrebbe dovuto trovarsi la sfera luminosa, ma questa era scomparsa.

Udì intorno a sé il rumore di una serie di ingranaggi che si mettevano in moto, seguiti dall'accensione di una luce verdastra che riempì di bagliori sinistri il corridoio dell'astronave.

"Ho disabilitato l'intelligenza artificiale. D'ora in poi dobbiamo procedere in modalità manuale," spiegò Bascos.

Aleia sentiva il cuore galopparle nel petto e anche gli altri le sembravano sotto shock.

Milia, con le labbra tremanti, fissava il busto di Obolil a terra, intorno al quale la macchia di sangue seguitava ad allargarsi.

"Vado a prendere un telo per coprirlo," si offrì Miril.

"Aspetta," intervenne Ipsia.

La sacerdotessa le rivolse uno sguardo interrogativo.

La mutante aveva un'aria truce e continuava a tenere l'arma in mano, come se si aspettasse da un momento all'altro un nuovo attacco.

"Il virus... Perché questa volta ha impiegato così poco a prendere il controllo dell'IA dell'astronave?"

La domanda sembrava rivolta a tutti e a nessuno in particolare. Aleia faticava a comprendere il significato di quelle parole, ma era sorpresa dal tono greve e minaccioso di Ipsia.

Bascos rispose: "Non giungiamo a conclusioni affrettate. In ogni caso l'IA ora è disabilitata, quindi non ci sono pericoli immediati."

"Ian, come fai a esserne certo?" ribatté la mutante con un tono appena più gentile di prima.

Aleia si sentì fortemente a disagio per quella discussione a pochi passi dal corpo dilaniato di Obolil. Si allontanò di qualche metro.

Con suo enorme stupore, vide Ipsia puntarle l'arma addosso: "Non-muoverti!" scandì quest'ultima.

Bascos si affrettò a posarle una mano sulla canna, dicendole: "Ipsia, no."

Il cuore di Aleia riprese a galoppare. *Perché Ipsia mi sta minacciando? Cosa c'entro io con tutto quello che è successo?*

"Ian, non possiamo rischiare," tagliò corto la mutante senza abbassare la pistola.

Lil fece un passo avanti, frapponendosi tra lei e Aleia, e le chiese: "Vuoi spiegarci cosa sta succedendo?"

Fu Bascos a replicare: "Ipsia crede che, dopo il primo reset, sia stata Aleia a reintrodurre il virus nel sistema."

Se le avessero detto che Beanor era ancora vivo, l'ex regina sarebbe stata meno sorpresa. "Io? Ma..." iniziò a dire.

"È per questo che il sistema, la prima volta, non è stato in grado di individuare il virus," spiegò Ipsia. "Lei lo ha celato dentro di sé, rilasciandolo soltanto oggi. Poi, dopo il reset, ha avuto accesso diretto al cuore dell'IA, consentendogli un'azione molto più rapida."

"Ma io..." provò a difendersi Aleia.

Fu però nuovamente interrotta, questa volta da Bascos: "È possibile, ma è anche molto più probabile che loro non ne sappiano nulla. Quando sono stati clonati può essere stato aggiunto del codice al loro organismo e potrebbero esserne del tutto ignari."

Aleia volse lo sguardo verso Milia, che tuttavia non sembrava seguire la discussione e si era voltata dall'altra parte, dando le spalle al cadavere di Obolil. La giovane si mangiava le unghie con tale veemenza che pareva volersi divorare anche le dita.

"Non sappiamo cosa c'è dentro di loro. È colpa mia, lo so. Avrei dovuto intuire che Molov non avrebbe ordinato una semplice clonazione. Però non ci possiamo fidare. Potrebbero attaccarci mentre dormiamo o sabotare la nave o trovare un modo per comunicare con il resto della Federazione o..." disse Ipsia.

Quelle parole scossero Milia, la quale alzò il capo e piantò il proprio sguardo addosso alla mutante: "Vuoi ucciderci? È questo che vuoi fare?"

Ancora una volta intervenne Bascos: "No, Milia... Ipsia sta semplicemente facendo delle ipotesi e cercando di elencare i potenziali rischi..."

"Con una pistola puntata su di noi?" obiettò la giovane.

"Ipsia, per favore, abbassa l'arma," disse il capitano in tono pacato.

La mutante rimase immobile: "Lil, devo proteggerti. Non posso permettere che la tua vita sia in pericolo. Abbiamo fatto un grosso errore, ma tu sei più importante di tutti noi..."

"Allora abbassa l'arma, per favore. Loro sono miei amici e non hanno la minima intenzione di nuocermi. Ne sono certa," replicò Lil.

Mi ha letto nel pensiero?, si chiese Aleia.

Ipsia si volse verso Milia.

"No, neppure lei," riprese Lil. "Era sconvolta. Ha detto solo ciò che pensava. E aveva ragione. Avrei dovuto fare di più per il nostro pianeta, per Ilis, per Obolil. Io... non sono ancora in grado di controllare i miei poteri. Ne avverto la forza, l'intensità. Sento scorrere dentro di me energie sconosciute. È tutto nuovo. So che potrei fare molto di più e mi dispiace non esserci riuscita finora. Milia ha ragione, ma so che non vuole ferirmi in alcun modo. E neppure Aleia. Ora sono la mia famiglia e farò di tutto per loro."

Le parole di Lil non furono solo un sollievo per Aleia, ma motivo di vera gioia. Anche lei percepiva la profondità del legame affettivo che la univa con i pochi superstiti del suo mondo.

Ipsia scosse la testa: "Lil, ci sono cose che ancora non capisci. Potrebbero non voler danneggiarti consapevolmente, ma essere costrette a farlo. Hai visto gli effetti del virus. Cos'altro potrebbe celarsi dentro di loro?"

"Ipsia, noi non ci conosciamo. Non so nulla di te e di Ian. In fondo, anche voi potreste essere miei nemici e avere in mente di condurci in un luogo ben peggiore dell'astronave della Federazione. Ma ho scelto di fidarmi, di tutti voi. E continuerò a farlo. C'è una ragione per cui siamo tutti qui, insieme, su quest'astronave. Qualsiasi cosa ci aspetti, se perdiamo la fiducia gli uni negli altri allora Molov ha già vinto."

Intervenne Bascos: "Faremo dei turni di guardia. Ci organizzeremo per far sì che tutto funzioni anche in assenza dell'IA. Ci controlleremo a vicenda. Sarà dura, richiederà enormi sforzi, ma insieme ce la faremo."

Ipsia abbassò l'arma.

Milia aveva ripreso a mangiarsi le unghie. Miril e Lil sembravano assorte in una comunicazione telepatica. Ipsia si guardava intorno, ancora con aria sospettosa. *Cinque femmine e un maschio. Ovunque si trovi la nostra destinazione, sarà un viaggio molto lungo*, pensò Aleia.

Capitolo 15 – Valika

Pianeta Nespor
Presente

Non riusciva a darsi pace. Camminava inquieta da una parte all'altra della stanza; si stendeva sul letto, si rialzava, faceva ancora qualche passo, si abbandonava sul triclinio, tornava in piedi.

Andò a guardarsi allo specchio. Di fronte alla propria immagine riflessa scosse la testa. "Perché, perché, perché? Perché?" si domandò.

Cosa devo fare con lui? Devo chiedergli aiuto? Devo fidarmi?

Le venne il dubbio che il problema non fosse il suo uomo, ma lei stessa. In fondo era chiaro che Molov aveva a cuore principalmente i propri interessi. Altrimenti non si sarebbe comportato così. Ne era quasi convinta, eppure una parte di lei non voleva rinunciare all'idea che lui la amasse, per davvero.

Si rifugiò nel ricordo del loro primo incontro, quando lei era in missione e c'era quel giovane che le sorrideva e le parlava incantandola.

Ma lui in fin dei conti non era sempre rimasto lo stesso? L'aveva seguita su Nespor dicendole di averlo fatto per lei. Poi però aveva saputo della presenza di minerali preziosi e rarissimi e aveva iniziato a *occuparsene*. "Per poter spiegare la mia permanenza sul pianeta senza coinvolgerti," si difendeva lui, quasi che i suoi piccoli intrallazzi non gli importassero più di tanto. E le aveva rivelato chi era davvero, un clone del Presidente della Federazione dei Mondi. E anche in quel caso era riuscito a essere molto convincente.

"Valika," le aveva detto, "se avessi saputo chi ero fin da subito ti saresti allontanata da me o non mi avresti amato allo stesso modo. Io mi sono innamorato di te dal primo momento in cui ti ho vista e non potevo sopportare l'idea che la mia carica fosse un ostacolo tra di noi. Volevo amarti ed essere amato da te come un semplice uomo."

Forse lei aveva sempre saputo che sotto le sembianze di quel bel ragazzo con barba e capelli lunghi ma curati si celava qualcun altro. Quella rivelazione l'aveva comunque lasciata a bocca aperta, ma a essa era seguita la più bella notte d'amore della sua vita e, al mattino, lei si era sentita ancora più vicina a lui.

Se però la amava davvero, perché non potevano finalmente partire e andarsene da qualche altra parte, visto che ormai per lei la permanenza su quel pianeta era divenuta intollerabile?

Ora, tuttavia, era angustiata da un nuovo problema, più pressante e ben più spinoso. Doveva o non doveva chiedere l'aiuto di Molov? Ripensò alle parole delle vestali e a quelle del Maestro. Sapeva che le minacce delle donne del Santuario erano reali. Si preparavano ad attaccare e credevano di avere la situazione in pugno. E il Maestro? Davvero non aveva idea di come reagire? Si sforzò di osservare l'intera questione dal punto di vista di Elor, senza però riuscirci. Scosse nuovamente la testa.

Forse non è semplicemente adatto a fronteggiare una simile situazione. In fondo, se non si è mai trovato in vita sua dinanzi a una minaccia di questa entità, come posso pretendere che sia preparato? E poi Elor aveva sottovalutato troppo a lungo la crescita del Santuario, trattando le vestali come bimbe monelle che un giorno si sarebbero accorte dei loro errori, ravvedendosi e tornando sulla retta via. *Tutto questo è il risultato della sua miopia*, pensò sconsolata. *Ma cosa dovrei aspettarmi da un Maestro che per tutta la propria esistenza si è dedicato quasi esclusivamente all'insegnamento e all'evoluzione spirituale del suo popolo?* Più rifletteva e più si convinceva che Elor era fatto così e che non sarebbe certo cambiato a un'età così avanzata. Probabilmente non sarebbe stato in grado di trovare soluzioni concrete neppure se avesse messo bene a fuoco l'entità del problema. E lei non era sicura che ne fosse davvero capace.

E allora? Cosa avrebbe dovuto fare lei? Lasciare il pianeta insieme a Molov e ignorare quello che sarebbe accaduto al proprio popolo?

"Dannazione!" urlò, prendendo una spazzola e scaraventandola sull'intonaco decorato del muro.

Voleva andarsene, sì, con tutta sé stessa, ma non così, da vigliacca. Come avrebbe vissuto il resto della vita sapendo che le sue sorelle e i suoi fratelli erano costretti a lavorare come schiavi nelle miniere del Santuario?

Doveva fidarsi di Molov. Era rischioso, ma aveva bisogno del suo aiuto. Che altra scelta aveva?

Udì una serie di allegri rintocchi alla porta di servizio. Era Molov, apparentemente di buonumore. Tornò a guardarsi allo specchio. Aveva i capelli legati in una coda alta che le scendeva dietro la nuca unendosi a numerose trecce e a ciocche di capelli mossi. Indossava i gioielli che lui le aveva regalato e che era sempre felice di vederle addosso e un lungo abito azzurro trasparente impreziosito da fili d'argento. *Se Elor mi vedesse conciata così...* Sospirò e andò ad aprire al Presidente, il quale la salutò sfoggiando un bel sorriso, per poi entrare d'impeto nella stanza e passarle un braccio intorno ai fianchi.

"Buongiorno, mia diletta," disse Molov, subito cercando il conforto delle sue labbra.

Valika si lasciò soggiogare da quel bacio per qualche secondo, poi con le mani si liberò del suo abbraccio e si allontanò di qualche passo.

"Molov, dobbiamo parlare."

Lui reagì con un'espressione divertita.

Valika era perfettamente consapevole di ciò che lui desiderava in quel momento. Glielo leggeva negli occhi e lo intuiva dalla protuberanza sulla tuta nera, ma era decisa a farlo aspettare.

Sentì il suo sguardo sui propri seni.

"Dico sul serio, è importante," ribadì, indietreggiando.

"Non possiamo farlo dopo?" chiese lui, con aria innocente.

"No, lo facciamo adesso!"

Molov sospirò e andò a sistemarsi sul triclinio.

"Vieni qua," le disse.

"Ok, però parliamo."

"Va bene, cosa c'è che ti turba?"

Lei lo raggiunse sul triclinio e lui le sfiorò la coscia con le dita.

"Molov, ho detto che voglio parlare, ti è chiaro?"

"Ti ho detto di sì... dimmi tutto, dai."

"Va bene, allora tieni le mani a posto e ascoltami."

"Ti ascolto," promise lui, sorridendo.

No, non era serio. Lo sentiva. Non gli importava nulla di quello che gli avrebbe detto e avrebbe soltanto aspettato pazientemente che lei arrivasse a una conclusione.

"Vieni qui solo per scoparmi?"

"Sai che non è così."

Lei si accalorò. "So che *è* così!" ribatté seccata, a voce più alta di quanto avrebbe voluto.

"Valika, vedo che sei agitata. Dimmi cosa ti turba e farò del mio meglio per esserti d'aiuto."

"Così la finisco il prima possibile e poi puoi scoparmi?"

Lui sfoderò un'espressione offesa e arrabbiata.

"Mol, perché è così, è quel che fai. Vieni, mi scopi, te ne vai. Se io non ti chiedo di parlare, al più mi dedichi qualche battuta. Ti servo per il tuo piacere fisico, carnale; per sfogarti. È tutto lì."

"Valika!" esclamò lui, con impeto. "Sono venuto su questo pianeta per te, sono rimasto qui per te, come puoi pensare una cosa simile?"

Lei scosse la testa. Erano gli stessi discorsi di sempre, ripetuti per la millesima volta. Ora però voleva parlargli d'altro.

"Mol, il Santuario vuole prendere possesso delle Terre Libere."

Lui strabuzzò gli occhi.

"Le vestali sono venute a discutere con Elor. C'ero anch'io. Gli hanno fatto una serie di proposte che lui è stato costretto a rifiutare. Era una trappola."

Molov si portò una mano al mento e assunse un'espressione pensierosa.

"Di che si tratta?" chiese, lasciando ciondolare il capo.

Valika sospirò. "Di base vorrebbero espandere le miniere nelle Terre Libere e poi promettono di offrire un lavoro ai nostri abitanti e di fornire anche a noi la protezione del loro nuovo esercito."

Lui rifletté per qualche secondo. "Beh... le miniere ora si estendono solo sotto il territorio del Santuario, che, paragonato a quello delle Terre Libere, è piuttosto circoscritto."

Lei lo guardò indignata. "Mol! Secondo i nostri principi questo pianeta è diverso! I nostri avi hanno deciso di lasciarlo intatto, integro, di non turbarne in alcun modo l'ecosistema. A quanto mi risulta, è uno dei pochi pianeti della galassia che gode di un simile rispetto. Le miniere del Santuario sono un'eccezione, non dovrebbero neppure esistere!"

L'espressione interessata del suo interlocutore la rassicurò. *Per una volta mi ascolta!*

"Da quanto mi è sembrato di capire, loro si considerano autonome rispetto a voi. Non riconoscono più l'autorità di Elor sul Santuario. Quindi, credo che questo sia anche un modo per affermare che loro vantano sul pianeta gli stessi vostri diritti. Elor cos'ha risposto?"

"Ha rifiutato! Non l'avevo mai visto così infuriato. Non ha perso il controllo, ma era palese che reputava le loro proposte un puro oltraggio."

"Uhm... capisco. Se le cose stanno così, penso che sarebbe più saggio cercare un compromesso. Voi avete i vostri principi, ma loro spingono in un'altra direzione. Anziché andare allo scontro, vi converrebbe concedere loro qualcosa che vi consenta di stringere degli accordi preservando la vostra identità."

Valika rimuginò per qualche secondo su quelle parole.

"Sì, però..."

"Ascolta, Valika. Il Santuario tiene ai propri commerci, ma in fondo i vostri principi spirituali costituiscono pur sempre le fondamenta della loro fede. Quindi, voi potete far leva su una certa autorità morale. Il problema è che loro si sono preparate bene. Vogliono espandere le miniere e sono pronte a ricorrere alla forza pur di arrivare all'obiettivo. Allora la cosa più saggia sarebbe far loro qualche concessione. Concordate insieme e circoscrivete l'area che potrebbe essere interessata da questo ampliamento. Entrambe le parti ne guadagneranno, visto che nessuna delle due immagino voglia arrivare davvero allo scontro. E in questo modo farete anche il bene del pianeta, evitando un'espansione incontrollata nel caso le vestali vi dovessero sottomettere."

Per Valika era doloroso ammetterlo, ma i ragionamenti di Molov avevano un senso. Le balzò però subito alla mente l'ostacolo principale. "Elor non accetterà mai," disse, abbassando gli occhi.

"Non credi di riuscire a convincerlo?"

"Posso provare, ma mi è sembrato irremovibile." Era anche un po' preoccupata per la possibile reazione del suo Maestro. *Elor intuirà che l'idea non è mia?*

"Va bene... E lui? Cosa vorrebbe fare?" le domandò Molov.

Valika esitò. Voleva i consigli e l'aiuto del suo uomo, ma non era sicura di volergli rivelare tutto.

"Lui crede che una soluzione si presenterà da sé. La Sincronicità... Secondo lui, se il popolo rimane puro, riceveremo aiuto senza chiederlo."

Molov le rivolse un'occhiata scettica, mettendola in imbarazzo. *Sa fin troppo bene che sono io la prima a non essere 'pura'.*

"Valika, a mio avviso il Santuario accetterà un compromesso. Forse le vestali, conoscendo l'intransigenza di Elor, hanno puntato così in alto per ottenere almeno qualche concessione. Potete trattare, ma non trovo che sia ragionevole opporre un netto rifiuto."

La donna lo guardò dritto negli occhi. Sembrava sincero. Nonostante il suo giovane aspetto, lui era il Presidente della Federazione, l'uomo più potente della galassia, colui che governava un'infinità di mondi da migliaia di anni. Poteva non fidarsi del suo acume e della sua saggezza?

Eppure...

Le venne un dubbio.

"Mol, tu hai qualcosa a che fare con le loro richieste?"

Un'espressione di vivo stupore si dipinse sul volto del suo amante.

"Dimmi la verità. Dimmelo ora. O tra noi è finita, per sempre."

"Valika, sei impazzita?"

Che stupida! Come aveva fatto a non pensarci prima? Era ovvio che lui spingesse per un compromesso. Il Santuario scavava ed estraeva, i mondi indipendenti compravano e rivendevano, ma a chi? Alla fin fine, chi poteva avere il maggior interesse in un'ulteriore espansione delle miniere? Chi tirava segretamente le fila di tutto?

Finalmente aveva capito ogni cosa, anche quello che fino ad allora si era rifiutata di vedere. Le vestali si arricchivano, sì, ma a loro non arrivavano che le briciole. Agli stessi commercianti dei mondi indipendenti non doveva rimanere più di tanto. Ma si vociferava che all'interno della Federazione qualcuno comprava a prezzi stracciati per poi rivendere a prezzi esorbitanti. E di chi mai poteva trattarsi se non di lui, Molov, con le sue centinaia di altri corpi clonati? Valika aveva sollevato a più riprese l'argomento in passato, ma Molov in quelle occasioni l'aveva fatta sentire paranoica. Eppure, questa volta, nei ragionamenti fin troppo misurati e razionali dell'uomo era in grado di leggere altro.

"Vuoi espandere il tuo commercio, vero? È così? L'attuale produzione non ti basta più e hai bisogno di andare oltre."

Si sentiva indignata, offesa, arrabbiata. E sporca. E stupida per essersi fatta raggirare in quel modo. Lui non se la scopava solo per il piacere carnale, ma anche perché lei gli serviva.

Molov si alzò in piedi e scosse la testa, spostando lo sguardo verso il muro. "È una follia!" disse, con decisione. "Come puoi muovermi una simile accusa? È vero, non sono del tutto disinteressato ai metalli che estraggono, ma per me non rappresentano nulla." Si volse verso di lei. "Valika, hai idea di chi io sia? Posso attingere alle risorse di milioni di mondi. Il mio potere supera quello di tutti gli altri condottieri del genere umano messi insieme. E secondo te perderei tempo in questo genere di giochetti?"

La donna tentennò.

"Allora aiutami," ribatté lei in tono fermo. "Voglio che le Terre Libere rimangano così come sono, che i principi spirituali del nostro popolo non siano violati, voglio che Nespor, il pianeta che ha ospitato e nutrito la mia gente, resti intatto, senza subire nessun'altra mortificazione. Tu puoi far tutto, hai un potere illimitato, l'hai appena detto. E in fondo le ricchezze delle vestali dipendono da te. Voglio che tu faccia in modo che loro tornino sui loro passi, altrimenti dovranno rinunciare anche a quello che guadagnano ora. E..." Si alzò in piedi e gli prese le mani nelle sue, guardandolo negli occhi. "Voglio che tu lo faccia per me. E che poi mi porti via con te."

Molov la fissò e le sorrise. Le posò entrambe le mani sulle spalle e le disse: "Se è questo che vuoi, lo farò... Per te."

Quindi la tirò a sé, baciandola appassionatamente e al contempo lasciando scivolare una mano tra le sue cosce. La donna avvertì la pressione delle sue dita sulla vulva. Avrebbe voluto che non ci fosse nessun tessuto a ostacolare il contatto. Si sentì rassicurata, protetta e bagnata, la tensione di poco prima svanita come se non fosse mai stata lì.

Il suo uomo la prese per mano e la portò a sedersi sul triclinio. Lei si aspettava il suo solito approccio diretto, ma lui la guardò con aria seria e le disse: "Ti aiuterò, ma voglio sapere se tu sei stata sincera con me."

"Sì, ti ho detto tutto, perché?"

"Valika, sono quel che sono perché faccio attenzione ai particolari, a ogni dettaglio, anche al più insignificante. Agirò nella maniera più opportuna con le vestali, ma occorre che io sappia se loro ti hanno riferito anche altro."

Lei si mostrò dubbiosa. Ripensò rapidamente al dialogo del giorno prima e, annuendo con il capo, confermò: "Sì, credo di averti raccontato tutto."

"Va bene," chiosò lui. "E Elor? Non ha aggiunto altro? Ha rifiutato e basta?"

"Ha spiegato il motivo del rifiuto, la questione della spiritualità e tutto il resto."

Molov assentì con aria pensierosa. "Te l'ho chiesto perché, come sai, io non dovrei neppure trovarmi su questo pianeta. Se i miei oppositori venissero a conoscenza della mia presenza qui mi darebbero un sacco di grattacapi. Se vado a parlare con le vestali devo essere preciso ed efficace e non posso tralasciare nulla. Allora? Mi hai detto tutto? Non hai omesso nulla? È giusto che tu pretenda totale sincerità da parte mia, ma devi essere pronta a fare altrettanto."

Valika ripensò alle parole di Elor. Se Ipsia fosse arrivata con questa tale Lil e il Maestro avesse deciso di presentarla pubblicamente, Molov le avrebbe domandato come mai lei non ne sapeva nulla. Avrebbe potuto negare di essere stata a conoscenza del loro arrivo, ma temeva che lui non le avrebbe creduto.

Ormai ho chiesto il suo aiuto. Ho deciso di fidarmi di lui. E devo farlo fino in fondo.

Molov avrebbe aiutato non solo lei, ma tutto il suo popolo. E finalmente lei se ne sarebbe potuta andare con il cuore in pace. Se invece gli avesse mentito, lui avrebbe perso la fiducia in lei e tutto ciò che lei desiderava sarebbe stato rimesso in discussione.

Minimizzò: "Ha detto che una nostra sorella presto tornerà sul pianeta con una ragazza che sembra essere dotata di poteri molto particolari. Secondo Elor lei potrebbe aiutarci."

Molov la guardò perplesso e Valika ripensò a quello che le aveva raccontato il Maestro su quanto Lil aveva fatto sull'astronave della Federazione. Lì per lì non ci aveva badato, perché del suo uomo parlavano sempre tutti e spesso lo infilavano in un'infinità di discorsi senza senso. E poi aveva preferito concentrarsi sulla solita ambiguità di Ipsia.

Molov seguitava a fissarla con sguardo attento.

"Si tratta di una certa Lil. Dovresti averla già incontrata su un'astronave della Federazione," aggiunse lei, cautamente.

Per un attimo la serietà negli occhi di Molov la fece preoccupare, ma poi lui si lasciò andare a una fragorosa risata. "Lil? Non posso crederci!" Continuò a ridere di gusto, come se non avesse mai udito nulla di più divertente. "Oh, Valika, mi dispiace per Elor, mi spiace davvero. Se lui ripone le proprie speranze in quella ragazzina, hai fatto davvero bene a venirmi a parlare. Sì, me la ricordo. È una semplice illusionista e, detto tra noi, neppure tanto brava. Non ricordo neanche con quale pretesto me l'abbiano portata sull'astronave, forse qualche burocrate ha pensato che mi avrebbe divertito. Sì, è vero, l'ho incontrata, ma in realtà avevo altro da fare e dopo pochi minuti ho chiesto che la mandassero via. Quindi ora sta venendo qui? Povero Elor!"

Lo sapevo! L'ennesimo bluff di Ipsia! Si sarebbe occupata anche di quello, ma ora non aveva più voglia di parlare di Elor, delle vestali, della mutante, di Lil o di nessun altro.

Con una mano si slacciò prima una spallina, poi l'altra. Il tessuto le scivolò sulle braccia. Lei lo trattenne per qualche secondo all'altezza dei gomiti piegati, giusto il tempo di lasciare Molov senza fiato, quindi lo fece cadere del tutto.

Il Presidente si avventò come un assetato sul suo capezzolo destro, leccandolo e succhiandolo. Lei sorrise compiaciuta. A volte lui era così prevedibile. Si abbandonò sullo schienale del triclinio. Quel giorno sarebbe stata lei a stupirlo.

Capitolo 16 – Bascos

ASTRONAVE DIRIN
PRESENTE

Il capitano Ian Bascos chiuse gli occhi e desiderò ardentemente che, quando li avrebbe riaperti, la moltitudine di fogli sparsi sulla sua scrivania fosse scomparsa senza lasciare traccia.

Ma non sarebbe neppure male arrivare a una conclusione, rifletté, con un sorriso amaro.

Fin da giovane aveva preso l'abitudine di ragionare con l'uso di fogli di carta, matita e temperino.

Ripensò a quando, agli inizi della sua carriera di poliziotto, i colleghi non gli avevano risparmiato frecciatine e battute ironiche su questa sua abitudine. Ben presto, però, visti gli esiti formidabili delle sue missioni, l'ironia si era trasformata in ammirazione e invidia. E qualcuno aveva addirittura cominciato a imitare quella sua consuetudine d'altri tempi.

La carta era tuttavia un materiale raro, non più in uso nella stragrande maggioranza dei mondi e questo lo costringeva a fare una bella scorta ogni volta che aveva la fortuna di trovarsi su un pianeta dove fosse ancora presente un antico stabilimento cartario.

Riaprì gli occhi. I fogli erano ancora lì, coperti di calcoli, diagrammi, equazioni e schemi. Si chiese se farne un bel falò, ma visto che sull'astronave non era consigliato accendere fuochi, decise di rimettersi all'opera.

Dopo qualche altra ora di lavoro si stropicciò gli occhi e si alzò in piedi per fare due passi.

Doveva riuscirci. *Devo farlo per loro, per il mio equipaggio.* Ipsia, Lil, Miril, Aleia, Milia. Le sue compagne di viaggio non avevano in realtà idea di cosa c'era ad attenderle. Come avrebbe potuto farglielo capire? E sarebbe servito a qualcosa?

La verità era che la Federazione comandava ogni cosa, ovunque. Un tempo lui ne era stato fedele servitore. Era stato fermamente convinto di essere dalla parte giusta e di prestare servizio per l'organo politico che garantiva pace e sicurezza nella galassia.

Da quando aveva conosciuto Ipsia erano cambiate molte cose, ma continuava a chiedersi se potesse davvero esistere un modo efficace per sfidare il potere illimitato della Federazione dei Mondi.

Eppure, benché avesse faticato ad ammetterlo, le capacità di Ipsia l'avevano affascinato e sorpreso fin dal primo giorno. E i poteri di Lil erano qualcosa di eccezionale. Ma a cosa serviva mettere fuori uso un'astronave quando la Federazione ne aveva a disposizione milioni? Qualsiasi azione fossero stati in grado di compiere, qualsiasi vittoria avessero riportato, la Federazione non era forse capace di rispondere con una potenza migliaia di volte superiore alla loro?

Persino i cosiddetti mondi indipendenti erano tali solo per ragioni politiche, solo perché c'era chi, nella FM, calcolava che la loro libertà di facciata fosse la dimostrazione di come per tutti gli altri l'appartenenza alla FM fosse una questione di scelta e non di obbligo. E comunque anche quei pianeti erano infestati di spie e tenuti segretamente sotto stretto controllo.

Ipsia bussò alla sua porta aperta e si affacciò sulla soglia: "Ian, temo che non ci sia più tempo. Dobbiamo fare il salto."

Bascos non rispose. Guardò Ipsia, poi i fogli di carta, poi di nuovo la mutante.

Era in piena forma e la cosa non lo sorprendeva. *Non potrebbe essere diversamente. È una mutante.* Lei era l'unica di tutti loro che non fosse segnata da profonde occhiaie e che non avesse l'aria stravolta. Eppure, era probabilmente quella che lavorava più di tutti.

Da quando avevano disabilitato l'IA, a ciascuno di loro era stata affidata un'imponente mole di lavoro. C'era chi si prendeva cura dei motori, chi del supporto vitale, chi delle pulizie, chi del controllo degli armamenti, chi degli scudi, chi cucinava.

Le donne avevano dovuto imparare in fretta quello che c'era da fare e a Ipsia era toccato il compito di supervisionare il lavoro delle altre, oltre a portare avanti il proprio.

I turni erano massacranti perché le navi ormai non erano più progettate per funzionare senza intelligenze artificiali e, in loro assenza, c'era un'infinità di aspetti da tenere sotto controllo.

Lui si era invece dedicato alla parte più ardua o forse, visto il mucchio di fogli sparsi di fronte a sé, a quella impossibile.

Scosse la testa, guardando Ipsia con aria interrogativa.

Lei si avvicinò alla scrivania, la oltrepassò, spinse indietro la sua seggiola vecchio stile e gli si sedette in grembo. Gli appoggiò gli avambracci sulle spalle e gli disse: "Mi sono collegata al server e ho estratto un olomessaggio di Elor. Risale a più di cinque giorni fa. Mi ha scritto che il Santuario sta per attaccare..." Fece una pausa di qualche secondo, poi continuò: "Ian, dobbiamo andare. So che stai facendo tutto il possibile, ma dobbiamo arrivare nelle Terre Libere al più presto."

Purtroppo, in assenza di IA, non si poteva ricevere o inviare messaggi con una certa facilità. Occorreva collegarsi manualmente a dei server dislocati in alcuni punti della galassia e scaricare i messaggi tutti in una volta. Era un'operazione lunga e laboriosa, che si poteva fare solo durante determinate tappe del tragitto.

"Ok, convoca le altre."

Bascos guardò i fogli sparsi sulla scrivania. Sì, avrebbe fatto meglio a farne un bel falò.

Varcando la soglia della sala multiuso Ian Bascos sospirò profondamente. Dal giorno in cui si era verificato l'attacco dei tentacoli, ogni volta che ci entrava si sentiva a disagio. Il pensiero correva a Ilis e Obolil, a come erano morti e alle sue responsabilità come capitano. Strinse i denti. *Tutto quello che posso fare ora è proteggerle*, pensò guardando le donne sedute di fronte a lui.

Aleia e Lil sedevano da un lato del tavolo, Miril e Milia dall'altro. Ipsia occupava un'estremità, lui si sedette all'altra. Le umane indossavano delle tute da lavoro logore e sporche, mentre Ipsia era quasi del tutto svestita.

Ian le abbracciò con lo sguardo prima di dire: "C'è una questione importante della quale dobbiamo discutere. Si tratta di una decisione che dobbiamo prendere tutti insieme, ma prima è necessario che vi spieghi alcune cose."

Le quattro donne gli rivolsero sguardi stanchi ma attenti.

"Quando un'astronave fa un salto proietta temporaneamente un cunicolo spaziotemporale di fronte a sé, nel quale entra per poi uscire in un altro punto della galassia."

"Sono gli stessi cunicoli del Raggio dei Mondi?" chiese Aleia.

Abbiamo lavorato così duramente che non c'è neppure stato il tempo per dar loro le nozioni di base sul viaggio che stiamo facendo. "Esatto," confermò Bascos, notando il gelo negli occhi dell'ex regina. "Ma in quel caso si tratta di cunicoli in grado di far transitare una immensa quantità di energia. Questi invece sono molto più piccoli. Nonostante le loro dimensioni ridotte, però, quando la nostra astronave effettua un salto rilascia delle particelle dietro di sé e in teoria la FM possiede gli strumenti per analizzarle e scoprire la direzione e la lunghezza del salto."

Tutte e quattro le donne lo guardarono spaventate. *Anche per loro la FM sta diventando l'incubo della vita...*

"Questo significa che ci hanno inseguito fin qui?" domandò Miril con il suo solito tono serio e controllato.

"Avrebbero potuto provarci," spiegò il capitano, "ma non credo che ci siano riusciti e tra poco vi dirò il perché. Dunque, in teoria noi avremmo potuto fare un salto direttamente su Vaior. Se l'avessimo fatto, tuttavia, il rischio sarebbe stato proprio che la FM potesse scoprire quale mondo era la nostra destinazione."

"E l'avrebbe distrutto?" chiese Milia con gli occhi spalancati.

Bascos scosse la testa. "È improbabile."

"Ma con il nostro l'hanno fatto," obiettò la ragazza.

"È vero, ma prima che fosse eliminato, per duemila anni sono stati cancellati tutti i riferimenti da ogni archivio. Per ragioni politiche la FM non può permettersi di usare il Raggio per disintegrare un pianeta senza una motivazione forte. Quel mondo deve costituire un serio pericolo, una minaccia di alto livello, altrimenti politicamente diventa impossibile giustificarne la distruzione."

"Cancellano i mondi per questioni politiche... e gli esseri viventi non contano nulla?" sussurrò a fil di labbra Aleia.

"E il nostro pianeta era una minaccia per la Federazione?" domandò ancora Milia, gettando una fugace occhiata a Lil.

"Secondo Molov sì. Ad ogni modo non credo che ci stiano inseguendo, perché abbiamo effettuato una serie di salti intervallati da lunghi tratti di navigazione tradizionale. In pratica abbiamo fatto un salto, navigato per giorni e prima del salto successivo ho controllato se vi fossero navi nei paraggi. Nella maggior parte dei casi ci siamo trovati a saltare in regioni del tutto vuote. Se anche le navi della FM fossero arrivate successivamente in quelle zone, sarebbe stato impossibile individuare il punto esatto da cui siamo saltati. In altre parole, l'unico modo per inseguire una nave è quello di starle sempre in coda."

"Quindi ora non ci segue più nessuno?" chiese Aleia, alzando di nuovo lo sguardo sul capitano.

"Molto probabilmente no," confermò Bascos. "Il problema è che abbiamo effettuato gli ultimi salti un po' alla cieca, perché i calcoli necessari per la creazione di un cunicolo spaziale sono complicatissimi e solo un'intelligenza artificiale è in grado di eseguirli con assoluta precisione. Sono stato attento a fare salti in regioni di spazio vuote dove fossimo ragionevolmente distanti da un sistema solare, per evitare collisioni con i corpi celesti. Fin qui ci è andata bene, ma è necessario che il prossimo salto sia preciso, perché abbiamo urgenza di raggiungere Vaior il più velocemente possibile."

"Perché? Cos'è cambiato?" domandò Lil, che teneva i gomiti appoggiati sul tavolo e il mento tra i palmi delle mani.

Ipsia prese la parola e spiegò qual era la situazione nelle Terre Libere.

"Quindi Elor confida nel nostro aiuto?" chiese la ragazza.

"È così," rispose la mutante.

In realtà, più che nel nostro, Elor confida nell'aiuto di Lil. Bascos la guardò sovrappensiero. *Non la stiamo caricando di troppe responsabilità? Questa giovane dall'aria innocente e a volte un po' assente reggerà fino in fondo? E la fede che Ipsia ha riposto in lei non ci farà commettere qualche errore fatale?*

Aleia sembrò leggergli nel pensiero: "Ma come fa a conoscere Lil? Non l'ha mai neppure incontrata. Com'è possibile che abbia tutta questa fiducia in lei?"

"Ha fiducia in me e in quello che gli ho riferito," ribatté Ipsia.

Ci crede, pensò Bascos. *Ipsia non ha nessun dubbio sulle capacità di Lil. Ma perché?* Percepì un certo gelo nell'aria e, nonostante le sue stesse perplessità, si ritrovò a dire: "Ed è la stessa fiducia che ho io."

"Ed io," gli fece eco Miril, prendendo la mano di Lil tra le sue e stringendola.

Milia annuì: "E anch'io."

Aleia riprese a parlare: "Va bene, lo stesso vale per me, ma mi sembra strano che qualcuno che non l'ha mai vista né conosciuta si aspetti che vinca una guerra."

Ipsia spiegò: "Esiste una profezia..."

Tutti si voltarono a guardarla, incuriositi.

"*Nell'universo spento*
Nella dimensione tradita
Quando l'erede della luce,
Ultima fiammella
Della creatura senza memoria,
Nella Sorgente s'immergerà
I filamenti di luce nel buio correranno
Le vite cuciranno
E la scintilla divina nei cuori avvamperà.

Per noi queste parole sono tutto. Sono il principio della nostra fede, il motivo delle nostre esistenze, la nostra missione. È per loro che da centinaia di anni gli inviati di Vaior cercano l'erede ovunque nella galassia. Secondo noi esiste ed è l'ultimo punto di contatto con la nostra origine. È colei che cambierà ogni cosa. Dopo aver visto quello che Lil è riuscita a fare, ho riferito a Elor di essere convinta di averla trovata."

Bascos attese. Intorno al tavolo sembrò che ciascuna delle sue compagne di viaggio guardasse non più fuori di sé, ma dentro, nel proprio intimo. Si era figurato che per molte di loro quelle parole sarebbero state una rivelazione o che avrebbero sollevato ulteriori domande. Al contrario, era come se fossero già conosciute, come se ognuna di loro le stesse semplicemente riscoprendo, come se Ipsia avesse rivelato loro ciò che avevano sempre saputo.

Gli sguardi si spostarono su Lil, che li ricambiò uno a uno.

Nessuno sentì l'esigenza di parlare.

Dopo diversi minuti, il capitano si schiarì la voce. "Come vi dicevo all'inizio, c'è una decisione urgente che dobbiamo prendere tutti insieme. Effettuare il salto finale su Vaior richiede una precisione nei calcoli che sfortunatamente non sono ancora stato in grado di raggiungere. Ho trascorso intere giornate chiuso nella mia cabina, ma niente... Non sono arrivato dove avrei voluto. E, come vi ha spiegato Ipsia, purtroppo non possiamo attendere oltre. Mi dispiace, ma temo che sia necessario riattivare l'IA dell'astronave."

Milia spalancò gli occhi, lasciando intravedere il terrore nel quale era di colpo sprofondata. Il suo respiro accelerò. Aleia cercò di rassicurarla accarezzandole il braccio. Lil e Miril guardarono preoccupate prima Bascos e poi Milia.

"Lo so, è un rischio enorme. In questi giorni ho pensato a come farlo salvaguardando l'incolumità di tutti noi. In teoria, dovremmo prima accertarci che il virus contenuto in Aleia e Milia non vada a intaccare nuovamente le funzionalità dell'IA, ma in pratica, non conoscendone né la natura né i canali di diffusione, non ho idea di come fare. Credo che la cosa migliore sarebbe effettuare il salto senza che loro due si trovino a bordo."

Miril apparve incredula, Aleia sbalordita, Milia sembrò sul punto di svenire. Lil aveva invece assunto un'espressione insolitamente dura e fu proprio lei a prendere la parola: "Non le abbandoneremo," disse semplicemente.

Un po' sorpreso dal tono perentorio della giovane, Bascos ribatté: "Non posso rischiare un'altra volta le vostre vite."

Lil scosse la testa. "Se volete che io venga con voi," aggiunse guardando a turno Ipsia e Bascos, "loro dovranno venire con noi."

Intervenne la mutante: "Lil, Ian sta cercando di proteggerti. È chiaro a tutti che nessuna di loro vuole farti del male, eppure sono proprio loro a rappresentare il pericolo maggiore per te in questo momento."

"Le sbarcheremo su un pianeta, troveremo loro una sistemazione sicura e torneremo a prenderle nel giro di pochi giorni," spiegò Bascos.

"No, loro conoscono ancora troppo poco questa realtà. Hanno sempre vissuto a Isk e quel poco che hanno imparato sugli olobook non è certo sufficiente. Non possiamo lasciarle."

Il capitano non l'aveva mai sentita esprimersi in passato con quel tono. In una parte di lui si accese una curiosità che non aveva mai provato prima.

"Lil, se il virus riprendesse il controllo dell'IA, anche le loro vite sarebbero in pericolo. E non possiamo programmare un salto nello spazio con un'IA della quale non possiamo fidarci," chiarì Bascos. *Devo appellarmi alla mia autorità di capitano?*, si chiese. Si rendeva conto di quanto la sua proposta potesse mettere a disagio quelle donne. Cos'altro rimaneva loro della loro vita passata se non loro stesse? Eppure, non c'era altro modo per salvaguardare la loro incolumità.

Ipsia allungò la mano verso Aleia e prese quella della donna nella sua: "È solo una situazione temporanea, verremo a prendervi," promise, rivolta alla ex sovrana di Isk. "Faremo sì che non vi manchi nulla. Su Vaior ci procureremo un veicolo adatto e allora sarà solo questione di fare un paio di salti per tornare a recuperarvi."

Lil scosse ancora la testa. "No, dobbiamo restare uniti."

Per l'ennesima volta Bascos fu sorpreso dalla risolutezza della giovane. "Lil, posso capire che, dopo quel che è successo, tu senta il bisogno di rimanere insieme a loro, ma è solo per pochi giorni. Appena arrivati..."

"No, non si tratta di questo. Non dobbiamo dividerci, di questo sono certa."

Bascos sospirò. Come avrebbe fatto a farla ragionare?

Mentre rifletteva, Milia si alzò in piedi. Sembrava sconvolta, sul punto di crollare. "Milia," iniziò a dire Aleia, prendendola per mano, ma la ragazza si allontanò, girò attorno al tavolo e si avvicinò a Lil.

Il capitano pensò che, in preda a un nuovo attacco isterico, le si sarebbe gettata addosso, ma Milia rimase per qualche secondo dinanzi a Lil, fissandola, poi si inginocchiò.

"Ti chiedo scusa," esordì, con le labbra tremanti. "Non avrei dovuto... Non avrei dovuto dirti quelle cose, quel giorno. Non avrei dovuto attaccarti. Io... volevo dare la colpa a qualcuno, volevo che qualcuno pagasse. Sono stata una stupida. Potrai mai perdonarmi?"

Lil aprì la bocca per parlare ma, proprio in quel momento, la giovane la abbracciò.

Rimasero strette a lungo, finché Milia, ancora in lacrime, tornò a guardarla in viso, per poi posare le labbra su quelle di Lil. Si strinse a lei con forza, lasciando che il tenero contatto mutasse in un bacio appassionato.

Miril le osservò impassibile, sul volto di Aleia si disegnò invece un sorriso compiaciuto.

Dopo diversi secondi Milia si staccò da Lil, rossa in viso.

"Abbiamo bisogno di te," le disse, con le lacrime che le rigavano le guance. "Io ho bisogno di te."

Dopodiché si avventò di nuovo sulle labbra di Lil. Con una mano le cinse la schiena, con l'altra le premette sul seno. Ansimava di passione.

"Milia, ascolta..." cercò di dire Lil.

Ma la fanciulla non arrestò il proprio impeto, anzi, tentò addirittura di abbassarle la tuta da lavoro.

Bascos non poteva non ammettere che la scena gli facesse un certo effetto.

Milia continuò a spingere sul corpo di Lil, finché questa sbottò: "Milia, ferma. Per favore, fermati!"

La ragazza tornò allora a guardarla: "Mi terrai con te? Lo farai? Prometto che non ti tradirò mai, che..."

Lil le rispose: "Rimarremo insieme, ma ora calmati, va bene?"

Milia annuì.

Lil continuò: "Vuoi tornare a sederti al tuo posto?"

L'altra assentì con il capo e, senza smettere di piangere, replicò semplicemente: “Grazie.”

Bascos si guardò intorno, cercando di trattenersi dal sorridere. Ebbe l'impressione che tra Miril e Lil si stesse svolgendo un intenso scambio telepatico. Aleia aveva un'espressione compiaciuta e soddisfatta.

Stava per riprendere il filo del discorso, quando Lil lo precedette. “Credo di poterle isolare! In questi giorni ho lavorato moltissimo sui miei poteri. Ci sono tante cose che mi sono ancora oscure, ma ora sento di dominarli senza esserne soggiogata com'è accaduto finora. Quando faremo il salto creerò una bolla che non permetterà a Milia e Aleia di interferire con il resto della nave.”

Bascos si strinse nelle spalle. Era pronto a riporre la propria fiducia nei poteri di Lil? Aveva trascorso gran parte della sua vita negando l'esistenza di tutto ciò che non fosse realtà tangibile o dimostrabile scientificamente. Se si fosse sbagliato, tutti loro avrebbero pagato a caro prezzo il suo errore. *Eppure, non ho avuto più di una prova di quello che è in grado di fare?*

“Lil, se non dovesse funzionare potremmo andare incontro alla morte,” disse.

La giovane ribatté: “Uno di noi potrebbe rimanere vicino al cuore dell'intelligenza artificiale. Ipsia comanderà la nave e si occuperà del salto nel cunicolo spaziotemporale, io starò con Milia e Aleia. Se qualcosa andrà storto, tu disabiliterai l'intelligenza artificiale e cercheremo un'altra soluzione.”

Ha senso...

Lil proseguì: “Ian, so che le morti di Obolil e Ilis ti pesano, proprio come a me, ma non possiamo permettere che i nostri sensi di colpa influiscano sulle decisioni che dobbiamo prendere. Quello che ci aspetta è qualcosa di immenso. Voi avete scelto di avere fiducia in me e io ora vi chiedo di farlo per davvero. So che dobbiamo restare uniti. Non so come, ma lo so.”

Non fu per le sue parole, ma per il suo sguardo. Bascos capì di potersi fidare. Per la prima volta vide Lil non come la ragazzina timida e impaurita che aveva conosciuto fino a quel momento, non come la fanciulla quasi distrutta dal senso di colpa per aver lasciato disintegrare il proprio mondo, ma come una giovane donna determinata e pronta a tutto.

Con il capo e con l'anima, annuì.

Capitolo 17 – Valika

PIANETA NESPOR
PRESENTE

Al centro del grande prato rituale, tra la Sorgente e il Fuoco Sacro, Valika attendeva insieme a Elor l'arrivo dell'astronave.

Intorno a loro, disposti in cerchi concentrici in base al grado, i fratelli e le sorelle delle Terre Libere recitavano mantra e formule magiche e le danzatrici sacre ballavano dipingendo quelle stesse parole nell'aria con i movimenti armonici di mani e dita.

Si trovavano nella Grande Cavità, che fungeva sia da spazioporto sia da centro per le grandi feste rituali delle Terre Libere di Vaior.

Valika lasciò scorrere lo sguardo in alto, verso quelle rocce che, ricoperte di licheni luminescenti, erano essenziali per l'illuminazione del sottosuolo.

Ripensò a come la storia del suo popolo su Vaior fosse iniziata proprio grazie a quelle minuscole forme di vita, di cui i primi esploratori avevano scovato il bagliore attraverso le fenditure della crosta. Avevano così cominciato a esplorare le grotte, le caverne, i cunicoli e le immense cavità del pianeta, concludendo che quest'ultimo potesse essere un posto eccellente dove nascondersi per trovare riparo dalla potenza della Federazione.

Il corso dei suoi pensieri fu improvvisamente interrotto dall'arrivo, accolto dalla sorpresa generale, di una dozzina di vestali accompagnate da un nutrito gruppo di adepti del Santuario, che si disposero nel cerchio più esterno, quello di solito riservato agli ospiti.

Valika sorrise soddisfatta. Era ormai da diversi decenni che il Santuario non prendeva parte alle grandi feste rituali delle Terre Libere. Evidentemente, non solo l'intervento di Molov aveva indotto le vestali a desistere dai propri propositi bellicosi, ma le aveva addirittura spinte a quel gesto quasi di sottomissione. Punte sul vivo, di fronte al pericolo di dover rinunciare ai loro lucrosi commerci, le padrone del Santuario si erano piegate alle richieste del suo amante. Quella sera, avrebbe ringraziato il Presidente a modo suo...

Le vestali indossavano le loro abituali vesti argentate, mentre gli adepti per l'occasione si erano coperti con leggere tuniche bianche. Molti fratelli e sorelle si voltarono a guardare i nuovi venuti, rivolgendo loro saluti e sorrisi sinceri.

Anche il Santuario dunque aveva deciso di assistere all'arrivo dell'Erede della Luce.

Che tristezza! Così il fallimento di Ipsia avrà un'eco ancora maggiore...
Notando gli sguardi carichi di speranza dei fratelli e delle sorelle del suo

popolo le dispiaceva immaginare la delusione che presto si sarebbe dipinta sul loro volto. Era legata a tutti loro da un sentimento fraterno e, benché avesse abbandonato da tempo le loro illusioni, avrebbe comunque voluto vederli felici. Tuttavia, un'altra parte di lei non poteva non rallegrarsi del fatto che di lì a breve si sarebbero finalmente resi conto di chi fosse davvero Ipsia.

Nel frattempo, mentre ragionava, i canti erano cresciuti d'intensità, raggiungendo una meravigliosa armonia che echeggiava nella Grande Cavità. Le movenze delle danzatrici erano divenute a loro volta via via più ampie e leggiadre.

Valika si lasciò trasportare dall'energia del rituale, godendoselo appieno.

Si volse verso Elor e vide che anche l'anziano Maestro si guardava intorno soddisfatto e sorridente.

Un momento così carico di speranza e attesa... Così unico... Che peccato!

Proprio allora, dall'estremità della Grande Cavità fece capolino il muso dell'astronave, che procedette silenziosa verso di loro fino ad appoggiarsi dolcemente al suolo una ventina di metri prima del cerchio rituale più esterno.

Suoni e canti scemarono repentinamente e le danzatrici sacre tornarono a disporsi in una composta posizione d'attesa. L'intero popolo delle Terre Libere di Vaior trattenne il fiato.

Il portellone dell'astronave si aprì.

La prima a scendere dalla stretta apertura fu una bella ragazza bionda dagli occhi chiari e luminosi. Valika, sulla base di quanto le era stato riferito, immaginò che dovesse trattarsi di Milia. La giovane fece qualche passo in avanti, quindi si inginocchiò a toccare l'erba con entrambi i palmi. Portandosi le mani al volto, sorrise felice.

Dopo di lei uscì una donna alta, con i capelli ramati, dal portamento regale e affascinante. Doveva senza dubbio essere Aleia. L'ex sovrana avanzò fino ad andare a posare una mano sulla spalla di Milia, la quale si alzò e si volse a dirle qualcosa che Valika non riuscì a udire.

Fu quindi la volta di Ipsia. Valika si irrigidì immediatamente. A differenza delle due donne, che vestivano la classica tuta spaziale aderente, Ipsia era quasi completamente nuda, con un filo sulla vita che reggeva una leggera stoffa a parziale copertura del sesso. La mutante appariva radiosa e sicura di sé.

Valika si girò verso Elor, cercando sul suo viso il suo stesso sdegno per quel vestito poco adatto alla sacralità del luogo e del momento, ma lo vide invece continuare a sorridere felice.

Uscì poi dall'astronave una donna meravigliosa, con un sorriso appena accennato, lo sguardo magnetico e il portamento raffinato. Emanava intorno a sé un'energia molto forte e particolare. Era alta, con i capelli biondi appena un po' mossi.

Valika capì che si trattava di Miril e iniziò a provare un certo disagio. Se lei sprigionava una simile energia, era chiaro il motivo per cui Ipsia fosse rimasta tanto incantata da Lil, la sua compagna, che non poteva certo essere da meno.

La profezia è un mucchio di parole prive di senso, l'erede non esiste, i tanto decantati poteri magici sono solo una serie di trucchi da prestigiatore e i racconti di Ipsia non sono altro che fandonie, si ripeté mentalmente Valika. Ciononostante, continuò a sentirsi piuttosto irrequieta.

Dall'astronave scese quindi il capitano Bascos, l'ex poliziotto della Federazione che aveva recentemente sposato la loro causa. Benché fosse il compagno di Ipsia, Valika aveva una naturale inclinazione per quell'uomo. In fondo, anche lui sapeva cosa significasse lasciare alle spalle la propria vita e le convinzioni d'un tempo per cambiare bandiera.

A quel punto, il tempo parve fermarsi nella Grande Cavità. Valika dovette ammettere che Ipsia aveva studiato bene la regia del loro arrivo. La sequenza delle uscite dall'astronave non poteva che essere un'idea della mutante, che di solito amava quel genere di ritorni in grande stile. Come sempre, si dimostrava più forma che sostanza.

I fratelli e le sorelle delle Terre Libere, gli ospiti disposti nei cerchi esterni del prato rituale e lo stesso Elor attendevano con il fiato sospeso di poter finalmente vedere Lil, colei che era stata annunciata come L'Erede della Luce.

Un passo esitante dopo l'altro, una ragazzina minuta, visibilmente emozionata, con i capelli lunghi e scuri, scese infine dall'astronave.

Al vederla, Valika provò un immediato moto di trionfo e iniziò subito ad analizzarne i difetti. Innanzitutto, era così giovane da sembrare quasi immatura e poi non aveva né il portamento regale di Aleia né lo sguardo magnetico di Miril. E, tra l'altro, Milia era notevolmente più bella. Lil, invece, non era davvero nulla di speciale.

La vide abbracciare con lo sguardo l'intero cerchio rituale, quasi intimorita da tutti gli occhi dei presenti fissi su di lei.

Non dovrei giudicare dalle apparenze, ma questa Lil ha un'aria così banale e ordinaria, pensò, osservando che il popolo delle Terre Libere appariva obiettivamente deluso.

Il sangue le si gelò nelle vene: un applauso spontaneo, gaio e scrosciante risuonò nella Grande Cavità e Lil rispose con un sorriso sincero, felice e commosso che spinse le sorelle e i fratelli ad applaudire ancora più forte.

A Lil vennero le lacrime agli occhi. Le asciugò con una mano, sorridendo timidamente, mentre l'applauso continuò a crescere di intensità e qualcuno, subito imitato da tutti gli altri e dalle danzatrici sacre con le loro movenze, iniziò a intonare *La Speranza dello Spirito,* uno dei canti più belli e antichi delle Terre Libere.

Nella folla si aprì un varco per permettere ai nuovi venuti di avvicinarsi al centro del cerchio, dove Elor, Valika, la Sorgente e il Fuoco Sacro li attendevano.

Quando il gruppo giunse a pochi passi da loro, Bascos, Ipsia, Aleia, Miril e Milia si fermarono, lasciando che la sola Lil completasse il tragitto. Elor allargò le braccia, accogliendo poco dopo la giovane in una lunga e intensa stretta.

"Benvenuta, benvenuta tra noi, Lil," le disse.

Lei, sorridente, timida e felice, rispose soltanto: "Grazie."

Il Maestro la lasciò andare e Lil si spostò proprio davanti a Valika, cosicché anche lei fu costretta a fingere eguale commozione.

Uno a uno gli astronauti vennero salutati. Elor si informò sulle ultime fasi del viaggio, con numerose domande rivolte in particolare a Bascos, il quale raccontò di come avessero risolto i problemi a bordo dell'astronave.

Così vennero a sapere che Lil era riuscita a creare una sorta di barriera che aveva isolato Milia e Aleia, consentendo loro di compiere l'ultimo salto e di mantenere l'intelligenza artificiale operativa fino al loro atterraggio.

"Quella bolla azzurrina attorno alle due donne pareva qualcosa di un altro mondo. È indescrivibile. Eppure è servita perfettamente allo scopo. Ma per un attimo mi sono chiesto se Lil non stesse usando in segreto una qualche diavoleria tecnologica," concluse il capitano.

"Siamo stati abituati a pensare che la tecnologia sia la risposta a tutte le nostre esigenze, ma lei è qui per insegnarci che le possibilità della nostra mente vanno ben oltre," commentò Elor, con uno sguardo amorevole in direzione della giovane, che accolse gli apprezzamenti con ancora una punta di timidezza.

Valika si domandò se quel modo di fare della ragazza non fosse altro che una maschera, ma dovette constatare che, intorno a loro, tutti sembravano incantati dalla sua naturalezza.

Seguirono numerosi rituali magici. Il popolo intonò una lunga serie di mantra, durante i quali Elor, Valika e i nuovi venuti fecero le proprie offerte al Fuoco.

Gli astronauti vennero purificati dalle negatività accumulate durante il viaggio e il popolo si concentrò nel ricaricare nuovamente di energie sottili i loro serbatoi.

Concluso l'ultimo rito, il più assoluto silenzio fece da sfondo all'inizio della fase che tutti attendevano da secoli, che fratelli e sorelle delle Terre Libere avevano sognato e agognato, nella quale persino Valika un tempo aveva riposto tutte le proprie speranze.

Elor prese Lil per mano. Insieme, il Maestro e la giovane coprirono la breve distanza che li separava dalla Sorgente e dal suo bacino.

Sembrava che tutti trattenessero il fiato, il silenzio era totale, l'unico movimento era quello degli uccelli che volavano indisturbati nei pressi della volta nella Grande Cavità.

Valika si rese conto di essere più tesa del previsto, come se l'aspettativa di tutti gli altri l'avesse contagiata.

Elor e Lil giunsero dinanzi alla Sorgente, un fiotto d'acqua che sgorgava direttamente dalla roccia per depositarsi in un bacino scavato nel terreno, dal quale poi fuoriusciva per scorrere in un rivo che attraversava il prato rituale.

Elor disse a Lil, indicandole il vestito: "Non è necessario che tu lo tolga..."

Ma lei replicò: "Non c'è alcun problema."

Con un movimento aggraziato, si liberò della tuta aderente da astronauta rimanendo completamente nuda.

La ragazza aveva senz'altro dalla sua la bellezza della gioventù ma, secondo Valika, anche da quel punto di vista non era nulla di speciale. Alla sua età, lei era stata di sicuro più attraente.

Elor diede la mano a Lil, la quale lentamente spinse un piede in avanti. Al contatto con l'acqua, sembrò scuotersi leggermente.

L'Erede della Luce ha paura di un po' d'acqua gelida, pensò maliziosa Valika.

Ma la giovane poco dopo entrò nel bacino senza battere ciglio. Scese uno a uno tutti gli scalini. Tutti i presenti ne seguivano con lo sguardo ogni movimento.

Valika ripensò all'antica profezia. *Quando l'erede della luce, ultima fiammella della creatura senza memoria, nella Sorgente s'immergerà, i filamenti di luce nel buio correranno, le vite cuciranno e la scintilla divina nei cuori avvamperà. Che sciocchezze! Illusioni buone solamente per chi ci crede.* Eppure, per quanto si sforzasse, non riusciva a reprimere un acuto senso di attesa.

Lil era ormai immersa fino al collo nel bacino. Scese ancora, ritrovandosi a nuotare nella Sorgente. Infine immerse anche il capo, scomparendo alla vista sotto il pelo dell'acqua. L'intero popolo sembrò trattenere il fiato. Poi la ragazza finalmente riemerse e risalì gli scalini uno a uno.

Non era successo assolutamente nulla.

Se qualcuno tra i presenti si era aspettato un evento particolare, un miracolo che si manifestasse davanti ai suoi occhi, un raggio di luce, qualcosa di diverso nell'aria, doveva essere rimasto molto deluso. Niente di tutto ciò aveva avuto luogo. La ragazza, completamente nuda e bagnata, uscì dal bacino e si guardò intorno.

Aveva un volto sereno, felice, con le goccioline che le scivolavano sulla pelle e i capezzoli turgidi a causa dell'acqua fredda.

Nulla, nulla, nulla!, ripeteva Valika tra sé, sempre più soddisfatta. *Allora perché tutti la fissano incantati?*

Non riusciva a capire come la forza dell'illusione potesse coinvolgerli a tal punto. Le venne il dubbio che un dialogo telepatico, un contatto spirituale da cui soltanto lei era esclusa, stesse avendo luogo tra Lil e il popolo riunito lì intorno. *No, no, no, mi sto facendo condizionare anche io!*

La ragazza girò su sé stessa, come se volesse abbracciare con lo sguardo tutti coloro che la circondavano.

Quindi, lasciando Valika di stucco, Elor si inginocchiò ai piedi di Lil, giungendo le mani all'altezza del petto.

Quasi nel panico, Valika si chiese quale gesto si aspettasse da lei la folla lì attorno. Purtroppo, dopo qualche secondo le parve fin troppo evidente, e allora imitò il gesto del Maestro, quasi in contemporanea con i compagni di viaggio di Lil e tutti coloro che si trovavano nei cerchi intorno.

In ginocchio, facendo del suo meglio per fingere uno sguardo di ardente rapimento, Valika pensò: *Che pagliacciata!*

Lil si inginocchiò a sua volta e abbracciò Elor, chiudendo gli occhi e posando il capo sulla sua spalla.

Sembra che abbiano trascorso la vita insieme, rifletté Valika, che in quel momento avrebbe voluto gridare facendo risuonare per tutta la Grande Cavità il proprio disappunto.

Giovane e anziano si rimisero in piedi, tenendosi per mano. Alcune sorelle portarono a Lil un asciugamano, offrendosi di aiutarla, ma lei le ringraziò, prese il panno dalle loro mani e si asciugò da sola. Infine accettò con un bel sorriso la veste rituale che le venne porta.

A cominciare dai gradi esoterici più alti, il popolo delle Terre Libere entrò nel cerchio rituale, incamminandosi verso il centro.

Valika osservò uno a uno i suoi fratelli e sorelle salutare Lil con abbracci, baci su guance, fronte e mani, saluti a mani giunte e inchini. Quelli in coda continuavano a guardarla incantati, sorridendole, venerandola, tutti visibilmente emozionati. Dopo il contatto tanto agognato, passavano poi a salutare Elor, lei stessa e infine i compagni di viaggio di Lil.

Mentre scambiava abbracci fraterni, Valika avrebbe voluto urlare a tutti loro: "Svegliatevi! Non capite che è tutta una finzione, un'illusione?"

Provò un intenso moto di rabbia nei confronti di Elor. Era lui e solo lui il responsabile. Se il Maestro non avesse presentato Lil per quella che *non* era, quella messinscena non avrebbe mai avuto luogo.

Il popolo delle Terre Libere si comportava stupidamente perché persuaso della veridicità di un'antica profezia che secondo Elor si sarebbe avverata con la venuta di Lil.

Sono io l'unica ad aver fatto del bene a questa gente! Io ho parlato con Molov! Io gli ho chiesto di intercedere a nostro favore! Io ho fatto in modo che il Santuario desistesse dai propri propositi bellicosi e addirittura che le vestali venissero a questo dannato rito con il capo chino.

Mentre continuava a scambiare baci e abbracci, Valika si sentiva sempre più arrabbiata e faticava a trattenersi. *Ma se parlassi ora nessuno mi crederebbe.*

Si accorse che Miril si era voltata a guardarla e ricambiò lo sguardo con un bel sorriso. La sacerdotessa sorrise a sua volta, ma a Valika parve che per un attimo l'espressione della donna si incupisse.

Nel frattempo per le vestali era arrivato il momento del saluto con Lil. I loro gesti furono decisamente più contenuti di quelli di chi le aveva precedute. Quasi tutte scambiarono un semplice saluto con le mani giunte al petto e un accenno di inchino. Lil rispose quasi sempre allo stesso modo.

Fu infine la volta degli adepti, il primo dei quali era un ragazzo giovane, dalla pelle scura e i capelli neri raccolti in una coda. Strinse Lil in un abbraccio forte e fraterno, dicendole: "Grazie di essere venuta, grazie di essere tra di noi!"

Lil rispose: "Grazie a voi per avermi accolta."

"Il mio nome è Saytak," continuò lui, fissandola visibilmente emozionato. "Di qualsiasi cosa avrai bisogno, puoi contare su di me."

La ragazza replicò con un sorriso radioso: "E tu su di me."

Valika era disgustata. *Lil è su questo pianeta da non più di un paio d'ore ed è già a caccia di amicizie particolari.* Gettò uno sguardo a Miril, curiosa di appurare se la sacerdotessa avesse annotato la scena, ma vide che non era così. Si convinse ancora di più che l'ingenuità e il candore dietro i quali Lil si nascondeva non fossero altro che una squallida maschera.

Alla fine è solo una ragazzina alla ricerca di facili amplessi!

Saytak passò oltre, andando a salutare Elor. Strinse il Maestro con forza proprio come aveva fatto con Lil. Questa volta, tuttavia, Valika notò qualcosa di molto strano nell'espressione dell'anziano, che presto si distorse in un misto di dolore, sorpresa, delusione e amarezza. Valika non ne capì la causa finché non vide Saytak indietreggiare di un passo, con uno sguardo sadico e un sorriso trionfante. In mano teneva una lama insanguinata.

Come in un orrendo incubo, con il terrore che le mozzava il respiro Valika osservò il Maestro portarsi le mani sulla pancia, dove una chiazza rosso sangue si stava allargando sulla veste rituale. L'anziano continuò per qualche secondo a premere sulla ferita, quindi crollò a terra.

Fu allora che Valika notò che un altro ragazzo cercava di pugnalare Lil al bacino, ma lei sembrava protetta da una barriera invisibile.

I pensieri le si accavallarono nella mente. Il cuore iniziò a galopparle febbrilmente nel petto. Elor stava davvero morendo? All'improvviso, tutti i dubbi e la rabbia che aveva covato per lui la fecero vergognare di sé stessa e l'idea di perderlo le tolse il respiro.

Cercò di raggiungere il corpo del Maestro, ma si rese conto che era già stato attorniato da un gruppo di fratelli e sorelle.

Avrebbe voluto chiedere di lasciarla passare, ma le parole le morirono in gola.

Tutto le parve accadere all'unisono. Vide diversi fratelli avventarsi come belve su Saytak. Proprio mentre il giovane veniva assalito, lei fu spinta di lato e cadde a terra. Temendo di venire calpestata si rialzò immediatamente. Intorno a lei, gruppi inferociti di fratelli e sorelle si gettarono sugli altri adepti del Santuario. Uno di questi urlò: "Noi non c'entriamo niente, non ne sapevamo nulla. Dovete crederci!" Ma gli assalitori sembravano fuori di sé dalla rabbia. Un adepto che si era dato alla fuga venne buttato a terra e subito preso a calci e pugni. Valika ne intravide il volto sanguinante tra la selva di mani e gambe che cercavano di colpirlo.

Sentì un urlo alla sua destra e, girandosi, scorse una vestale schiaffeggiata da due fratelli che non fu in grado di riconoscere. Alla donna venne strappata in malo modo la maschera dal viso, lasciando scoperto un volto grondante di sangue e terrorizzato, rigato dalle lacrime.

Perché non riusciva a riconoscere nessuno degli assalitori? Era troppo sconvolta per associare quei visi a coloro in mezzo ai quali aveva trascorso la sua intera esistenza? O si trattava di impostori? *Ma non ha nessun senso. Perché mai qualcuno dovrebbe travestirsi da abitante delle Terre Libere per attaccare gli adepti e le vestali del Santuario?*

Avrebbe voluto fermarne la furia, ma si sentiva debole, impotente, impaurita. Desiderava con tutta sé stessa che quell'incubo avesse fine, ma non sapeva come comportarsi.

Vide alcuni adepti del Santuario provare a reagire. Tre di loro si disposero a cerchio, difendendosi con pugni e pietre raccolte dal prato, ma i fratelli che li avevano accerchiati ben presto caricarono a testa bassa, riuscendo quasi subito ad avere la meglio.

Valika si girò ancora e notò che dietro di lei alcuni fratelli erano accorsi in difesa di due vestali che altri stavano invece malmenando duramente.

Si rese conto di stare piangendo. Uno dei luoghi più sacri delle Terre Libere di Vaior era diventato teatro delle peggiori violenze. E ormai non riusciva neppure più a capire chi fosse contro chi.

Cercò con lo sguardo Lil e la trovò poco distante, riunita agli altri viaggiatori dell'astronave. Insieme a loro sembrava impegnata a separare i contendenti, ma i loro sforzi le parvero del tutto inutili.

Sgomitando a destra e a manca, corse in direzione della ragazza. La raggiunse e le diede un violento spintone. "Sei stata tu! Tu hai portato tutta questa violenza sul nostro mondo. Sapevo che eri solo un'impostora!"

Lil la fissò esterrefatta. "No," replicò, "io non..."

Intervenne Miril: "Lasciala perdere... Non ne vale la pena..."

Lil guardò sorpresa la sua compagna, come se non capisse il significato del suo intervento.

Un suono lungo e profondo echeggiò nella Grande Cavità. Valika si volse a cercarne l'origine e vide che proveniva da un corno tra le labbra di una vestale, che continuò a suonare finché un fratello – uno dei tanti che Valika non fu in grado di riconoscere – glielo strappò di mano, buttandolo a terra e pestandolo col piede. Poi l'uomo le tirò uno schiaffo così forte che la poveretta rovinò malamente sull'erba.

Le violenze ripresero con ancora maggior vigore. Valika urlò, a tutti e a nessuno: "Fermatevi! Elor non vorrebbe nulla di tutto questo!" Ma nessuno le diede ascolto.

Si avvicinò nuovamente a Lil e le disse: "Fa' qualcosa! Se sei chi dici di essere, fa' qualcosa!"

La giovane aprì la bocca per replicare, ma proprio in quel momento nella Grande Cavità rimbombò il suono cupo e cadenzato dei tamburi.

Dopo qualche attimo di disorientamento, Valika si rese conto che proveniva dai cunicoli laterali. Nell'istante in cui volse lo sguardo in quella direzione, vide uscire dalle aperture file ordinate di uomini in uniforme.

Capì immediatamente. L'esercito del Santuario era giunto in soccorso delle vestali.

Capitolo 18 – Valika

Passeggiava nervosamente da una parete della camera all'altra, come un leone in gabbia.

Era rinchiusa da quasi un giorno e mezzo in una stanza dei propri appartamenti e aveva passato il tempo a ripercorrere nella mente quanto accaduto nella Grande Cavità.

Dormire le era risultato impossibile. Quando provava a chiudere gli occhi continuava a vedere il viso di Elor rotto dal dolore, la chiazza di sangue che si allargava sulla sua tunica, il pugnale nelle mani di Saytak e ancora i suoi fratelli e le sue sorelle che in preda a una furia omicida attaccavano tutti indistintamente.

Si era chiesta centinaia di volte se si fosse trattato di un sofisticato disegno delle vestali per prendere possesso delle Terre Libere o se l'intervento del loro esercito fosse stato davvero soltanto una conseguenza dell'aggressione subita. *Ma perché avrebbero dovuto rischiare la vita in quel caos infernale?*

Era vero, la reazione di molti dei suoi fratelli era stata ignobile, ma non impossibile da comprendere. Avevano visto il loro Maestro morire per mano di un adepto del Santuario e in molti avevano probabilmente pensato che anche gli altri fossero lì per lo stesso motivo. Quali che fossero i sentimenti che avevano spinto le due parti ad agire, la situazione era precipitata in un disordine incontenibile ed era difficile capire chi avesse ragione e chi torto.

E poi c'erano tutti quei volti che non aveva riconosciuto. Chi erano? Da dove erano venuti? E perché? O era stata la sua mente a giocarle brutti scherzi?

Il nuovo esercito del Santuario era infine intervenuto in maniera rapida e chirurgica. I soldati, dotati di armi di ultima generazione, avevano colpito con scariche elettriche non letali, tramortendo coloro che non avevano desistito immediatamente dagli atti violenti.

Alla fine, fratelli e sorelle delle Terre Libere erano stati allineati e ricondotti di forza nelle proprie abitazioni, esattamente come era capitato a lei.

Da allora un soldato in uniforme le aveva servito due pasti, ma era rimasto muto di fronte alle sue domande.

In più occasioni aveva anche urlato chiedendo che qualcuno venisse da lei, ma i suoi sforzi si erano persi nel silenzio e la porta aveva continuato a restare chiusa.

Con sua grossa sorpresa, dopo diverse ore dall'ultimo pasto, sentì scattare la serratura della porta di servizio, la cui chiave le era stata sottratta quando l'avevano condotta in quella stanza.

Subito nella sua mente si affollarono mille domande. Qualcuno era forse venuto ad aiutarla? O a ucciderla? In realtà quella porta di solito veniva utilizzata da un unico individuo, colui al quale avrebbe tanto voluto attribuire la colpa di tutto quello che era successo e sul quale avrebbe desiderato ardentemente sfogare tutta la sua ira.

La porta si spalancò e Valika rimase per un attimo impietrita nel vedere proprio Molov entrare nella stanza.

Aveva l'aria tranquilla e disinvolta, come se nulla fosse accaduto.

"Tu... hai il coraggio di venire qui..." sibilò Valika.

Lui la guardò serenamente, un po' sorpreso.

"Come hai potuto? Perché? Perché l'hai fatto?" continuò lei.

"Mi stai chiedendo perché ti ho aiutato?"

"Ti sto chiedendo perché mi hai tradito!"

Avrebbe voluto insultarlo, picchiarlo, prenderlo a pugni, ma si sentiva troppo sfinita per farlo. Era certa di odiarlo con tutta sé stessa. Lui aveva promesso di aiutarla, e invece... "Elor è morto, io sono imprigionata, la libertà del mio popolo è solo più un ricordo e tutto per colpa tua."

Molov le rivolse uno sguardo perplesso e scosse la testa. "Ho fatto quello che mi avevi chiesto."

"Hai fatto quello che ti avevo chiesto?" Faticava sempre più a mantenere la calma. "Quindi è a te che devo tutto questo?"

Lui la fissò come se si trovasse dinanzi a una scolaretta testarda, facendola imbufalire ulteriormente.

Avrebbe voluto gridare, ma temeva che qualcuno da fuori potesse udirli e irrompere nella stanza, togliendole l'occasione di potersi vendicare. *Gli farò del male, in un modo o nell'altro.*

"Valika, ho fatto quello che mi hai chiesto," ripeté Molov scandendo bene le parole. "E anche di più, ma non è colpa mia se è successo quel che è successo. Abbiamo fatto una normale contrattazione. Le vestali hanno accettato di rinunciare ai propri piani e in cambio mi hanno chiesto di poter mantenere l'esercito. Non avevano nessuna intenzione di farne uso. Avevamo preso degli accordi molto precisi su questo punto. Ovviamente non avrei mai potuto immaginare che giusto il giorno dopo i tuoi fratelli avrebbero messo da parte secoli di ricerca spirituale per provare a massacrare proprio le vestali."

Per la sorpresa, Valika spalancò la bocca per qualche secondo, senza riuscire a parlare. Si costrinse a respirare a fondo, infine gli disse, in tono un po' troppo implorante: "Molov, ma non ti hanno riferito come sono andate le cose? Un loro adepto ha ucciso Elor!"

"L'ho saputo. So anche che un altro di loro ha tentato di uccidere Lil, ma si è trattato dell'azione di due singoli, non c'era nulla di organizzato. La vostra reazione, voglio dire la reazione dei tuoi fratelli, è stata del tutto spropositata! Se le vestali non avessero suonato quel corno e se il loro esercito non fosse intervenuto, le avreste massacrate!"

Molov si avvicinò a Valika e alzò le mani per posargliele sulle spalle, ma a quel contatto la donna si ritrasse come morsa da un serpente.

Lui sospirò. "Valika, le avrebbero ster-mi-na-te! Capisci? Né tu né nessun altro sareste stati in grado di fermare quella follia omicida. Il Santuario ha fatto l'unica cosa possibile! Avresti preferito che tornassero indietro come cadaveri?" Scosse la testa. "Mi dispiace, ma non c'era altro da fare. So che hanno disatteso gli accordi che avevamo appena preso, ma se guardo a quello che è successo dal loro punto di vista, con la situazione che si era venuta a creare, mi rendo conto che non avrebbero potuto agire diversamente." Entrambi rimasero per qualche secondo in silenzio, lei con gli occhi bassi, lui senza smettere di fissarla.

"Per salvare la tua gente tu non avresti fatto lo stesso?" le chiese infine Molov.

Valika era ancora più turbata di prima. Non sapeva per quale ragione, ma si sentiva profondamente in colpa. La rabbia era un po' scemata, ma il suo posto era stato preso da una tristezza infinita. Era indecisa se credere a Molov. Era ormai certa che lui fosse un bugiardo di professione, sempre pronto a manipolare gli altri per i suoi interessi. Però, anche in quell'occasione, quanto le stava dicendo purtroppo aveva fin troppo senso. Benché non si fidasse neanche un po' della sua finta aria sincera, non riusciva a trovare un difetto nel suo ragionamento. Saytak aveva ucciso Elor, ma i suoi fratelli e sorelle avevano reagito con una violenza inaudita contro le vestali e gli adepti del Santuario, che alla fine erano stati costretti a difendersi.

Lo fissò a sua volta negli occhi. "Se hai ragione, allora devi andare a parlare con loro."

"Per dirgli cosa?"

"Devi dirgli di tornarsene nel Santuario, di lasciarci liberi. Quello che è successo è tanto colpa nostra quanto loro. Anche se è vero che la nostra reazione è stata troppo aggressiva, i due adepti che ci hanno attaccati facevano parte del Santuario. La priorità è che loro se ne vadano, poi ci incontreremo e valuteremo in che modo portare avanti i nostri rapporti."

"Credi che non gliene abbia già parlato? Da quando ti hanno bloccata qui ho passato ore e ore a discutere con le vestali..."

"E allora? Cos'hai ottenuto?"

Molov scosse il capo e rispose con aria dispiaciuta: "Sono irremovibili. Secondo loro, nel momento in cui decidessero di ridarvi la libertà, la vostra reazione sarebbe ancor peggiore di quella dell'altro ieri. Hanno visto quello di cui siete capaci e sono terrorizzate. Chiaramente non sono d'accordo con loro, ma non posso biasimarle. La violenza dimostrata dai tuoi fratelli si è scatenata con una tale furia che io stesso fatico a immaginare cosa potrebbe accadere se tornassero nuovamente liberi di agire. A maggior ragione ora che la loro guida spirituale non c'è più!"

"Ma si è trattato di isteria di massa," ribatté Valika con veemenza. "Sai bene che il popolo delle Terre Libere in condizioni normali non farebbe mai nulla che potesse nuocere agli altri. Hanno visto il loro Maestro morire di fronte ai loro occhi e hanno reagito così per paura."

"È difficile ipotizzare cosa quelle stesse persone, accecate dall'odio, potrebbero fare nei prossimi giorni. O almeno è difficile prevederlo da parte del Santuario. Sai che la penso come te, ho perorato in tutti i modi questa causa ancor prima di venire a parlarne con te. Ma ora sono le vestali ad aver paura. Temono che, se tutto tornerà come prima, saranno loro a essere attaccate. Ricorda che una dozzina di loro ha subito feroci violenze sulla loro pelle. Secondo i guaritori alcune sono messe così male che potrebbero non farcela. E gli adepti? Molti di loro sono in fin di vita. Hanno ossa rotte, ematomi sparsi su tutto il corpo, traumi cranici. In queste condizioni come si può biasimarle se non sono pronte a darvi nuovamente fiducia?"

Ancora una volta la sua logica sembra ineccepibile, rifletté Valika, sempre più amareggiata. Avrebbero quindi dovuto vivere sotto il dominio del Santuario e sottostare alle regole delle vestali? Cosa sarebbe rimasto delle Terre Libere di Vaior, un luogo e un popolo sacri, gli unici baluardi di vera libertà dell'intera galassia?

Molov le si avvicinò, le posò le mani dietro la schiena e lei si lasciò abbracciare, affranta.

Avrebbe voluto respingerlo, ma non ne aveva neppure più la forza.

Lui l'accompagnò sul triclinio, dove si accomodarono. Le spostò una ciocca dal viso e le accarezzò una guancia, con grande dolcezza.

Lei alzò il capo e gli chiese: "Che cosa possiamo fare?"

Molov sospirò: "Credo che tu debba essere orgogliosa del fatto che pur senza armamenti questo luogo abbia conservato la propria libertà tanto a lungo. Era da molto che temevo che qualcosa del genere potesse accadere, se non per opera del Santuario, magari per la cupidigia di qualche altro mondo indipendente. La libertà dei popoli è garantita dagli eserciti, ma voi finora siete stati bravi a proteggere la vostra grazie a una forza morale. Ma forse oggi questa non è più sufficiente."

"E allora?" lo incalzò la donna.

"Valika, ora sei tu la guida di questo popolo, i tuoi fratelli chiedono di te, tutti vogliono sapere dove sei e quando ti rivedranno. Sono tutti pronti ad allinearsi dietro di te."

"Dietro di me?" ripeté lei sorpresa.

"Certo, ti vedono come il successore naturale di Elor. Hanno imparato ad avere fiducia in te e nella tua saggezza."

Valika scosse la testa. La fiducia mal riposta dei suoi fratelli la faceva sentire ancora più in colpa.

"Se tu sei la loro guida, puoi decidere di compiere quei passi che Elor non ha mai avuto il coraggio di fare."

Lei gli rivolse un'espressione interrogativa.

Molov continuò: "Io posso aiutarti, se lo desideri."

Valika non capiva a cosa si stesse riferendo.

Lui le spiegò: "Per ragioni di politica interna, la Federazione non può intervenire su nessun mondo indipendente. Ma questo divieto decade se l'intervento viene richiesto. Se tu eserciti l'autorità su questo pianeta, sei libera di richiedere l'aiuto della Federazione, che non avrebbe nessun problema ad agire per salvaguardare la vostra sopravvivenza. Se un popolo in qualsiasi angolo della galassia rischia l'estinzione e chiede aiuto, la Federazione non solo può intervenire, ma ha l'obbligo di farlo."

Valika lo guardò sospettosa: "Vuoi impadronirti anche di questo pianeta?"

Lui roteò gli occhi: "Valika! Sai bene che esistono mondi che vivono nella più completa autonomia all'interno della Federazione. Ne fanno formalmente parte, ma la loro identità viene preservata con ogni mezzo. Ci sono addirittura delle riserve in cui gli stessi abitanti non sanno in realtà di far parte della Federazione, mondi sui quali la vita procede come se la Federazione neppure esistesse. Nei mondi indipendenti la visione della FM è distorta, ma sai bene che la sua funzione primaria è quella di mantenere la pace e l'ordine nella galassia, di consentire a chiunque di vivere e prosperare liberamente. Noi garantiamo la libertà degli individui, non la neghiamo in alcun modo. Se tu chiedessi l'intervento della Federazione dei Mondi, l'unico risultato che otterresti sarebbe quello che noi agiremmo a difesa delle Terre Libere di Vaior. Vi ridaremo quella libertà che avete perduto per mano del Santuario e ci assicureremo che non possa più nuocervi in futuro. È vero, verrete formalmente a far parte della Federazione, ma in che maniera credi che ciò cambierà la vostra esistenza? Assolutamente in nulla! Gli abitanti di questo mondo continueranno a vivere con i propri ideali, a dedicarsi a quella che loro chiamano la coltivazione della crescita spirituale. Ognuno tornerà alla sua vita passata, senza la minaccia del Santuario o di chiunque altro."

Valika si morse il labbro inferiore. Un simile atto avrebbe rappresentato l'ennesimo tradimento nei confronti del suo popolo.

Molov continuò: "Valika, le condizioni sono cambiate. Il Santuario ora ha un esercito, con il quale vuole imporre la propria supremazia su questo mondo. Ho provato a persuadere le vestali in ogni modo, ma non vogliono sentire ragioni. Le ho minacciate di porre fine a qualsiasi loro commercio, ma loro mi hanno risposto che d'ora innanzi si rivolgeranno solamente più ai clienti dei mondi indipendenti. Se vuoi salvare il tuo popolo, se vuoi farlo prima che sia troppo tardi, prima che il Santuario si accorga che le braccia che oggi sono tenute ferme all'interno delle abitazioni possono diventare un valido aiuto nelle miniere, devi agire, e devi farlo ora. Se vuoi tentare un'altra strada sei libera di farlo, ma non far nulla potrebbe essere la mossa peggiore di tutte."

La situazione le pareva assurda. Non poteva sopportare l'idea che le Terre Libere di Vaior perdessero la propria indipendenza per mano sua, ma immaginare i suoi fratelli in catene costretti a lavorare come schiavi nelle miniere le sembrava un abominio.

"E cosa dovrei fare?" domandò.

"È sufficiente che tu faccia una semplice richiesta di aiuto a me, senza alcuna formalità. In caso di esigenze impellenti io non ho bisogno di riunire il Consiglio; posso agire direttamente. Quando poi dovrò giustificare il motivo dell'azione, mostrerò la tua richiesta d'aiuto. Devi semplicemente chiarire che cosa è accaduto e qual è la situazione attuale, chi sei e che cosa chiedi. Spiega di fronte a quali pericoli si trova il tuo popolo e fai richiesta che la Federazione intervenga in tuo soccorso e che le Terre Libere entrino a farne parte come mondo autonomo."

"E poi, cosa succederà?"

"Nulla di cui tu ti debba preoccupare. Verremo in vostro aiuto in un batter d'occhio. Penserò a tutto io. Prima ancora che si accorgano di quanto sta accadendo, l'esercito del Santuario sarà disarmato e riaccompagnato nelle proprie abitazioni. Non ci sarà alcun atto di violenza o spargimento di sangue. E, quando avremo ridato la libertà al tuo popolo, tu avrai la possibilità di scegliere. Potrai decidere di rimanere qui e continuare a esserne la guida, oppure tu ed io potremo andar via, come mi hai sempre chiesto. Avremo finalmente l'opportunità di vivere il futuro che abbiamo sempre sognato."

Era sincero? *Oh dei! Fate che per una volta, almeno per quest'unica volta, lui sia davvero sincero.* Lo fissò nel profondo degli occhi, cercando in quello sguardo una risposta ai suoi dubbi.

"Ti porterò ovunque vorrai," la rassicurò lui, baciandola dolcemente.

Lei annuì: "Facciamolo."

Capitolo 19 – Valika

La minaccia del Santuario era cessata il giorno prima, quando l'esercito non aveva opposto nessuna resistenza alle forze di pace della Federazione. Il personale di quest'ultima, diligente e premuroso, si era recato di casa in casa offrendo sostegno, viveri e cure mediche per coloro che avevano riportato ferite nei disordini dei giorni precedenti.

Valika aveva agito allo stesso modo, preferendo affrontare i suoi fratelli e le sue sorelle quasi uno a uno anziché convocarli a un incontro pubblico.

Aveva fatto visita a centinaia di abitanti spiegando loro le ragioni della scelta che aveva compiuto e le opportunità che, da lì in poi, avrebbe offerto la vicinanza delle Terre Libere alla Federazione, rassicurando tutti sulla fine delle minacce alla loro libertà e alla loro indipendenza.

In generale, le reazioni erano state migliori di quanto si sarebbe aspettata. Alcuni si erano mostrati sorpresi, altri apertamente contrari alla sua decisione, ma i più avevano accettato di buon grado la nuova situazione, attestandole piena fiducia.

Il disagio di dover nascondere i suoi programmi personali l'aveva accompagnata durante tutto il tragitto, ma anche in quel caso i suggerimenti di Molov si erano rivelati preziosi. Perché mettere il suo popolo di fronte a una scelta che, oramai, lei non aveva più nessuna esigenza di compiere in tempi brevi?

Lei e Molov avrebbero potuto allontanarsi e far ritorno sulle Terre Libere secondo i suoi desideri. Ufficialmente, come guida del suo popolo era suo compito prestarsi a numerosi viaggi diplomatici che l'avrebbero costretta a rimanere lontana per lunghi periodi.

Un giorno forse avrebbe deciso di stabilirsi altrove e allora avrebbe annunciato a tutti la sua scelta definitiva. Ma nel frattempo il personale della Federazione si sarebbe preso cura dei bisogni del popolo. Molov glielo aveva assicurato.

Mancava ormai poco alla tanto agognata partenza.

Valika lasciò vagare lo sguardo nella stanza intorno a sé. Era certa di poter tornare ogni volta che lo avesse desiderato. *E allora perché non riesco a togliermi di dosso la sensazione che non rivedrò mai più queste mura?*

Le parve strano sentir bussare alla porta principale e udire la voce di Molov. Quasi le dispiaceva essersi lasciata alle spalle l'eccitazione delle sue visite segrete. Aprì la porta, lo salutò e, poiché tutte le sue cose erano già state caricate all'interno dell'astronave presidenziale, si incamminò lungo il corridoio con lui.

I pochi che incrociarono la salutarono con grande gentilezza, senza badare troppo a quel giovanotto in sua compagnia di cui molti ancora ignoravano l'identità. La presidenza della Federazione dei Mondi non aveva mai suscitato particolare interesse nelle Terre Libere e, nonostante gli ultimi cambiamenti, sembrava che nulla fosse mutato da quel punto di vista.

Quando giunsero alla Grande Cavità, Valika scorse la serie di astronavi della Federazione parcheggiate nello spazioporto. Davanti ad alcune di esse vide lunghe file di vaioriani. Rivolse uno sguardo interrogativo a Molov, il quale le spiegò: "Sono i cittadini che hanno deciso di imbarcarsi per lasciare il pianeta."

"Sono in molti..." commentò lei.

"Sì, più di quanti mi sarei aspettato. In effetti qui non stavano poi tanto male, ma bisogna pur sempre considerare che siamo sotto terra. La maggior parte di loro, proprio come te, ha trascorso tutta la vita sognando di vivere sulla superficie di un pianeta..."

Non poteva biasimarli. Si trattava di individui probabilmente attratti dall'idea di andare altrove, per scoprire nuovi mondi e cogliere nuove opportunità.

Valika percorse i pochi metri che la separavano da una delle file. Quelli cui passò accanto la salutarono gentilmente. Infine si fermò di fronte all'ultimo uomo in coda, il quale le disse: "Buongiorno, Maestro."

"Buongiorno a te," rispose Valika, fortemente in imbarazzo per quell'appellativo, "vedo che hai deciso di andare a vivere su un altro mondo..."

L'altro abbassò lo sguardo e replicò: "Sì, mi è stato offerto un impiego da cinquemila *sist* al mese come giardiniere. Con quella cifra posso mandare i miei figli in qualsiasi scuola della Federazione." Tacque per qualche secondo, probabilmente alla ricerca delle parole adatte, come se temesse un rimprovero: "Ho sempre sognato di lavorare con le piante sotto un cielo azzurro."

"Capisco, e ti auguro tanta fortuna." L'uomo si era già chinato per salutarla a mani giunte, ma lei lo abbracciò d'impulso. Lui allora rispose commosso alla sua stretta.

Valika avanzò nella fila, scambiando saluti e sorrisi. I suoi fratelli sembravano molto emozionati per l'imminenza del viaggio.

Notò un ragazzo dall'aria nervosa con i capelli spettinati e gli si avvicinò. "Qualcosa non va?" gli chiese.

L'altro scosse la testa: "No, no, va tutto bene. Grazie, Maestro."

"Tu dove hai deciso di andare?"

"Io... voglio provare ad allenarmi a spaziocalcio in assenza di gravità... Mi hanno detto che se sono bravo non dovrò mai più preoccuparmi di niente in tutta la mia vita. Voglio diventare un campione!" Mentre parlava, il giovane guardava verso il personale della Federazione. Un'assistente si accorse di loro e si affrettò a raggiungerli.

"Qualcosa non va?" domandò con fare sorridente. Era una donna con i capelli castani raccolti in uno chignon. Sfoggiava un'aria precisa ed efficiente.

Il ragazzo parve spaventato e distolse lo sguardo. Fu Valika a rispondere: "No, va tutto bene... Grazie."

Poi lo salutò e procedette oltre.

Poco dopo sopraggiunse Molov.

"Li stai comprando," gli disse gelida.

"Comprando?" ripeté lui, come se non fosse in grado di cogliere il senso dell'affermazione.

"Sì," ribadì lei, "avete fatto a ognuno di loro delle offerte irrinunciabili."

Molov assunse un'espressione sorpresa e innocente. "Non è nulla di particolare, sono le stesse opportunità che vengono date a tutti i cittadini della Federazione. I vaioriani sono così pochi che potremmo tranquillamente trovar loro lavoro anche se se ne aggiungesse qualche altro miliardo."

"Capisco..." commentò Valika, con una certa freddezza.

E il dubbio che l'aveva tormentata fino a qualche giorno prima tornò a bussare alla sua coscienza. *E se davvero mi stesse solo usando? Se ogni sua parola avesse un secondo fine? Se avesse orchestrato tutto soltanto per il suo interesse?* Ma che vantaggio poteva avere Molov nel comprare quella gente? *Forse sono solo paranoica... O terrorizzata all'idea di partire.*

"So che non ti fa piacere che vogliano andarsene," le disse lui, "ma la scelta è loro. Alcuni non hanno trascorso la vita qui perché era ciò che volessero davvero, ma perché non hanno mai avuto un'altra opportunità. Purtroppo ora che ce l'hanno hanno deciso di lasciare le Terre Libere. Mi dispiace che questo ti renda triste."

"No, non è questo. È che forse li capisco fin troppo bene."

"Vieni, saliamo a bordo," la esortò Molov.

"Aspetta. Vorrei parlare ancora con loro."

Guardandosi attorno, si accorse che ai margini della Grande Cavità, in prossimità dell'ultima astronave parcheggiata, un gruppo di uomini e donne attendeva con mani e piedi legati. Erano gli unici a essere scortati da un cordone di soldati armati della Federazione. Rivolse un'occhiata spaventata a Molov. "Cosa significa?"

Il Presidente, senza scomporsi, le rispose: "Sono i vostri criminali. Nella Federazione, le pene non vengono scontate nelle celle, ma su altri mondi. Ci sono dei pianeti dove vivono solo coloro che devono scontare un periodo di detenzione. Quando arrivano a fine pena, in base a come si sono comportati si valuta se dar loro l'opportunità di far ritorno a casa. Nei mondi prigione in realtà vivono piuttosto liberamente. Anche se il grado di violenza è più alto che altrove, si mantiene comunque su livelli accettabili, e gli altri pianeti vengono alleggeriti del peso della gestione di questi individui. Quelli che vedi in coda sono i condannati che voi tenevate rinchiusi nelle vostre celle."

Un intero mondo a disposizione di gente pericolosa... Era un'informazione piuttosto strana da digerire, ma aveva un senso. Considerando quanto fossero piccole e anguste le celle su Vaior, non poteva negare che quei detenuti avrebbero vissuto molto meglio all'aria aperta su un altro pianeta.

"Allora ti aspetto a bordo," le disse Molov.

Lei annuì. Fece ancora qualche passo tra le file, finché vide un anziano che la fissava. Il cuore iniziò a galopparle nel petto. *È davvero lui?* Gli si avvicinò, con le mani che le tremavano.

Quando gli fu di fronte non ebbe più dubbi. Lui la guardava con un'espressione serena e sorridente.

"Maestro," lo salutò. "Sei tornato."

"Sono qui per te, Valika." ribatté Elor.

"Ma... com'è possibile?"

L'uomo uscì dalla fila, le si fece più vicino e le prese le mani nelle sue. Valika sentì il contatto rassicurante della sua pelle callosa e rugosa. Elor irradiava energia e calore.

"Valika, non devi fidarti. Non devi fidarti di lui... Puoi ancora scegliere..." le disse.

Quelle parole le mozzarono il respiro. *Quindi sa di noi due...*

Elor, come se le avesse letto nella mente, annuì. "Sì, l'ho sempre saputo, ma ho sempre avuto fiducia in te e nelle scelte che avresti compiuto. Sappi che molto dipende da te, non solo per Vaior e per queste persone, ma per l'intera galassia. Infinite vite sono legate a quello che tu deciderai di fare. Io credo in te e so che sceglierai saggiamente."

Valika avrebbe voluto piangere, ma cercò di trattenersi. "Perché? Finora ho sempre sbagliato tutto."

"No, non è così, ma ora l'unica cosa che importa è quello che farai."

"E cosa devo fare? Aiutami, ti prego, sono confusa."

Elor scosse la testa. "Adesso sei tu a dover decidere, ma se vuoi un suggerimento, aiutala, aiuta Lil in tutti i modi possibili. So che da tempo nutri dubbi sulla profezia, ma sappi che è vera e attende solo di essere compiuta."

"Ma Lil si è già bagnata nella Sorgente..." obiettò Valika.

"Ne sei sicura? No, lo sappiamo entrambi. La Sorgente è un'altra."

"Allora perché? Il rito, tutto quello che è successo..."

"Era giusto così. Avevano bisogno di vederla, avevano bisogno di crederci. Ora però lei deve raggiungere la vera Sorgente, quel luogo unico che ci ha permesso di vivere su questo pianeta..."

“Ma perché tutto questo, allora? L’esercito del Santuario, l’arrivo della Federazione...” chiese Valika.

“Perché no? Forse, se io non fossi morto, se non fosse intervenuta la Federazione, non sareste mai stati in grado di trovare la Sorgente. Non sempre una serie di eventi positivi conduce al bene e non sempre quello che ci fa soffrire è male.”

“Ma allora... Tu sei davvero morto?” domandò Valika, sempre più confusa.

Ma Elor era già scomparso.

Capitolo 20 – Valika

Quando entrò nella stanza da letto del Presidente lo trovò comodamente sprofondato in una poltrona intento a leggere un *olobook*. Gli si piazzò di fronte, prese il lettore e lo gettò in un angolo della camera, quindi si sedette a cavalcioni sulle sue gambe.

"Non lo abbiamo mai fatto su un'astronave, lo sai vero?" gli fece notare, fissandolo negli occhi.

Con un bel sorriso lui ribatté: "Ci sono tante cose che non abbiamo mai fatto."

Lei si alzò e lo prese per il colletto della tuta, tirandolo verso il letto. "Allora iniziamo a rimediare," gli disse, spingendolo con forza sul materasso.

Di nuovo si accovacciò su di lui. Molov fece per posarle una mano sulla vita, ma lei gli afferrò il polso e glielo portò dietro la testa.

"Non ti muovere," gli ordinò. "Voglio quattro maniglie ai bordi del letto."

Con uno sguardo divertito, rivolto all'astronave lui pronunciò: "Esegui."

Dalla parete dietro la testiera fuoriuscirono due maniglie e ai piedi del letto si alzarono due colonnine con in cima altre due.

"Bene," commentò Valika, "molto efficiente... Adesso voglio quattro manette."

Gli occhi di Molov erano carichi di eccitazione. "Come desideri..."

Valika sapeva benissimo quanto lui andasse pazzo per quel gioco.

Pochi secondi dopo, l'intelligenza artificiale dell'astronave aprì uno scompartimento con dentro quattro manette. Lei le prese e ammanettò prima i polsi e poi le caviglie del suo amante, che continuò a seguirne con lo sguardo ogni movimento.

"Che peccato che con questa tuta non si possa fare proprio nulla," disse Valika in tono sensuale, baciando Molov prima sul petto e poi sul bacino. "Voglio un coltello," aggiunse.

Si chiese se lui sarebbe stato così arrendevole, ma poco dopo si aprì sulla parete uno scompartimento che conteneva proprio quello che aveva richiesto. *Evidentemente sì*, pensò soddisfatta.

Prese il coltello e portò la punta sotto il colletto della tuta di Molov. Iniziò a tagliarla lasciando scorrere la lama verso il basso, prima sul petto, poi sulla pancia. Dopodiché lo posò e strappò l'ultimo pezzo con le mani, permettendo alla potente erezione del Presidente di sgusciarne fuori.

Ammirò per qualche secondo il suo membro, lo sfiorò solo un momento, poi si alzò in piedi sul materasso e si spogliò completamente. Si girò e si mise a cavalcioni sul capo di Molov, facendo attenzione a che non la potesse raggiungere con le labbra.

"Più in basso, ti prego," la implorò.
"Ti piace il mio odore?" gli chiese.
"Valika, lo sai che mi fa impazzire!"
Lei si abbassò leggermente col bacino, quel tanto da consentirgli di sfiorarla con il naso. Il Presidente non si fece sfuggire l'occasione, sollevò la testa come un affamato e lei riprese il coltello in mano, avvicinandogli la punta al petto.
Lui sospirò di piacere.
"Ti piace, vero?"
"Da morire," rispose Molov.
Valika premette la lama sulla pelle, fino a fargli uscire delle gocce di sangue. "Che morte inutile sarebbe. Un altro clone ti sostituirebbe nel giro di qualche ora..."
Molov non replicò e allora lei premette ancora, facendo scorrere il coltello sul petto e abbassandosi allo stesso tempo ancora di più col bacino.
Lui tirò fuori la lingua e cercò invano di leccarla.
"Hai fatto il discolo, caro Presidente Molov, devo punirti..."
"Ti prego, fallo," la supplicò. Una goccia di sangue dalla ferita sul petto colò giù verso il lenzuolo.
"Presidente, necessiti di cure mediche?" chiese l'astronave.
Molov rispose trafelato: "No, no, tutto bene..."
Valika protestò: "Molov, voglio che la disabiliti. Siamo parcheggiati e non c'è nessun bisogno dell'intelligenza artificiale. Non riesco ad abituarmi all'idea di farlo con lei che ci osserva. Disabilitala subito per favore."
Pochi secondi dopo, l'uomo confermò: "È spenta."
"Bene," commentò Valika, abbassandosi ancora e lasciando che lui, sospirando, la stuzzicasse con la punta della lingua. Con il coltello scese di nuovo lungo il petto del Presidente, per poi risalire mentre una V imperlata di sangue prendeva forma sulla sua pelle.
"Perché anziché correre subito a riparare la ferita, non te la tieni per un po'? Così mi porterai ogni attimo con te..." gli propose, sapendo benissimo che Molov, subito dopo il loro incontro, avrebbe fatto cancellare ai robot-guaritori ogni segno dal proprio corpo.
"Come desideri," le rispose lui.
Bugiardo, direbbe qualsiasi cosa ora!
"Vieni ancora più giù, ti prego," la implorò.
"Quanto mi vuoi?" gli domandò Valika.
"Con tutto me stesso..."
"Ma tu hai centinaia di corpi. Mi vuoi con tutto il tuo essere, ovunque tu sia?"
"Sì, è così."

"Quindi anche gli altri tuoi corpi lontani, impegnati in questioni politiche dall'altra parte della galassia, in questo momento hanno bisogno di me?"

"Certamente. Tutto il mio essere ti vuole."

"Sei un bugiardo," gli disse, alzandosi leggermente col bacino, lontano dalle sue labbra.

"No, no, no," si lamentò lui. "Ti prego, torna giù."

"Voglio che tu mi voglia con tutto te stesso! Scollegati dagli altri corpi finché siamo qui e desiderami con tutto il tuo essere! Devi volere solo me e non sentire altro che il desiderio per me. Puoi farlo?"

"Sì."

"Allora esegui!" gli ordinò.

Dopo qualche secondo, lui confermò: "Siamo soli, tu ed io."

"Bene, ti sei meritato quello che volevi."

Scese sulle labbra di Molov, permettendogli di penetrarla a fondo con la lingua. Poi lui passò a leccarle diligentemente il clitoride e Valika si godette quel piacere per qualche minuto, muovendo il bacino ritmicamente, mentre lui si dedicava alla ricerca del suo orgasmo.

Aveva ancora il coltello in mano e un profondo desiderio di affondarglielo nel petto, ma si trattenne e lasciò che lui continuasse a leccarla, clitoride, vagina e di nuovo clitoride.

Molov fu talmente abile che ben presto lei si sentì scossa da brividi così forti da farla tremare anima e corpo. Si percepì scivolare via, altrove, mollò il coltello e si abbandonò con ogni parte di sé, permettendo che le gocce dei suoi umori fossero raccolte dalle labbra di Molov.

Mentre il piacere si intensificava strinse le cosce, con forza, premendo contemporaneamente in basso. Lui annaspò, cercò di muovere il capo per trovare un po' d'aria, ma lei aumentò sempre di più la stretta.

"Ancora poco, Mol. Sto per venire... resisti!" gli ordinò.

Il corpo dell'uomo fu scosso da forti convulsioni, poi gambe e braccia si irrigidirono per qualche secondo e l'erezione sembrò crescere ulteriormente. Mentre lei esplodeva di piacere, a occhi chiusi, incanalando tutta l'energia in una spinta verso il basso, lui fu attraversato da una serie di spasmi violenti. Quando Valika riaprì gli occhi, vide il suo amante giacere sotto di lei, completamente immobile.

Uscendo da un portellone di servizio dell'astronave, Valika si fermò per un attimo a osservare la folla che si stava radunando spaventata ai piedi del velivolo. Il corpo del Presidente Molov penzolava a testa in giù con un nodo attorno a una caviglia e una corda che fuoriusciva da un oblò. Era nudo, con una scritta incisa su petto e addome: "Vi fotterò tutti, popolo delle Terre Libere di Vaior".

La gente assisteva alla scena a occhi spalancati, chi sconvolto, chi smarrito, chi in lacrime. Valika constatò che l'erezione presidenziale, alla fine, si era sgonfiata.

Mentre soldati e personale della Federazione si facevano strada tra la folla, a passo tranquillo lei raggiunse indisturbata un corridoio laterale della Grande Cavità.

Capitolo 21 – Miril

Miril osservava Lil seduta a occhi chiusi in un angolo della cella. Erano ormai ore che non riusciva a comunicare con la compagna e anche in precedenza si erano scambiate solo poche parole, finché Lil le aveva chiesto un po' di tempo per riflettere e da allora era rimasta in silenzio.

Provò a chiamarla mentalmente. *Lil...*, ma lei non rispose, come se fosse altrove.

Nell'angolo opposto, Bascos, Aleia e Milia parlottavano a bassa voce, fino a quando quest'ultima sbottò: "Ma perché non possiamo parlare normalmente?"

Aleia rivolse uno sguardo preoccupato in direzione di Lil.

"Abbiamo bisogno di lei in questo momento," protestò ancora la ragazza, "non capisco perché debba starsene per i fatti suoi come se non esistessimo!"

Lil aprì gli occhi e li fissò. "Vi chiedo scusa..."

Miril sapeva bene quali demoni stesse affrontando in quel frangente la sua innamorata.

"Lo pensate tutti, vero?" domandò Lil.

Gli altri tacquero.

La giovane maga insistette: "Siete convinti che avrei potuto salvarlo come ho fatto con me stessa?"

Bascos replicò in tono gentile: "No, Lil, siamo certi che hai fatto del tuo meglio. È successo tutto all'improvviso. Nessuno di noi se lo sarebbe aspettato."

Per qualche secondo nessuno parlò, poi intervenne Milia: "Però... perché non hai usato i tuoi poteri? Credo che in fondo sia questo quello che ci chiediamo tutti. Se puoi leggere nella mente di tutti noi, perché non lo hai fatto? Perché non hai cercato di capire cosa sarebbe accaduto prima ancora che accadesse?"

Miril percepì il forte disagio interiore che quella domanda provocò nella sua amica. Era combattuta, dilaniata dai dubbi.

Lil scosse la testa: "Non posso, non... non me la sento! Non posso sopportare i pensieri e le emozioni di tutti, le loro ansie, i loro dolori, le loro aspettative e non... non credo che sia giusto. Chi sono io per ascoltare quello che tutti pensano, provano, desiderano? Voi accettereste di consegnarvi a me, di lasciare che io penetri nel vostro essere togliendovi la libertà di tenere ciò che siete solo per voi?"

Fu Aleia a rispondere: "Mi rendo conto che è difficilissimo il compito che hai. Sinceramente, non so se vorrei avere i tuoi stessi poteri, le tue responsabilità e tutto quello che si portano dietro. Ma è anche vero che le condizioni in cui viviamo ora sono molto particolari. Affrontiamo sfide che nel nostro mondo non avremmo mai potuto immaginare. Ti fa onore il rispetto che hai per tutti noi e per gli altri, ma se ascoltare il pensiero di alcuni significa poter aiutare molti altri, secondo me devi essere pronta a farti carico di questo peso."

Intervenne Milia: "Forse nessuno nella galassia possiede poteri come i tuoi, ma se non impari a usarli è come se non li avessi. Lil, noi tutti contiamo su di te, abbiamo bisogno di te e personalmente sì, sono disposta a consegnarti tutto ciò che sono, se è utile per quello che stiamo facendo."

"Vi ringrazio... Vi ringrazio per la fiducia. Questa è la vostra scelta, ma cosa vi fa pensare di poter decidere anche per gli altri?"

Miril si avvicinò a Lil, si chinò e l'abbracciò. "Sei tu che devi fare questa scelta, in ogni caso noi abbiamo fiducia nella decisione che prenderai."

Lei la guardò con gli occhi lucidi: "Ma tu hai sempre evitato di leggere nella mente di chi ti sta attorno..."

La sacerdotessa replicò sorridendo: "Non ho mai avuto poteri neppure lontanamente paragonabili a quelli che tu hai ora, ma... ho fatto uso della telepatia molto più spesso di quanto tu creda."

Lil sembrò persa nei ricordi. "Quando Bashinoir ed io siamo entrati nel Tempio... A volte avevo la sensazione che..."

Miril fece cenno di sì col capo: "Non è facile scegliere, ma dobbiamo essere in grado di sopportare il peso dei nostri poteri. Ci sono stati donati per una ragione ed è nostro dovere scoprirla, senza timore e senza lasciarci prendere dagli eccessi."

Dal corridoio scavato nella roccia, oltre l'inferriata che chiudeva la cella, udirono provenire un rumore di passi secchi e pesanti. Non potendo fare altro, rimasero in silenziosa attesa.

Poco dopo comparve il Presidente della Federazione dei Mondi Molov, seguito da una ventina di soldati dall'armatura metallica e da un uovo alto come una persona che si librava nell'aria. La scorta del Presidente puntò le armi su di loro.

Molov qui? Ma cos'è successo?

Giunto davanti all'inferriata, l'uomo, sorridente, disse: "Buongiorno, un solo movimento o una sola parola e morirete tutti." Quindi si avvicinò all'uovo e premette un bottone sulla superficie curva e liscia, provocando l'apertura di un ampio sportello, oltre il quale si intravedeva un semplice sedile.

Avanzò infine verso la cella, aprendola. "Accomodati pure, Lil."

Andrà tutto bene, Miril, non preoccuparti.

La sacerdotessa spostò lo sguardo dalla sua compagna a Molov e viceversa.

La ragazza esitò prima di alzarsi, ma i soldati le si avvicinarono minacciosamente con le armi puntate.

"Che cos'è?" chiese Miril, incapace di trattenersi.

Per qualche secondo temette il peggio, ma Molov replicò, con un'alzata di spalle: "Oh, nulla che dobbiate temere. Abbiamo semplicemente analizzato quanto accaduto sulla mia astronave e i miei scienziati mi hanno assicurato che questo loro nuovo marchingegno dovrebbe essere in grado di contrastare un'onda energetica mille volte più potente di quella dell'altra volta. In ogni caso, per andare sul sicuro, ora ho un nuovo corpo, con un bell'isolamento sulla corteccia cerebrale che inibisce qualsiasi intrusione dall'esterno. E la stessa cosa vale per i miei nuovi soldati robot. Tutto sommato, mi rendo conto che la distruzione del vostro mondo è stata forse una misura un po' eccessiva. I vostri cosiddetti poteri magici non sono nulla che non si possa contenere con un po' di buona tecnologia, ma ammetto che duemila anni fa ero decisamente più paranoico! Ma ora andiamo a vedere se c'è qualcos'altro da scoprire su di voi. Prego, Lil, accomodati."

La giovane si avviò verso l'uovo e vi si sedette dentro senza dire una parola. Il portellone si richiuse silenziosamente.

Il collegamento con Lil... non la sento più. Era come se un fiume si fosse di colpo prosciugato, come se avessero spento la luce. Miril si rese conto che non aveva più fatto a meno del contatto telepatico con la compagna da settimane e tutt'a un tratto si sentì vuota.

Da una finestrella poteva scorgere l'espressione seria di Lil, ma nel vederla rinchiusa in quel modo, come la peggiore delle criminali, le si stringeva ancora di più il cuore.

"Forza, andiamo," li esortò Molov.

Perché è qui? Come ha fatto a giungere su questo pianeta?, continuò a chiedersi Miril.

Rammentò i pensieri che aveva letto nella mente di Valika al loro arrivo. Il senso di colpa della donna, la storia con un giovane che si nascondeva in quello stesso pianeta e che lei temeva potesse fare ben più del doppio gioco. Anche se quel flusso di pensieri era stato confuso, difficile da decifrare, ora invece Miril comprese chi si celasse dietro l'amante segreto.

Furono costretti a uscire dalla cella per procedere lungo il cunicolo, scortati dai robot. La sacerdotessa provò in tutti i modi a comunicare telepaticamente con Lil, senza però ricevere alcuna risposta.

Dopo qualche minuto giunsero di fronte a una porta in metallo che si aprì al passaggio del Presidente.

"Entrate," li esortò Molov.

L'ambiente non era particolarmente grande, ma ricordava molto lo stile dell'astronave presidenziale. Ovunque c'erano ologrammi di ogni tipo, con mappe stellari e immagini provenienti dai posti più diversi, mondi che Miril, nonostante la formazione a bordo dell'astronave di Bascos, non avrebbe mai potuto neanche immaginare. Seguitò a guardare affascinata intorno a sé finché si rese conto che Molov stava ordinando loro di sedersi su delle poltroncine rosse disposte su un lato.

Non appena furono tutti sistemati, l'uomo impartì un nuovo comando all'assistente digitale e, da ciascuna poltroncina, fuoriuscirono quattro cinghie che andarono a bloccare caviglie e polsi. Miril istintivamente temette che fosse accaduto qualcosa anche a Lil, ma la vide impassibile all'interno dell'uovo che continuava a librarsi al centro della stanza.

"Grazie, Capitano," disse Molov rivolto a uno dei robot. "Potete aspettare fuori." I robot, con le loro pesanti armature metalliche, uscirono dal locale e la porta si chiuse in automatico dietro di loro. "Ora, vedremo finalmente di capire qualcosa di più sui vostri poteri, e poi riprenderemo il vostro *upload* su di me," aggiunse, senza rivolgere loro lo sguardo.

Miril ripensò a quanto accaduto sull'astronave del Presidente poche settimane prima, quando l'uomo aveva chiesto a Lil di unirsi a lui, per assorbirne poteri e capacità, e la sua compagna, ingannandolo, aveva favorito la loro fuga. Come avrebbe fatto questa volta Lil a difendersi?

Molov si era già messo al lavoro, interagendo con gli ologrammi che aveva di fronte con movimenti veloci e precisi. Comparve un'immagine tridimensionale di Lil che lui ingrandì con un gesto delle mani. Poi il corpo della ragazza sparì sostituito da un gigantesco cervello. Molov iniziò a esaminarne alcune zone che si illuminarono in sequenza. "Molto interessante, molto interessante," commentò più volte tra sé.

Miril si sforzò invano di capire cosa stesse facendo.

Qualche minuto più tardi si udì bussare alla porta e Molov, visibilmente seccato per l'interruzione, disse: "Capitano, avevo chiesto di non essere disturbato, cosa c'è?"

"Presidente, abbiamo trovato la fuggitiva. C'è qui un adepto che ha con sé la donna in manette."

Sul volto dell'uomo si dipinse un'espressione di profonda soddisfazione. "Li faccia entrare," ordinò.

Saytak entrò nel locale, tenendo Valika, in manette, per un braccio.

Vedendo il ragazzo, Miril scosse la testa, incredula. *La morte di Elor... La battaglia...* Non poteva crederci. Cercò Bascos con lo sguardo e lo trovò con la mascella serrata, torvo in viso, gli occhi ridotti a due fessure.

Tutti quei salti con l'astronave, tutte le precauzioni e lui era qui, ad aspettarci.

Non appena vide il Presidente, Valika sospirò e roteò gli occhi. "Non riesco a liberarmi di te neppure uccidendoti," gli disse con un sorriso sarcastico.

Molov si finse offeso. "Ma come? Davvero non ti sono mancato? Ero certo che ti avrei ritrovata afflitta dai rimorsi..."

"Per cosa, esattamente? Per aver fatto fuori colui che sta deportando il mio popolo?"

L'uomo le rivolse un'espressione innocente e incredula.

"Molov... Mi hai sempre usata per i tuoi interessi. Ti serve il pianeta, vero? E i vaioriani non raggiungeranno mai i loro nuovi posti di lavoro, o sbaglio? Cosa vuoi farne davvero? Ti servono come topi da laboratorio? O intendi più semplicemente ricondizionarli e uniformarli al resto degli abitanti della galassia? E quelli che non sono ancora partiti? A quando la seconda fase della deportazione?"

Dal volto di Molov scomparve ogni traccia di giovialità: "E come saresti giunta a tutte queste conclusioni?" chiese freddamente.

"Uccidendoti e liberandomi di te. Ti ho soppresso per una semplice intuizione, ma poi finalmente mi sono sentita libera da ogni tua influenza. E ho ripensato ai nostri incontri. E alle tue bugie. E senza la tua odiosa presenza intorno tutto mi è diventato più chiaro, in particolare il fatto che mi hai sempre mentito e che ti ucciderò mille altre volte, se necessario!"

"Che peccato!" replicò Molov. "Avevo davvero l'intenzione di portarti via con me..."

"Per continuare a scoparmi? Perché impazzisci per il mio culo?"

L'uomo sorrise soddisfatto: "Mi sembra che da quel punto di vista ci siamo sempre trovati..."

"Sei l'essere più squallido dell'intera galassia," gli disse Valika in tono sprezzante.

Senza smettere di sorridere, Molov ribatté: "Ho scaricato la memoria del clone che hai ucciso. Davvero un bel modo per morire... Non avrei potuto desiderare di meglio. Se ti fa piacere possiamo provare a rifarlo. Magari non troppo spesso, però."

"Ma guarda... era proprio quello a cui stavo pensando!"

Valika fece un segno a Saytak, che aveva assistito al dialogo al fianco del Presidente. Il ragazzo, con un movimento fluido, si spostò alle spalle di Molov, portandogli una lama alla gola.

"Se quella porta si apre, sei morto!" lo minacciò Valika, indicando la porta dalla quale erano entrati.

Molov non si scompose più di tanto. "Hai intenzione di uccidermi un'altra volta? Che senso ha? Tanto, sai che tornerò ancora."

Valika lo ignorò, lasciò cadere a terra le finte manette e, raggiunte le poltroncine, iniziò a liberare tutti loro. Passò infine all'uovo di Lil e, trovato il comando di apertura, liberò anche lei. Miril corse subito ad abbracciarla.

Ti sento, sei di nuovo con me, le comunicò mentalmente, mentre Lil si guardava intorno spaesata.

Più tardi ti spiegherò tutto, la rassicurò.

Valika tornò dinanzi al Presidente e gli disse: "Torna pure tutte le volte che vuoi, io continuerò a ucciderti."

Prese il coltello dalle mani di Saytak e tagliò la gola a Molov, il quale si accasciò sul pavimento come un sacco vuoto. Valika, senza degnarlo di uno sguardo, andò alla porta e azionò il blocco meccanico.

Di fronte all'incredulità di tutti loro, li esortò dicendo: "Forza, andiamo... Non c'è un attimo da perdere." Senza attendere risposta, si diresse verso la porta di servizio.

"Dove si va di qui?" chiese Bascos.

"In teoria l'unico luogo dove conduce questo cunicolo è la mia stanza da letto, ma conosco una botola segreta a metà del percorso che dovrebbe aiutarci a far perdere le nostre tracce."

"E di lui cosa ne facciamo?" domandò Bascos, indicando Saytak. Ma quando il capitano si voltò a guardarlo, vide la mutante Ipsia che gli sorrideva felice.

Capitolo 22 – Valika

"È qui," disse Valika, arrestando la corsa nel cunicolo.

Ansimando, gli altri si guardarono intorno, incerti.

In lontananza udirono il rumore delle pesanti armature metalliche dei robot. *Dannazione!*, pensò la donna. *Come hanno fatto a individuarci così in fretta?*

Sotto lo sguardo sbigottito degli altri fuggitivi, con mani e piedi fece agilmente presa su cavità e sporgenze della parete sinistra del cunicolo. Se non avesse saputo della loro presenza sarebbe stato impossibile notarle. Valika si arrampicò fino a spingere la testa oltre la parete nel punto in cui questa si curvava verso il soffitto.

Continuò a salire fino a portare tutto il corpo oltre l'apertura, quindi si girò e, affacciandosi, disse agli altri: "Forza, venite. Stanno arrivando!"

"Sei passata attraverso la parete... Com'è possibile?" le chiese Milia.

Bascos spiegò: "È un ologramma che simula la presenza della roccia. Piazzato così in alto, nessuno può accorgersi della differenza. Ora andiamo," concluse, invitando con un cenno Milia ad arrampicarsi.

Dopo di lei salirono Lil, Aleia, Miril, Ipsia e, per ultimo, il capitano. Una volta al riparo nel nascondiglio, Valika fece loro segno di tacere. Poco dopo apparvero i robot, che proseguirono lungo il cunicolo senza neppure fermarsi.

Quando i loro passi si erano già persi in lontananza, Bascos domandò: "I loro rilevatori termici... come hanno fatto a non individuarci?"

La donna indicò l'ologramma a pochi centimetri da loro: "Non simula solo la roccia, ma fornisce un completo isolamento e rilascia una falsa traccia."

"Tecnologia piuttosto costosa..." commentò l'uomo.

Lei, a disagio, guardò altrove, senza replicare.

Lil chiese: "E ora?"

L'imbarazzo di Valika continuò a crescere. *Come faccio a spiegarglielo*? Avvertì il peso dei loro sguardi e decise di parlare senza mezzi termini: "Dobbiamo andare nella Cripta."

"Aspetta, aspetta. Cosa significa *dobbiamo andare*? Forse devi prima darci qualche spiegazione," obiettò Aleia.

Il momento era arrivato. Aveva sempre saputo che, prima o poi, avrebbe dovuto affrontare la vergogna del proprio tradimento.

Fu quasi con un senso di liberazione che, scuotendo lievemente il capo, disse: "Non c'è molto da raccontare, l'avete visto con i vostri occhi: è vero, sono stata per anni l'amante di Molov. E sognavo di andarmene via con lui. Volevo un'altra vita, in un altro mondo. Non credevo più all'ideale delle Terre Libere, pensavo che Elor fosse solo un illuso, come la gran parte dei miei fratelli. Ero certa che la leggenda dell'Erede della Luce non fosse altro che l'ennesima mistificazione, che non ci fosse nulla di vero. Mi dispiace, ho tradito Elor e tutti gli altri."

Valika tacque per qualche secondo. Avrebbe preferito che la attaccassero verbalmente, ma le rivolsero soltanto espressioni di sorpresa e delusione. Cercò in particolare lo sguardo di Ipsia, la sua acerrima nemica, aspettandosi di leggervi la disapprovazione che si sarebbe meritata, e invece lo trovò fin troppo comprensivo.

Continuò a spiegare: "Però non ho nulla a che fare con la morte di Elor e quello che ne è seguito. Mi sono resa conto troppo tardi che l'unico che poteva essere dietro tutto questo era Molov. È riuscito a raggirare me, le Terre Libere, il Santuario. Quando ho capito chi era davvero, l'ho ucciso e sono scappata. Per fortuna, sia io sia Ipsia abbiamo cercato riparo in un rifugio segreto noto solo ai più stretti collaboratori di Elor. Insieme abbiamo studiato lo stratagemma per venire a liberarvi."

La mutante annuì, come per confermare quanto esposto da Valika.

Miril, seria in viso, chiese: "Cosa ti ha fatto cambiare idea su Molov?"

Valika percepì su di sé gli sguardi penetranti della sacerdotessa e di Lil. Si sentiva nuda di fronte a loro e aveva l'impressione che le due donne conoscessero già la risposta, ma che ne volessero conferma dalla sua voce.

"Ho visto file di vaioriani in coda per imbarcarsi sulle astronavi della Federazione. C'era qualcosa che non andava. Alcuni erano stati comprati, mentre altri secondo me erano stati oggetto di profondi condizionamenti. Ho capito che loro erano solo i primi e che prima o poi tutti, volenti o nolenti, sarebbero stati deportati o uniformati agli altri cittadini della Federazione. E poi... poi ho incontrato Elor, due volte."

Milia e Aleia la guardarono sbigottite.

"Lo so, è difficile crederci, la prima volta mi è apparso di fronte in carne e ossa. Mi ha parlato e mi ha aiutato a capire che strada avrei dovuto prendere. Avrei voluto fargli molte domande, ma è scomparso quasi subito. Quando però sono scappata nei cunicoli, dopo l'uccisione di Molov, mi ha parlato una seconda volta. In quel caso ho sentito solo la sua voce, forse perché ormai la sua anima era troppo lontana, ma mi ha detto chiaramente che avrei dovuto condurre Lil nella Cripta."

"Perché dovremmo fidarci di te? E se la Cripta fosse un'altra trappola?" obiettò Aleia.

Intervenne Lil: "Io le credo."

Ma l'ex regina protestò: "Non abbiamo nessuna prova che quello che dice sia vero. Ha tradito il suo popolo, il suo Maestro! E alla fine anche Molov. Ora potrebbe voler fare la stessa cosa anche con noi."

Lil si volse a guardarla e replicò pacatamente: "Mi avete chiesto di usare i miei poteri ed è quel che ho fatto. Valika ha davvero incontrato Elor ed è stato lui a suggerirle di portarmi nella Cripta. Ma da quanto ho visto il problema è un altro..."

Dinanzi agli sguardi interrogativi, Valika sospirò: "La Cripta è il luogo dove convergono le anime dei Maestri delle Terre Libere fin dall'inizio. Si trova in alto, molto in alto. Ma la fatica per arrivarci è solo il male minore. Alla fine della lunga salita, occorre superare l'Antro degli Specchi."

"L'Antro degli Specchi? Cos'è?" domandò Milia.

"Si ritiene che la Cripta non faccia parte di questo mondo, ma neppure dell'oltretomba. È difficile da spiegare... L'Antro è il confine della nostra realtà e per superarlo è necessario lasciare sé stessi alle proprie spalle. In apparenza si tratta di una semplice parete riflettente. Bisogna però attraversarla con il corpo e ogni anima viene messa alla prova, per appurare se è davvero pronta a spingersi oltre." Valika fece una pausa, quindi aggiunse: "Non sono sicura che sia giusto chiedere a tutti voi di affrontare una simile prova, ma per quanto riguarda Lil... credo che lei debba seguire l'indicazione di Elor."

Aleia scosse la testa: "Io non ho nessuna intenzione di lasciarla venire da sola. Avrai modo di prepararci durante il viaggio. Ma se va lei, vado anch'io."

"E anch'io," disse Milia.

Ipsia annuì e Bascos concluse: "Andremo tutti."

Si incamminarono in un nuovo cunicolo che ben presto li condusse in una gigantesca caverna, molto più vasta della Grande Cavità. Il pavimento saliva piuttosto rapidamente verso l'alto e pareti e soffitto erano interamente coperti di licheni luminescenti, tanto da conferire al luogo una luce lattea calda e avvolgente.

Valika li guidò lungo un sentiero ripido e faticoso che, in fondo alla caverna, si insinuò in un nuovo cunicolo, per poi tornare a serpeggiare sul pavimento di un'altra grande apertura.

Continuarono per parecchio tempo a salire attraverso le viscere del pianeta, in un'affascinante sequenza di caverne e cunicoli.

Ebbero occasione di sostare soltanto in prossimità di qualche ruscello, nelle cui acque tutti loro immersero avidamente le mani a coppa per potersi dissetare.

Talora da lontano scorsero la presenza di alcuni abitanti di quei luoghi, ma costoro, vedendoli arrivare, si nascosero rapidamente all'interno delle loro abitazioni.

Le notizie corrono veloci, rifletté Valika. *Forse non tutti ci riconoscono, ma di certo, con quello che è successo, la diffidenza nei confronti degli estranei è ai massimi livelli.*

Si augurò comunque che quegli atteggiamenti non fossero troppo evidenti ai suoi compagni di viaggio. Era consapevole che Lil e forse anche Miril avevano il dono di leggere nella mente, ma magari la stanchezza era una distrazione sufficiente perché non si rendessero conto della paura che il loro gruppo suscitava.

Tuttavia quella speranza si spense definitivamente quando, in uno di quegli incontri casuali, una donna, indicando Lil, urlò platealmente: "È lei, è lei," e subito, come se si trovasse in pericolo di vita, scomparve alla loro vista.

Lil abbassò gli occhi, come persa nelle proprie riflessioni. Valika le si accostò e le disse: "Non ce l'hanno con te. Sanno che non sei stata tu a uccidere Elor, hanno semplicemente paura."

La giovane non rispose e si limitò a spingere un piede avanti all'altro.

Nelle ore successive non incontrarono nessun altro.

Poiché si avvicinavano sempre di più alla superficie del pianeta, dotato di un'atmosfera rarefatta e a malapena in grado di trattenere il calore, man mano che salivano la temperatura scendeva inesorabilmente. Le tute mantenevano a dovere il calore corporeo, ma i loro respiri cominciarono a formare nuvolette di condensa davanti alla bocca.

Valika era quasi certa che il personale della Federazione non si fosse ancora spinto in quei luoghi pressoché disabitati, tuttavia continuava a guardarsi intorno, nel timore che potessero essere stati scoperti.

Finalmente, dopo quasi un'intera giornata di cammino, quando ormai tutti loro erano allo stremo delle forze, giunsero dinanzi all'ennesima imboccatura nella roccia. L'ingresso non recava alcun segno particolare, sembrava una caverna come tutte le altre, eppure Valika sapeva che proprio quello era il luogo che custodiva uno dei più grandi segreti del loro popolo.

Entrò senza esitazioni, seguita dai suoi compagni, e dopo parecchie centinaia di metri percorsi tra muri di roccia spogli e umidi, si ritrovò in un'ampia sala circolare, dove le pareti svettavano verso l'alto così lisce e lucide da riflettere le loro sembianze.

"Siamo arrivati," annunciò. "C'è qualcuno che vuole aspettare qui finché non saremo usciti?"

Benché durante il viaggio avesse già dato loro ogni genere di spiegazione e ammonimento, non avendo ottenuto altra risposta al di là di sguardi visibilmente stremati, continuò: "Quando entrerete negli specchi dovrete ricordarvi chi siete e cosa volete. Tenete ben presente dove volete andare, qual è il vostro obiettivo. La volontà di ciascuno di voi sarà messa a dura prova. Se ce la farete vi ritroverete dall'altra parte, nella Cripta."

Gli altri annuirono. Valika avrebbe voluto aggiungere qualcosa per dissuadere quelli di loro che temeva non avrebbero superato la prova, ma si girò e si diresse verso la parete. Tuttavia esitò ancora. Le vennero in mente i suoi tradimenti e le sue indecisioni. Anche se alla fine aveva deciso da che parte stare, si chiese in che modo il suo passato avrebbe pesato sulla sua prova. *Non è per loro che ho paura, ma per me.*

Fece un lungo sospiro. L'Antro degli Specchi sembrava inaccessibile, ma la donna allungò la mano fino a vederla penetrare nella roccia. Poi chiuse gli occhi e avanzò.

Capitolo 23 – Aleia

NELLA MENTE DI ALEIA

Aleia sedeva sul trono con lo sguardo posato sulla schiera di ambasciatrici e ambasciatori venuti a renderle omaggio.

La Barriera era caduta. Il suo popolo era finalmente libero di commerciare con le terre a Sud e Beanor, che le aveva lasciato il trono per dedicarsi alle sue particolari inclinazioni, le sedeva a fianco, stranamente mansueto.

Per tutta la giornata Aleia aveva condotto gli affari del regno, stabilendo nuove alleanze e gettando le basi di nuovi lucrosi commerci. Poi le udienze erano terminate e ora era il momento di doni e festeggiamenti.

Il Gran Cerimoniere di Palazzo batté le mani. Una lunga fila di ragazze dall'apparenza esotica, appartenenti a etnie di cui Aleia aveva da poco appreso l'esistenza, entrò nella grande sala. La regina rimase estasiata di fronte a quello spettacolo. Le fanciulle, tutte nude, raggiunsero la base della scalinata ai piedi del trono e si fermarono. Tutti i presenti attesero le scelte della sovrana.

Aleia sentì Beanor scalpitare al suo fianco e si volse a guardarlo con aria di rimprovero. "Sono io la regina, spetta a me decidere. Tu ti atterrai alle mie scelte," gli spiegò tranquillamente.

Beanor ghignò. "Ma sono io ad avere il membro reale, quello che vuoi più di ogni altra cosa. Quindi fai molta attenzione a come mi tratti!"

Aleia non si degnò di replicare. Ormai il suo consorte aveva imparato fin troppo bene qual era il suo posto.

Si alzò, scese lungo la scalinata e si fermò di fronte alla lunga fila di ragazze. Ne indicò una molto giovane, con i capelli ramati proprio come i suoi, un'altra biondissima con due splendidi occhi verdi e una terza con la pelle color cioccolata e i seni abbondanti.

Quando si girò per tornare verso il trono le tre la seguirono, mentre tutte le altre si sparpagliarono andando incontro agli ambasciatori e ai dignitari di corte che erano rimasti in paziente attesa.

La più grande orgia del regno stava per avere inizio.

Al posto dei due troni gli inservienti avevano già provveduto a sistemare un gigantesco letto a baldacchino, sul quale Beanor si era già inginocchiato, in attesa. Quando Aleia gli si avvicinò l'ex sovrano si abbassò i calzoni, mettendo bene in evidenza il proprio membro eretto.

"Ancora?" disse Aleia, con aria di rimprovero. "Credi davvero che m'interessi il tuo cosino con tutto quello che ho a disposizione?"

"Oh certo, Maestà, ne sono pienamente convinto. Hai bisogno di essere bastonata dalla mia mazza per godere. Senza non è la stessa cosa, e lo sai!"

Lei finse di ignorarlo. Si accomodò dall'altro lato del letto e tirò le tre ragazze a sé, sfiorando con le labbra il collo della fanciulla dalla pelle scura.

Beanor subito si avventò sulla bionda, ma la sovrana scosse la testa e gli intimò, in tono secco: "Non finché non te lo dico io!"

L'uomo le rivolse un'espressione imbronciata, ma ubbidì. Si vedeva che faticava a resistere ai propri impulsi, ma negli ultimi mesi lei era riuscita a educarlo molto bene ed era davvero soddisfatta dei risultati ottenuti. Difatti lui si mise in paziente attesa mentre lei continuò a inebriarsi del profumo della giovane e ad accarezzare le altre due.

Dopo aver assaporato con passione le labbra della ragazza dalla pelle scura, Aleia si lasciò andare sul materasso. Aveva bisogno di gustarla altrove, così la tirò su di sé fino ad avere le sue cosce sul viso.

Aveva un sapore divino. Mentre seguitava a leccarla accarezzò la fanciulla con i capelli ramati, premendo poi leggermente su una sua natica. L'altra intuì il suo desiderio e scese lungo il corpo della sovrana, finché Aleia sentì il tocco esperto e appassionato della lingua della giovane tra le gambe.

La regina iniziò a gemere, scossa da fremiti e vampate. Mentre godeva di ogni goccia di piacere che la rossa le distillava tra le cosce, con la lingua si sfogava sulla vulva della ragazza dalla pelle scura.

Dopo qualche minuto cercò con gli occhi Beanor. Sorrise vedendolo sul punto di impazzire, con il grosso pene vittima di un'erezione così vigorosa da sembrare una spada pronta a infilzare i nemici.

"Vieni," gli sussurrò. "Questa sera potrai godere dell'unica vagina che ti concederò, la mia!"

L'uomo si avventò su di lei, spingendo via in malo modo la fanciulla dai capelli ramati.

Aleia lo rimproverò: "Cosa ti ho insegnato?" E Beanor rispose con uno sguardo stupefatto, come se volesse domandarle: *Non mi ordinerai mica di farle le mie scuse?*

Lei rise soddisfatta e annuì con il capo, cosicché Beanor fu libero di penetrarla con foga. Si mise a spingere come solo lui sapeva fare, senza lasciarle un attimo di respiro. La visione delle splendide ragazze intorno a lui sembrava eccitarlo ancora di più, ma Aleia aveva preso gusto a tormentarlo e gli fece segno che poteva guardare soltanto lei. In effetti lei stessa non riusciva a distogliere lo sguardo dalla bionda e dalla giovane con i capelli ramati, che nel frattempo avevano iniziato a scambiarsi deliziose effusioni.

Aleia era totalmente immersa nell'estasi, con Beanor tra le sue gambe e la fanciulla di colore sul suo viso che le stavano donando il più bell'amplesso della sua esistenza.

Eppure non riusciva ad abbandonarsi del tutto al piacere.

Nel profondo, era consapevole che c'era qualcosa di sbagliato, che se si fosse lasciata andare a quell'estasi non ne sarebbe mai più uscita, che quel momento sarebbe durato per sempre. *Ma non è forse il sogno di tutti vivere un istante di estasi eterno? Perché dovrei venirne fuori? Perché mai dovrei tornare al dolore, alla fatica, all'incertezza?*

Chiuse gli occhi e portò polpacci e piedi dietro la schiena di Beanor, che continuava a spingere come un forsennato. Era tutto così perfetto. Lei era la regina, Beanor era finalmente sotto il suo comando. *Come posso anche solo immaginare di abbandonare tutto questo?* Ammirò la vagina calda, bruna e bagnata a pochi centimetri dalle sue labbra, osservò le due ragazze che si leccavano avidamente e decise di arrendersi del tutto ai colpi potenti della verga che la scuoteva fin nel profondo.

Del resto, chi è davvero Lil per me?, tornò a chiedersi suo malgrado. *Una ragazzina semplice, stupidotta e pure un po' antipatica, peraltro figlia di quel popolo che per duemila anni ci ha tormentato con quell'odiosa Barriera. E cosa c'entriamo noi con la Federazione dei Mondi? Perché mai dovrei essere io a preoccuparmi di quel che accade nel resto della galassia a costo di trascurare il mio stesso regno, il mio popolo, la mia corte... e i miei orgasmi?*

La decisione era presa. *Mi lascerò scopare a lungo, finché non mi rimarrà neppure un solo grammo di energia in corpo.*

Voleva quel bastardo di Beanor e lo voleva per sé, ammaestrato come piaceva a lei e tra le sue gambe ogni volta che lo avesse desiderato.

Gridò. Urlò così forte che la sua voce riecheggiò ovunque nella grande sala.

Le tre ragazze si fermarono di colpo. Solo Beanor seguitò a spingere come un indemoniato dentro di lei, insensibile alla sua agonia. Aleia sospirò: "Devo andare!"

Fece per ritrarsi, ma Beanor non desistette. Le dava un piacere così profondo che la donna chiuse gli occhi e decise di lasciarlo continuare un altro po'. Ma quando si rese conto di essere a un passo dall'oblio, ribadì: "Devo andare!"

Il consorte, completamente sudato, le disse: "No, non puoi rinunciarci, hai bisogno del mio cannone. Hai bisogno degli orgasmi che solo io posso darti e sai che la tua esistenza senza di me non è altro che una lunga tortura."

Sì, aveva ragione, lo desiderava, l'aveva sempre voluto e sentiva la necessità che lui proseguisse quello che stava facendo. Eppure non poteva restare.

"Basta," tagliò corto, "fa' quello che ti ho ordinato."

Beanor, con uno sguardo ferito, uscì da lei, lasciandole dentro un vuoto incolmabile, straziante. Era completamente madido di sudore. Camminando sul materasso sulle ginocchia, le si piazzò all'altezza del viso con il pene eretto e glielo mise davanti alla bocca.

"Lo vuoi, vero? Lo vuoi..." e, senza attendere risposta, glielo spinse tra le labbra arrendevoli.

Aleia assaporò avidamente la mistura del suo stesso odore e di quello virile del suo consorte. Avrebbe voluto prenderlo tra le mani e continuare a succhiarglielo, ma si ritrasse.

Lui la guardò con compassione e le ribadì a voce bassa: "Tanto sai che non puoi starne senza, sai che rimarrai qui con noi. Lasciati fottere e falla finita."

Sì, Aleia lo sapeva. Beanor aveva ragione. Lo voleva con tutto il suo corpo e il solo pensiero di tornare in quelle orribili caverne le faceva venire il voltastomaco.

Tuttavia non poteva indugiare oltre.

Ancora un po', solo qualche altro minuto, implorò sé stessa. Eppure era conscia che, se avesse temporeggiato ancora, i minuti sarebbero diventati ore, le ore giorni, i giorni anni e non sarebbe mai più tornata alla vita che aveva giurato di intraprendere.

Però prima voglio godere. Voglio il mio orgasmo.

Beanor sembrò leggerle nel pensiero e con un gesto la invitò a girarsi. Questa volta fu lei a obbedire. Avvertì il tocco deciso delle sue mani sui fianchi e si sentì riempire da dietro.

Gemette.

Era esattamente ciò che voleva, anzi, quello che aveva sempre sognato.

Una lacrima le scese lungo la guancia sinistra.

Perché?

Chiuse gli occhi e desiderò con tutta sé stessa di tornare in quell'antro oscuro da cui era partita.

Quando li riaprì, si ritrovò in un'enorme stanza circolare avvolta nella penombra. Si guardò intorno, quasi illudendosi che lui fosse ancora lì al suo fianco, ma Beanor non c'era più.

Capitolo 24 – Lil

PIANETA NESPOR
PRESENTE

Si trovava in una grande stanza circolare con il pavimento in pietra e il soffitto di roccia che formava un'imponente cupola. In basso le pareti presentavano numerose cavità, dalle quali Lil avvertì fluire una forte energia.

I Maestri delle Terre Libere, devono essere loro, rifletté.

Pensò al netto contrasto con le camere mortuarie del suo Tempio, dove il suo popolo aveva onorato i morti con segni magici e decorazioni allegre e fantasiose, create per ricordare ai posteri le gesta dei loro cari defunti. *Qui invece non c'è un solo segno*, ragionò Lil, guardandosi intorno.

Le sue riflessioni furono interrotte da Valika, la quale, d'improvviso, sbucò dalla parete solida dietro di lei.

La donna la fissò con aria interrogativa: "Sei già qui?" le chiese.

Lil non afferrò immediatamente il senso della domanda. Era entrata nella roccia riflettente dall'altro lato e si era subito ritrovata nella Cripta.

"Sì," rispose semplicemente.

Valika la scrutò con un'occhiata indagatrice. "Hai fatto in fretta..."

Mentre cercava di capire cosa intendesse, dalla parete rocciosa emerse Miril.

La sacerdotessa corse ad abbracciarla. Con le lacrime che le scendevano lungo il viso la baciò, stringendola forte a sé. Lil ricambiò l'abbraccio, assaporando il gusto delle labbra della sua compagna.

Miril riprese fiato e la guardò, con gli occhi ancora colmi di lacrime. "È stato... incredibile."

"Perché?

Miril lasciò vagare lo sguardo nell'ampio locale, persa nei ricordi: "Eravamo nel Tempio. Percepivo la presenza degli dei, erano dentro di me. E tu eri una di loro. Ma eri anche umana. Io ero in meditazione. Era così bello e mi sentivo così leggera... Il mio corpo fluttuava a mezz'aria, la mia anima era fusa con tutte le sale del Tempio. Poi sei arrivata tu. Avevi appena finito di celebrare all'aperto un rito con il nostro popolo. C'era tutto, capisci? La nostra gente, l'isola, la nostra realtà, gli dei, tu ed io insieme. E avevamo dei figli, degli splendidi bambini, che ti assomigliavano. La più grande aveva già iniziato il percorso sacerdotale, mentre gli altri si dilettavano ancora a giocare nei boschi dell'isola. Era tutto così straordinariamente bello! Tu mi hai preso le mani e mi hai condotto nella nostra stanza da letto e..." Miril si voltò verso Lil, specchiandosi nelle pupille della giovane. "Avrei voluto continuare a far l'amore con te per l'eternità, ma sapevo che tu eri qui, che la vera Lil era qui e che io dovevo aiutarti, che dovevo tornare da te. Lasciare tutto è stato così doloroso! Era come se stessi per tradirti, per abbandonarti. Sapevo qual era la realtà, eppure non volevo smettere di credere a quell'illusione."

Quando Miril ebbe finito di parlare, ancora con gli occhi lucidi, Lil l'abbracciò con forza, le accarezzò il viso e con le mani la tirò a sé, baciandola di nuovo.

Solo allora si rese conto che anche Ipsia e Bascos erano usciti dalla roccia e si tenevano per mano, anche loro in lacrime.

Perché lei non aveva vissuto un'esperienza simile? Non sentiva forse come tutti gli altri la mancanza di un passato che le era stato sottratto, che era scivolato via come sabbia tra le dita?

O forse, per la prima volta nella sua vita, era esattamente dove voleva essere, convinta dell'importanza della sua missione, di volerla portare avanti, intimamente persuasa che non ci fosse nulla che desiderasse di più?

Mentre osservava Ipsia e Bascos che si abbracciavano e baciavano teneramente, la mutante nella sua forma originaria e il capitano con le mani tra i suoi capelli, dalla parete rocciosa emerse Aleia.

Non era necessario alcun potere telepatico per rendersi conto dello stato emotivo dell'ex regina, sudata e con il viso paonazzo.

La donna sospirò e li guardò con occhi estasiati. "Dobbiamo rifarlo... Credo sia stato il miglior sesso della mia vita!"

Tutti scoppiarono a ridere, lei compresa.

"E Milia?" chiese Lil a un tratto.

Si avvicinò alla roccia, parzialmente trasparente. A qualche metro da loro scorse il corpo della fanciulla, immobile, con gli occhi chiusi. Anche gli altri si accostarono alla parete per guardarla.

Lil ebbe un brutto presentimento.

Valika disse: "Aspettiamo, non possiamo fare altro."

Lil non vedeva l'ora di andare avanti nella missione, scalpitava al pensiero di scoprire il motivo per cui si trovavano in quel luogo, ma non aveva nessuna intenzione di abbandonare Milia. *Non lascerò indietro più nessuno di loro. Milia, dove sei?*

Trascorsero i minuti, che divennero ore.

Gli altri, esausti, si erano rannicchiati sul pavimento in terra battuta e ben presto erano stati colti dal sonno.

Solo Lil era rimasta vigile e in attesa del ritorno di Milia.

Se non torna, sarò io ad andare da lei.

Non aveva la più pallida idea della portata dei suoi poteri telepatici, se potessero penetrare lo specchio e quanto sarebbe stato pericoloso, ma sapeva di doverci provare.

Si sedette a gambe incrociate, con le mani a coppa sulle ginocchia rivolte verso l'alto. Chiuse gli occhi e immaginò di raggiungere Milia.

Si ritrovò all'istante in un vicolo. Era sera inoltrata. Guardandosi intorno si rese conto che si trattava di una bella cittadina, con le case ordinate. Faceva molto freddo. In alto, sulla collina, scorse il Palazzo Reale di Ardis. Dunque si trovava a Isk, a casa dei suoi vecchi nemici.

Udì delle risate provenire da dietro una porta. Si voltò e riconobbe proprio la risata gioiosa di Milia. Sorrise a sua volta, non aveva mai sentito la ragazza tanto allegra. Decise di bussare e dopo qualche secondo fu Milia stessa a venirle ad aprire.

Non appena la vide, la fanciulla le gettò le braccia al collo: "Lil, sei tu? Che piacere vederti! Vieni, entra al caldo con noi, fuori si gela."

Lil entrò, ritrovandosi in un soggiorno di dimensioni contenute arredato in modo modesto. Dirimpetto alla porta d'ingresso, un bel fuocherello scoppiettava nel camino, di fronte al quale si scaldavano un uomo robusto di mezza età con pochi capelli e baffi neri e, vicino a lui, un ragazzo alto, con i riccioli e molto magro. A metà stanza, sul lato sinistro, seduta su una graziosa sedia a dondolo le sorrideva con aria soddisfatta una donna di mezz'età, con i lineamenti così simili a quelli di Milia che non poteva che essere sua madre. Una ragazzina, seduta su una sedia accanto a lei, le stava sussurrando qualcosa all'orecchio, facendola ridere.

Milia fece subito le presentazioni: "Madre, Padre, vi presento Lil, una mia amica." Entrambi si alzarono per salutarla, ma Lil andò loro incontro, pregandoli di rimanere seduti.

Milia aggiunse: "E lui è mio marito." Il giovane scattò in piedi per stringere la mano alla nuova arrivata.

"E quella lì è Ludla, la mia sorellina pestifera." La ragazzina, senza smettere di sorridere, con indice e pollice pizzicò la gonna, sollevandola di qualche centimetro, e fece un bell'inchino a Lil.

Quest'ultima percepì il calore e la dolcezza che permeavano la stanza. Erano una bella famiglia ed erano felici.

Le venne in mente il suo passato sull'isola, quando anche lei era appena una bambina che trascorreva le giornate giocando con le amiche e difendendosi dai dispetti dei maschi e a fine giornata rientrava per stare al caldo di fronte al fuoco con i suoi genitori. Quella era una casa semplice abitata da persone brave e umili, come erano stati loro.

Ludla aveva ripreso a sussurrare qualcosa alla madre, che sghignazzava soddisfatta. I due uomini davanti al focolare si scambiavano pacche sulle spalle e ridevano di gusto. Lil chiamò Milia da parte, in un angolo.

La guardò negli occhi e le disse: "Milia, ti stiamo aspettando, abbiamo bisogno di te."

Ma l'altra scosse la testa, smorzando appena un poco il sorriso che fino a quel momento aveva resistito sulle sue labbra. "Mi dispiace, Lil, questo è quello che ho sempre desiderato." Accennando al marito, aggiunse: "Noi due ci siamo sposati e siamo felici, davvero felici."

Lil insistette: "Ma è solo un'illusione, dentro di te sai che non è reale, che loro non esistono."

"Sì, forse hai ragione. Eppure è come se fosse tutto vero. Sì, una parte di me si sente a disagio, ma è una sensazione con la quale posso convivere. Loro ora sono qui... E sono con me."

Lil scosse il capo: "Milia, loro esistono solo nei tuoi ricordi. Sono una proiezione della tua mente, non capisci?"

"Lo so. Purtroppo ricordo tutto, la distruzione del nostro mondo, la realtà in cui loro non ci sono più. Ma se rimango, almeno qui continueranno a esistere, non diventeranno dei ricordi destinati a sbiadire nel tempo."

"Milia, devi ascoltarmi. Il tuo corpo si sta fondendo con la roccia. Non resterà più nulla di te, né di loro."

La giovane scosse ancora la testa: "Mi dispiace. Non posso abbandonarli. Come dici tu, forse tutto questo è solo un sogno, un'illusione. Ma se mi è concesso di scegliere, voglio vivere con loro, fino all'ultimo istante. Preferisco svanire guardando mio marito negli occhi piuttosto che tornare all'altra realtà. Mi è stato tolto tutto, non posso rinunciare anche a questo."

Lo sguardo di Milia nascondeva appena un velo di tristezza, ma la ragazza sembrava tranquilla, consapevole e risoluta.

Lil si commosse al pensiero di staccarsi definitivamente da lei. Sapeva che avrebbe dovuto trovare un modo brillante per persuaderla, ma non le veniva in mente nulla. "Non posso fare niente per convincerti?" le chiese.

Ricordò che la giovane aveva giurato di accompagnarla ovunque e comunque, tuttavia non aggiunse altro.

Milia scosse la testa: "Lil, è la mia scelta, ti prego di rispettarla."

"Se ti lascio ora, ho paura che ti perderò per sempre..."

La ragazza replicò: "È stato un onore camminare al tuo fianco. Non dimenticherò mai tutto quello che abbiamo vissuto insieme, quello che mi hai insegnato. Grazie."

Lil l'abbracciò e chiuse gli occhi. Quando li riaprì, era seduta nella Cripta. Si alzò di scatto e andò a cercare attraverso la roccia trasparente il corpo di Milia. La sua sagoma si intravedeva appena.

Capitolo 25 – Lil

Lil si voltò verso il centro della grande sala circolare. Un alito d'aria gelida la fece rabbrividire. I suoi amici erano lì, dietro di lei.

"Ha deciso di restare, vero?" domandò Aleia.

La giovane annuì.

Per qualche secondo tutti tacquero.

Miril, quasi parlasse tra sé, disse: "Eppure sapeva che era una finzione... Deve averlo sentito, come tutti noi."

Lil si morse il labbro inferiore. "Era in casa sua, con i genitori, la sorella, il suo uomo. Una parte di lei era consapevole che non c'era nulla di reale, ma ha preferito quell'illusione alla realtà."

"Ma sapeva a cosa sarebbe andata incontro!" insistette Miril.

Lil ebbe quasi l'impressione che, per una volta, i loro ruoli si fossero invertiti, con la sacerdotessa che faticava ad accettare la sconfitta e la perdita di una compagna e lei che sentiva di poter canalizzare la sofferenza in energia positiva.

Intervenne Aleia: "Non nego che anche io ho avuto difficoltà a distaccarmi dalla mia visione." Si concesse un sorrisetto malizioso, quindi proseguì: "Ma forse per Milia è stato diverso. Lei ha sofferto troppo, per certi versi, molto più di noi. Da un momento all'altro è stata sradicata dal suo mondo per volere di Beanor. E da lì in poi, in ogni ora della sua vita, non ha mai smesso di desiderare tutto quello che aveva perduto. Quando era a Palazzo, la sua vita di prima continuava a essere così vicina eppure inaccessibile. Le sarebbe bastato uscire e in pochi minuti si sarebbe ritrovata a casa sua. Ma non era possibile. E quello che è successo dopo non ha fatto altro che farla sprofondare ancora di più nell'abisso della sofferenza. Chi può biasimarla se alla fine ha scelto l'illusione della felicità?"

Lil annuì. Sapeva che Aleia aveva ragione.

L'ex regina continuò, in tono più basso: "Io non le ho certo reso la vita facile. Anche con lei, come con ogni altra nuova fiamma di Beanor, ho sentito il bisogno di mettere in chiaro le rispettive posizioni, di farle capire quale fosse il suo ruolo, di farle percepire in ogni momento la mia supremazia. E in molti casi ho goduto del suo disagio e del suo dolore. Mi sono nutrita del suo malessere come di quello delle altre ragazze."

Guardò i compagni di viaggio, uno a uno, come in cerca del loro perdono.

Miril le si avvicinò e le passò una mano intorno alla vita, sorridendole. "Ormai è andata così. Se ti sei davvero resa conto del tuo errore, non lo ripeterai."

Ipsia fece un passo verso Lil e le accarezzò un braccio. "Non è colpa tua. Milia ha fatto la sua scelta, non devi sentirti in colpa."

No, non mi sento in colpa, questa volta no, rifletté Lil. Sì, fino a poco tempo prima si sarebbe torturata per quello che era successo, ma ormai aveva la sensazione di essere davvero cambiata.

"Lo so," disse semplicemente. Poi, vedendo che Ipsia seguitava a guardarla in apprensione, aggiunse: "Va tutto bene, sul serio. Credo di aver fatto del mio meglio e di non aver nulla da rimproverarmi."

La mutante per qualche secondo ancora continuò ad avere un'espressione preoccupata sul viso, poi le sorrise.

A Lil parve che la temperatura del locale si fosse ulteriormente abbassata. E la stessa consistenza dell'aria era mutata. *C'è qualcosa...*

Si avvicinò al centro della Cripta e guardò tutt'intorno a sé.

"Sei qui?" chiese.

Notò che gli altri la osservavano stupiti.

"Credo che Elor sia arrivato," spiegò, a bassa voce.

Valika la raggiunse al centro. "Quando è venuto a parlarmi si è manifestato davanti a me. Potevo vederlo, sentirlo, come fosse reale..."

Lil chiuse gli occhi. *Sei qui con noi?*, ripeté, dentro di sé.

La risposta fu un sussurro, spettrale, lontano, quasi giungesse da un'altra dimensione. Le venne la pelle d'oca.

"Sì, e voglio aiutarvi..." rispose una voce appena udibile. "Il tuo percorso, Lil... non è ancora completo. I tuoi poteri, la consapevolezza che ne hai, hai bisogno di capire..." Le sembrò che fosse la stessa aria gelida a proferire quelle parole.

Gli altri si guardavano intorno, in cerca dell'origine di quei suoni.

"È Elor?" domandò Aleia.

"Sì, è lui. E credo che stia venendo da noi," confermò Valika.

"Lil," disse la voce, ora udibile più distintamente, "depositerò in te tutta la mia conoscenza e i miei poteri, affinché ti aiutino a completare il cammino che hai dinanzi."

Lei continuò a tacere.

"Ma ho bisogno di tornare da voi. Solo tu puoi aprire il portale..."

"Non so come si fa," si schermì la giovane. "Non l'ho mai fatto..."

"Lo so," ribatté Elor, "è una delle tante cose che ti insegnerò. Lasciati andare. Guiderò la tua mano e le tue labbra. Abbandonati a me e ti aiuterò."

Lil cercò con lo sguardo Miril. La sacerdotessa scosse lievemente il capo.

Valika notò lo scambio di occhiate e spiegò: "Va tutto bene, non c'è ragione di dubitare della guida del Maestro. Lil, ti verrà fatto un grandissimo regalo, devi preparare il tuo animo per accoglierlo."

Alla ragazza venne in mente che la stessa Valika aveva a lungo nutrito dubbi sui poteri del Maestro.

La donna insistette: "Con la conoscenza e i poteri di Elor diverrai tu la guida del nostro popolo... e molto di più! Per molto tempo ho pensato che la profezia dell'Erede della Luce fosse una fandonia, perché in fondo sapevo che lui – o lei – sarebbe diventato quel che io avevo sempre desiderato. Ma, ora che siamo qui, voglio aiutarti. Abbi fiducia nel tuo istinto. Non fare come me, non lasciarti imprigionare da timori infondati."

Lil gettò un'altra occhiata a Miril, poi annuì. "Va bene."

"Sdraiati a terra e chiudi gli occhi," disse Elor.

La giovane fece quanto le era stato chiesto, avvertendo il disagio per il pavimento duro e freddo. Nella caverna si diffuse un mantra cantato dalla voce del Maestro e Lil si lasciò cullare dalla melodia.

Si meravigliò di come quelle parole sconosciute fossero in grado di insinuarsi fin nel profondo del suo animo. Se fino a quel momento una parte di lei era rimasta diffidente, da quell'istante in poi decise di abbandonarsi completamente alla guida di Elor.

Le parve di librarsi in uno stato di sospensione. Avvertì il braccio sollevarsi e le labbra iniziare a muoversi. Percepì intorno a sé correnti di calore e gelo, senza riuscire a capire se fossero reali o solo un parto della sua mente. Sentì la sua mano irrigidirsi e con l'indice puntato in alto disegnare segni magici nell'aria, accompagnati da parole pronunciate dalla sua stessa voce.

Non era la sua volontà a spingerla, bensì quella di Elor.

Era come trovarsi in un sogno, una dimensione nella quale aveva lasciato il controllo del suo corpo e della sua anima all'anziana guida.

Avvertì un senso di profonda stanchezza. Non sapeva quanto tempo fosse trascorso dall'inizio del rituale, forse pochi minuti, forse ore o addirittura giorni. Percepiva le sue energie vitali scivolare via da lei. Era così spossata che, d'un tratto, provò un acuto senso di panico e si sentì attanagliata da un terrore viscerale e oscuro.

Cercò di ridestarsi, di aprire gli occhi, ma non le fu possibile. Tentò di alzare il capo, ma quello rimase giù, come incollato alla pietra.

Concentrandosi riuscì a schiudere le palpebre e scorse, a pochi metri da lei, un portale, dai contorni azzurri, dentro il quale, nell'oscurità più nera che avesse mai visto, delle lingue di fuoco disegnavano la sagoma di un uomo.

"Perché non riesco a muovermi?" chiese con uno sforzo quasi sovrumano.

La risposta giunse dalla sagoma in fiamme. "Non devi muoverti. Devi stare ferma, fino al compimento del rituale."

Le vennero in mente domande di ogni tipo.

Fece forza per tirarsi su sui gomiti, ma il corpo reagì a malapena. Alla fine, con grande fatica riuscì a staccare la testa di pochi centimetri dalla dura pietra e a voltarsi.

Dalla sagoma scarlatta tuonò un ordine perentorio: "Devi rimanere immobile! Non muoverti, per nessun motivo!"

Le parve che l'immagine di fuoco per qualche istante sfarfallasse e proprio in quel momento il capo le ricadde sulla pietra, con un tonfo secco e doloroso che le fece quasi perdere i sensi.

Richiuse gli occhi, nella speranza di ritrovare, dentro di sé, le forze per reagire. Le venne in mente la sua compagna. *Miril!* Dov'era? Perché non l'aveva vista quando aveva aperto gli occhi? Si sentì in colpa per non aver pensato a lei prima.

Devo concentrarmi. Scendere nel mio profondo e trovarla. Si diresse nell'unico luogo dove sapeva che avrebbe potuto chiedere aiuto e lasciò che le sue percezioni tornassero a essere specchio della sua anima. *Ci sono, sono ancora qui!* Fece nuovamente forza sui gomiti e questa volta il busto iniziò a sollevarsi dal pavimento.

Nella Cripta rimbombò l'urlo della sagoma. "Devi fermarti, Lil. Se ti muovi ora, sarà stato tutto vano."

Ma lei non aveva nessuna intenzione di continuare a giacere inerme.

Si accorse di quattro figure che dai lati le si stavano avvicinando. Provò l'immediato impulso di combattere e difendersi, ma si rese conto che erano Miril, Aleia, Ipsia e Bascos.

Sono venuti ad aiutarmi, finalmente! Ma dov'erano stati fino a quel momento?

Provò un senso di sollievo e profonda gratitudine nell'avvertire le loro mani sulle braccia, che svanì però in un lampo quando si sentì scaraventare con forza sul pavimento. Il cuore sembrò esploderle nel petto. "No, cosa fate?" urlò disperata.

Cercò i loro sguardi e vide che erano in trance e si muovevano come automi, del tutto inconsapevoli delle loro azioni. Come aveva fatto a non accorgersene prima?

Tentò di raggiungerli con la telepatia, ma capì che erano altrove, le loro anime bloccate in un luogo che lei non era in grado di individuare.

Si rivolse alla sagoma: "Cosa gli hai fatto?"

Una risata sadica le giunse in risposta. "Io? Dovresti chiederti cosa gli hai fatto tu!"

Quella risata...

"Io?" ribatté Lil, sentendosi sciocca per quella domanda.

"Oh, senza i tuoi poteri nulla di tutto questo sarebbe stato possibile."

Si sentì trascinata ancora più in basso dalla stanchezza. Lottò per tenere le palpebre aperte, ma percepiva l'abisso del sonno spalancarsi sotto di lei.

"Brava, dormi, Lil... Lasciati andare," le disse la sagoma.

"Perché dici che sono stata io?" si sforzò di chiedere.

"Perché non si può tornare dall'aldilà. Nessuno in questo universo può attraversare il confine tra la vita e la morte. Solo pochi, pochissimi..."

"E io? Cosa c'entro?"

"Tu hai reso possibile tutto questo, grazie a poteri che, povera stupida, neppure sapevi di possedere."

"Io posso resuscitare i morti?"

La sagoma sghignazzò ancora. "Potevi."

Quella risata...

"Ora, cara Lil, i tuoi poteri sono passati a me."

"Perché tutto ciò, Elor?" gli domandò. "È questo il motivo per cui mi hai fatta venire su questo pianeta? Anche Valika lo sapeva?"

La sagoma ridacchiò di gusto. "Ci stavamo venendo insieme, Lil. Ora dormi, lasciati andare. Non c'è più nulla che tu possa fare."

Quella risata... Quel tono...

"Non sei Elor?"

"Un po' lenta a capirlo, non credi?"

"Dov'è? Dov'è Elor?" chiese la giovane.

"Oh," rispose la sagoma, "il Maestro sta facendo il suo percorso. La morte è solo un inizio, uno splendido inizio, per chi è così fortunato da poter proseguire il proprio cammino. Ma non tutti lo siamo e suppongo che qualcosa nella mia esistenza terrena me l'abbia impedito. Ma la grande anima del Maestro ora è lontana, molto lontana, e qui ci sono io, con te, a tenerti compagnia e a prendermi quello che era tuo."

A Lil girava la testa. I pensieri naufragavano in una molteplicità di direzioni diverse. Lottava con tutte le sue forze per mantenersi desta, ma la sua mente era trascinata in un vortice che la tirava sempre più giù.

Si sforzò di concentrarsi per riflettere sulle parole della sagoma. Aveva detto che stavano venendo lì insieme.

Obolil! La rivelazione le giunse con dolorosa chiarezza. *Come ho fatto a non pensarci prima? Se non fossi così sfinita...*

"Sei tu, Obolil?" domandò, senza aver bisogno di risposta.

La sagoma rise soddisfatta. "Abbiamo fatto tutti e due una brutta fine, Lil. Su quella maledetta astronave ti sarebbe bastato un po' più di impegno per salvarmi. Non hai idea fino a dove avresti potuto spingerti con i tuoi poteri. Se non fossi stata così ignava ci avresti salvati tutti. Ma tu non sei mai stata adatta a far uso di questi poteri. Non ne sei mai stata degna. Sei un terreno troppo arido per i semi che ti sono stati donati. Hai preferito rimanere a crogiolarti nelle tue paure. Credimi, ora è meglio così. Ti ho liberata di un fardello che non saresti mai stata in grado di portare. E probabilmente ti lascerò in vita, a trascinarti nell'esistenza che ti sei meritata."

Qualcosa di particolare la colpì nelle parole di Obolil. Come poteva negare che, in un certo senso, il mago avesse ragione? Avrebbe potuto fare molto di più, in molteplici occasioni. In fondo, non era stata lei il maggior ostacolo di sé stessa? Non era stata lei a porre dei limiti invalicabili a quelle che erano le sue possibilità? *Tutti noi, in ogni momento, potremmo superare noi stessi, dare di più, molto di più, se evitassimo di torturarci con i sensi di colpa. Obolil dice il vero, ha ragione.* Ma proprio perché capiva che l'anziano mago aveva ragione, ormai non le importava più.

Le fu chiaro come avrebbe dovuto comportarsi di lì innanzi. Ma come fare per liberarsi? Il corpo non voleva più saperne di reagire a nessun impulso dato dalla mente. Allora tentò di librarsi in astrale, ma non accadde nulla. Cercò un collegamento telepatico, senza successo. Si sforzò di ritrovare in sé la rabbia che aveva scatenato la bolla di energia sull'astronave di Molov, ma si rese conto che anche quelle forze l'avevano ormai abbandonata.

Era sotto il totale controllo dello spirito del mago, esattamente come Miril e i suoi amici. *Cosa posso fare?*, si chiese, cercando di svuotare la mente per fare appello al profondo della sua anima.

D'un tratto avvertì uno strano mutamento nell'aria nella stanza. Prima ancora di aprire gli occhi sentì che i suoi desideri erano stati ascoltati e qualcosa era cambiato. Le era stata data un'opportunità. *La Sincronicità... mi è venuta in soccorso*, pensò inspirando profondamente l'aria come se si trovasse ancora sulla spiaggia della sua amata isola.

Spalancò le palpebre. C'era una nuova luce nella Cripta. Voltò il capo e vide che la parete traslucida era scomparsa. *Milia...*, rifletté, sforzandosi di tenere sotto controllo la disperazione che lottava per farsi strada.

Ma i suoi pensieri furono interrotti da una moltitudine di soldati della Federazione che sciamarono nella Cripta attraverso la nuova apertura.

Ci hanno seguiti... Avrei dovuto immaginarlo.

Avvertì l'intensità della presa di Obolil diminuire.

La sagoma, le cui sembianze erano ormai chiaramente definite dal disegno di lingue di fuoco, si girò con un'espressione rabbiosa verso gli intrusi.

Lil colse l'occasione per provare a rialzarsi, ma non ci riuscì.

Per un attimo tutto sembrò immobile nella Cripta, come se entrambe le parti stessero cercando di capacitarsi dell'inusuale scena dinanzi ai loro occhi, poi, con incredibile velocità le lingue di fuoco dalla sagoma del mago saettarono verso i soldati della Federazione.

Le fiamme scomparvero penetrando nelle membra di molti uomini, sollevandoli a qualche decina di centimetri da terra fino a che la pelle divenne luminescente per poi esplodere poco dopo, con sangue e brandelli di ossa e carne scagliati ovunque.

Lil dovette fare del suo meglio per tenere a bada la nausea e il disgusto alla vista di quell'orrore.

Vide corpi mozzati di netto all'altezza del torace, budella riversate sul suolo, teste decapitate, occhi sbarrati fissi sulle amputazioni di gambe e braccia.

I soldati superstiti rispondevano con una pioggia di colpi luminosi su Obolil.

Quelli che provavano a fuggire dalla Cripta venivano spinti indietro dalla fiumana dei propri compagni che continuavano a irrompere nel locale.

Nella stanza si era diffuso un pungente odore di carne bruciata.

Lil, al pensiero che quelle esalazioni provenivano da membra umane, ebbe un conato di vomito. Non avrebbe mai potuto immaginare un simile orrore. Eppure seguitava a guardare, incapace di distogliere lo sguardo, come ipnotizzata.

Il massacro andò avanti, tra le urla disperate, i comandi dei militari che cercavano di dare ordine e precisione all'attacco, gli occhi che esplodevano nelle orbite e i corpi che venivano scagliati con violenza contro le pareti dalla potenza delle fiamme.

I soldati che continuavano a entrare nella Cripta ormai erano costretti ad arrampicarsi sul cumulo di cadaveri per riuscire ad avere la visuale libera per mirare su Obolil.

Il suo potere... il potere con cui sta facendo tutto questo, con cui sta compiendo questa strage, è il mio, deriva da me. Quella sconvolgente consapevolezza la fece quasi svenire, privandola di ogni energia residua, ma tentò di resistere, di ribellarsi. *No, non è così. Ogni potere può essere utilizzato per fare del bene o del male. La sua natura muta a seconda del modo in cui viene usato. La dote più pura nelle mani di Obolil si trasformerebbe nel peggiore dei peccati.* Ma cosa sarebbe accaduto se un giorno la sua stessa anima fosse stata corrotta? Quanto male avrebbe potuto diffondere nel mondo? Cosa poteva garantirle che, se fosse riuscita a sopravvivere, un domani non si sarebbe trasformata lei stessa in un Obolil? Si morse il labbro inferiore, incapace di darsi una risposta.

Le era parso fino a quel momento che i colpi dei soldati non avessero alcun effetto sul mago, ma si rese conto di uno sfarfallio che prima non aveva notato nella sagoma di fuoco.

Strinse le palpebre, cercando di guardare meglio. Aveva maturato la convinzione che ovunque nell'universo vi fosse il bene, che anche nel suo peggior nemico albergasse un frammento di scintilla divina. Eppure da quella creatura sembrava irradiare puro male. Obolil emanava un desiderio assoluto di morte, dolore e distruzione.

Nuovi soldati continuavano a entrare nella Cripta e a morire. Quante migliaia di uomini erano stati ammassati all'entrata della caverna per catturarla? E in quanti stavano morendo per causa sua? Chi era davvero lei per scatenare tutto quell'odio? Doveva fare qualcosa, ma che cosa, se non riusciva neppure a muoversi?

Guardò i corpi immobili in ginocchio di Miril, Ipsia, Bascos e Aleia, con gli occhi spenti fissi su di lei, pronti a usare la propria forza per trattenerla.

Si soffermò sul bel viso della sacerdotessa, un tempo illuminato dalla vitalità più accesa. Non poteva credere che anche Miril fosse stata sottomessa al potere di Obolil.

Miril, chiamò telepaticamente, senza ottenere risposta.

In mezzo al frastuono di fiamme, spari e urla, provò a muovere la mano in direzione della sua compagna. Ci riuscì, ma a una tale lentezza che le parve di impiegare un'eternità per coprire anche solo pochi centimetri. Tuttavia non desistette e continuò a spingere. E spingere. Chiuse gli occhi e spinse, ancora e ancora. Nient'altro aveva più importanza, tranne il movimento del suo braccio. Quando li riaprì, si sorprese nel vedere che era incredibilmente arrivata fin sotto la mano immobile di Miril.

Non sapeva neppure lei perché, ma aveva bisogno di toccarla. Doveva riuscire ad alzare le proprie dita fino a venire in contatto con quelle dell'amata. Si sentiva sfinita ed era conscia che quell'ultimo sforzo le sarebbe stato fatale, ma doveva farlo, poi si sarebbe lasciata sprofondare nell'oblio. Sollevò a poco a poco le dita dal pavimento fino a sfiorare la punta di quelle della sacerdotessa. Quando ebbe l'impressione d'esserci riuscita, l'oscurità in un lampo si impadronì di lei.

Capitolo 26 – Miril

Miril vide il corpo di Lil, immobile, dinanzi a sé.

Le sue narici furono pervase dall'odore nauseabondo nella stanza. Scorse le lingue di fuoco irradiarsi da quella strana sagoma all'interno del cerchio, i cadaveri martoriati dei soldati e gli uomini ancora vivi che sparavano all'impazzata. Ma nulla aveva importanza in quel momento. Pensò solo alla sua innamorata, che aveva gli occhi chiusi, come se dormisse.

Non era troppo tardi, ne era certa. Lo sapeva, lo percepiva. Avrebbe dovuto sentirsi spaventata e invece non lo era nemmeno un po'.

Sei qui, lo so.

Si chinò sulla giovane e le sfiorò le labbra con le proprie.

Lil.

Nessuna risposta.

Lil.

Ancora nessuna risposta.

Scosse la testa. Non c'era possibilità alcuna che l'alito vitale avesse abbandonato la sua amata.

Ma Miril sapeva che esisteva un luogo, sacro, inviolabile, che nessun altro, neppure il mago più potente, era in grado di contaminare.

Posò le labbra su quelle di Lil. Con la lingua dischiuse la bocca della giovane e ne assaporò il gusto. Le bastò per sentirsi accesa di un desiderio incontenibile e allora la baciò appassionatamente, stringendola a sé, le mani dietro la schiena.

Si protese in avanti, insinuò il ginocchio tra le cosce di Lil e le spinse da entrambi i lati per divaricarle. Quindi si distese su di lei. Le portò le mani sulle natiche e tirò con forza, avvertendo la pressione del pube dell'amata sul proprio. Continuando a baciarla, premette una mano sul seno, mentre con il bacino aveva iniziato a muoversi tra le sue cosce. Spostò una mano all'altezza del collo di Lil e con un movimento deciso le strappò la tuta dell'astronave fino all'ombelico. Allora con le labbra si avventò su un capezzolo, cominciando a succhiarlo avidamente.

Si chiese se quelli intorno a loro la pensassero intenta a profanare un cadavere, magari dopo aver perso il lume della ragione, ma non le importava. Nulla aveva importanza oltre a Lil.

La voce della sagoma rimbombò sopra il frastuono dei colpi. "Cosa fai?"

Miril si fermò e rivolse a Obolil uno sguardo spento e inebetito.

"Cerco di tenerla in vita, Maestro, affinché tu possa ultimare il rituale e fare ritorno da noi."

Le fiamme disegnarono agli angoli della bocca della sagoma un ghigno soddisfatto e subito il mago riprese a lanciare i suoi attacchi mortali sui soldati della Federazione.

Miril lacerò la tuta di Lil fino all'inguine, quindi passò alla propria. Con il corpo seminudo si strinse alla sua compagna, godendo del contatto della loro pelle. Si strofinò sulla parte più sensibile della sua innamorata, premendo come quando facevano l'amore e in entrambe scorreva l'energia più pura. Assaporò il calore della loro unione, percependo la forza di quella sfera unica, dove solo loro due potevano entrare. Quello era il loro luogo, la loro dimensione. E sapeva che, anche in quel momento, non era sola.

Fece l'amore con Lil, eccitata come non mai. Sentì ancora una volta di formare con lei un unico essere, una sola anima, un'unione indissolubile, che niente e nessuno poteva spezzare.

Quando le labbra di Lil si mossero, impercettibilmente, emettendo un lieve sospiro, la sacerdotessa si fermò e le sussurrò: "Svegliati, amore mio."

Le palpebre della giovane tremolarono appena, rimanendo però abbassate.

"Lil, svegliati," ripeté.

Sono sveglia. Perché ti sei fermata?, le domandò telepaticamente Lil.

Miril sorrise. "Allora alzati e fai quello che devi."

Lil scosse appena la testa. *No, non posso, non ce la faccio.*

Non capisci? Non c'è stato nulla di reale, replicò Miril. *Apri gli occhi, ora!*

Lil li aprì, guardandosi intorno, sorpresa e incredula.

"È una forma potente, potentissima di ipnosi, qualcosa con cui non sei mai venuta in contatto prima, che neppure io credevo possibile. Ma nessuno può privarti dei tuoi poteri, nessuno può sottrarti quello che sei."

Dobbiamo proprio smettere?, le chiese Lil con un sorriso malizioso.

Capitolo 27 – Lil

Miril le rispose gettando un'occhiata in direzione di quanto stava avvenendo a pochi metri da loro.

Lil sospirò. "Miei dei, che orrore!"

Il corpo della sacerdotessa si scostò dal suo, Lil fece forza puntando i gomiti e, con sua grossa sorpresa, si rese conto di essere in grado di alzarsi.

È stato un semplice condizionamento mentale. Obolil ha usato i miei stessi poteri contro di me, ragionò. Ancora una volta, si stupì di quanto vasto potesse davvero essere il potere della mente.

Avanzò seminuda verso il cerchio con la sagoma fluttuante di Obolil sospesa al centro. I lineamenti infuocati del mago si volsero verso di lei. Per un istante sembrò che tutto rimanesse immobile nella Cripta, poi le fiamme che avevano imperversato sui soldati si ritirarono e la sagoma emise un forte bagliore, lampeggiando come percorsa da nuova linfa. Infine il mago scagliò su Lil un fiume di lingue di fuoco.

Lei chiuse gli occhi, visualizzò nella mente una bolla d'energia attorno al proprio corpo e si ritrovò avvolta dalle fiamme, dalla testa ai piedi. Il calore, pur attenuato dalla bolla, era appena tollerabile. Sentì le gocce di sudore colarle sul viso, tra i seni, sulla schiena, su gambe e braccia.

Riprese ad avanzare verso Obolil. Passo dopo passo, tuttavia, avvertiva una fatica sempre più intensa. Lo sforzo che doveva compiere per trattenere il fuoco le stava facendo esaurire rapidamente le energie.

Ma sapeva che c'era anche dell'altro.

Mi sta condizionando, di nuovo, pensò.

Aveva provato a isolarsi, ma l'influsso dello spirito del mago si stava facendo strada ancora una volta nella sua mente.

Lo percepì con chiarezza. *Vuole entrare.*

Cercò di concentrarsi per tenerlo fuori dalla sua psiche. *Se ha i miei stessi poteri significa che io sono in grado di fronteggiarli. Posso farcela. Dipende solo da me.* Fece del suo meglio per autoconvincersi, ma sentì le gambe tremarle, vacillò e quasi cadde.

Non sapeva come, ma Obolil riusciva a farla stare male, a svuotarla di ogni energia positiva. Aveva la sensazione di essere assalita da una tristezza profonda, irrefrenabile e dalla consapevolezza che, qualsiasi sforzo avesse compiuto, il mago avrebbe comunque prevalso.

Ma, proprio quando realizzò di essere sul punto di cedere, urlò con voce rabbiosa: "No, io posso resistere, posso farcela!"

E la bolla attorno al suo corpo iniziò a espandersi, il calore delle fiamme a scemare.

Devo superare me stessa, devo superare i limiti, scandì nella propria mente.

La bolla crebbe ancora, rinvigorita dalla sua volontà.

Continuò a spingere. Era uno sforzo mentale, fisico, spirituale. Sentiva di potercela fare, di poter andare avanti.

A un certo punto la bolla svanì per ricomparire l'istante successivo intorno al mago. Le fiamme si aprirono a ventaglio e in un lampo andarono a richiudersi sul cerchio di Obolil da cui erano fuoriuscite.

Digrignò i denti e aumentò la stretta, focalizzandosi su nient'altro che non fosse la bolla attorno alla sagoma del mago. Non esisteva altro. Lei era lì, in quel momento, con tutta sé stessa. Era pura forza di volontà, energia, passione.

Vide la bolla rimpicciolirsi, con i bordi della sagoma schiacciati sulla parete.

Per qualche istante incrociò lo sguardo con quello di Obolil. *I suoi occhi...* Erano due antri oscuri dai quali il mago emanava puro odio.

Ma lei strinse ancora di più. Sapeva di doverlo eliminare. *Non posso permettermi alcuna pietà*, si ripeté mentalmente.

Eppure una parte di lei si sentiva in colpa per il dolore che stava causando. Quello era Obolil, sì. Era odio e sofferenza, morte, espressione del peggiore dei mali. Ma lei detestava infliggere dolore, a chiunque. Se Obolil era diventato quel che era, significava che aveva sofferto, e molto, a sua volta. *Ma non posso fermarmi ora.* Doveva andare avanti, insistere. Che cosa sarebbe scaturito da un ritorno di Obolil in quel mondo? Che uso nefasto avrebbe fatto dei poteri acquisiti da lei?

Lil strinse ancora, costringendo le fiamme della sagoma a storpiarne i lineamenti sulla parete della bolla in una grottesca imitazione delle sembianze del mago.

Era certa di potercela fare. Non nutriva più alcun dubbio.

Da quegli occhi che continuavano a fissarla fuoriuscirono due lingue di fuoco che bucarono le pareti della bolla e saettarono verso di lei. Lil si preparò all'impatto, ma le fiamme la evitarono, andando oltre, verso Aleia e Miril.

Appena un attimo prima che le donne fossero inondate dal calore, riuscì a generare altre due bolle di protezione.

Un rivolo di sudore le scese sul collo. *Un altro istante e le avrei perse*, pensò, con il cuore che le martellava nel petto. *Calmati!*, si impose.

Con la coda dell'occhio si rese conto di come Ipsia e Bascos avessero ripreso il controllo di sé.

Si accorse anche che la maggior parte dei soldati aveva smesso di sparare verso la bolla di Obolil. I militari assistevano alla scena increduli e spaventati. Solo pochi avevano trovato la forza di soccorrere i feriti.

Mantenere attive contemporaneamente le bolle intorno alle due donne e alla sagoma di Obolil la stava consumando. Lo sforzo era tale che il suo corpo fu scosso da violenti brividi.

Ma posso farcela, posso farcela! Dipende... dipende solo da me, si ripeté, stringendo i denti.

Eppure constatò che suo malgrado la bolla attorno a Obolil aveva iniziato a crescere e quelle delle due donne a indebolirsi.

E la stessa sagoma del mago stava riacquistando chiarezza e consistenza.

E percepì anche altro, qualcosa di proveniente da molto lontano, oscuro e terrificante.

Non è più da solo.

Ebbe l'impressione che dietro Obolil lottassero per venire allo scoperto forze che non avrebbero mai dovuto avere accesso alla loro dimensione.

Una paura profonda e irrazionale si impadronì di lei, come se fosse consapevole che bastasse poco, davvero poco, perché quella realtà fosse invasa da un potere unico, deflagrante, una forza che, secondo le leggi naturali, sarebbe sempre dovuta rimanere confinata altrove e che invece, incredibilmente, li stava per travolgere.

Morte... è morte... morte che vuol sopprimere la vita, buio che lotta per spegnere la luce, utilizzando Obolil e me come canali.

Possibile? Era davvero possibile che proprio lei, chiamata a risvegliare quell'universo, fosse colei che ne avrebbe decretato la fine?

Le balenarono in mente la sua isola, Bashinoir, Miril, le creature viventi che aveva amato e con le quali aveva condiviso il cammino della sua esistenza.

Scosse il capo, chiuse gli occhi e li riaprì. Cos'aveva detto Miril? Era solamente vittima di un'illusione? Eppure sembrava tutto così reale. *No, no, non devo lasciarmi suggestionare. Non posso. Devo farcela, per loro!*, si ripeté. Anche se una parte di lei aveva paura, troppa paura, paura che presto sarebbe tutto finito. Sentiva che l'infinita stanchezza che l'attanagliava di lì a breve avrebbe avuto la meglio, che lei non era che un esile filo d'erba incapace di arginare l'uragano che presto si sarebbe abbattuto su di loro.

Lil, uccidi Obolil. Concentrati solo sulla sua sfera, le comunicò telepaticamente Miril.

Lil scosse appena la testa. *Ma se lo faccio, non riuscirò a salvare te e Aleia.*

Devi farlo! Non ci salverai comunque se non lo distruggi, ribatté la sua compagna.

Aveva ragione. Come al solito la sua guida e innamorata aveva ragione. Eppure non poteva darle ascolto, non in quel momento, non in quel caso.

No, non posso lasciarvi andare.

Lil, se non lo fai, rischierai la tua vita e quella di tutti gli esseri viventi.

Lil si voltò verso Aleia. L'ex regina era terrorizzata. Urlava con quanto fiato avesse in corpo, senza che dalla bolla uscisse alcun suono. Quando capì che Lil la stava guardando, tacque e la fissò con occhi carichi di una paura così profonda che Lil temette che, da un momento all'altro, l'avrebbero persa.

Mi dispiace, Miril, ma non posso sacrificarvi.

Si accorse che la sacerdotessa stava piangendo. Era così strano vederla piangere, la sua Miril, sempre così sicura. *Ti prego, Lil. Se non lo fai, sarà stato tutto inutile.* Le lacrime le scendevano sul bel viso. *Tu mi hai donato la vera vita, mi hai fatto conoscere l'amore. Al tuo fianco ho scoperto chi sono davvero, ma... ora devi riuscire a lasciarmi andare. Se tu perdi, perdono tutti. Pensa... pensa alle infinite vite di tutti questi mondi. Non puoi sacrificare tutto per me. Non permettere che sia la paura a guidarti.*

Ma Lil non poteva darle ascolto. Quella volta avrebbe dovuto ignorare i consigli della compagna.

Si rese conto di come le bolle di energia a protezione della sacerdotessa e di Aleia si fossero ridotte quasi a formare una seconda pelle sulle due donne, mentre quella di Obolil era ormai cresciuta a dismisura.

Erano prossime alla fine e lei si era rivelata incapace di opporsi all'astuzia del mago. Lui aveva fatto leva sui suoi sentimenti. *L'amore... quello per la donna che amo. Possibile che sarà proprio l'amore a condurci alla sconfitta?* Per qualche secondo non pensò a nulla, poi si chiese: *O è egoismo, semplice egoismo?*

Abbassò le palpebre. La vista le era ormai inutile, poteva percepire con chiarezza tutto quello che le accadeva intorno anche a occhi chiusi.

Miril... La sua guida, il suo amore, il suo mondo. *Comunque vada, ci rincontreremo. Staremo ancora insieme. Grazie, Miril. Ti amo.*

Non si concesse il tempo per versare una sola lacrima. Lasciò andare le bolle a protezione delle due donne, focalizzando ogni briciola di energia nell'attacco al mago. Con ogni cellula del suo corpo, con ogni facoltà della sua mente e con la totale vastità del suo spirito si immerse in una folle, repentina, violenta stretta sulla bolla attorno a Obolil.

La sentì diventare piccola, improvvisamente sempre più piccola. Avvertì lo strazio infernale del mago abbattersi come un pugno su di lei, ma non arretrò di un solo passo. E poi vide la bolla ridursi a un unico insignificante puntino, sospeso per un istante nell'aria, che, subito dopo, scomparve.

Doveva aprire gli occhi, scoprire cos'era successo. In fondo, lo percepiva, anche nel buio ne era consapevole, ma temeva di sbagliarsi. Forse qualcosa in lei si era irrimediabilmente rotto e alcune sue capacità erano svanite. Forse si stava illudendo. Aveva paura, troppa paura. "Devo aprire gli occhi," mormorò.

Lo fece e la luce filtrò tra le palpebre disegnando l'agghiacciante realtà dello spazio circostante. Per un attimo ebbe quasi il timore di trovarsi ancora di fronte la bolla della sagoma fiammeggiante del mago. Di lui non c'era più nulla, ma la distesa di centinaia di cadaveri iniziava lì, a pochi passi da lei.

Si voltò. Scorse a terra i corpi di Miril e Aleia, parzialmente occultati da quelli di Valika e Bascos, chini in loro soccorso.

Si avvicinò a Miril, stringendo i pugni. Dentro di sé, pregava.

Il corpo seminudo della sacerdotessa giaceva sul pavimento. Dei bei capelli biondi non c'era più traccia e ciglia e sopracciglia erano scomparse dal volto. La pelle era arrossata e sudata, ma i begli occhi verdi erano aperti. Miril le sorrise.

"Sto bene," le disse, ancora sorridendo. "Sto bene," ripeté, temendo che Lil non le credesse.

"Sei carina anche così," replicò lei, piegando il capo di lato. Aveva le lacrime agli occhi. Le labbra le tremarono e non aggiunse altro.

"Meglio i capelli che la vita," commentò Aleia a pochi metri da loro.

Lil stava per chinarsi ad abbracciare Miril quando si rese conto che i soldati della Federazione le avevano circondate, riempiendo ogni spazio libero rimasto nella Cripta.

Puoi fare qualcosa?, le chiese mentalmente Miril.

No, sono troppi e non ho più energie.

Le vennero in mente le parole di Obolil. Secondo il mago i suoi poteri erano in grado di aprire una porta verso un altro piano di esistenza. *Posso resuscitare i morti.* Non pensava di averne realmente la capacità, ma la sola idea la fece rabbrividire.

Le mani dei soldati la afferrarono agli avambracci, riportandola alla realtà. Era così esausta che si abbandonò a loro, lasciando che la sostenessero. In quel momento non poteva più far nulla, né per sé né per i suoi amici.

Capitolo 28 – Valika

Ammanettata nella Cripta gremita di soldati della Federazione, Valika si guardava intorno. A pochi passi da lei c'era Miril, senza capelli e con i vestiti distrutti che lasciavano intravedere le belle forme nude. Poco più in là si trovavano Bascos e Aleia. *È bella anche così*, pensò Valika, osservando l'ex sovrana priva della sua chioma ramata.

L'attenzione della maggior parte dei militari era rivolta a Lil. La giovane appariva così stremata da dover essere sorretta dalle braccia degli uomini.

Valika si vergognava. Sarebbe voluta rimanere per un po' sola con i suoi compagni di viaggio per poter dare delle spiegazioni e chiedere loro scusa. *Eppure ne ero certa! Era Elor, era lui! Com'è possibile che mi sia sbagliata a tal punto?* Non riusciva a darsi pace di essere stata proprio lei a dire agli altri di fidarsi.

Fino al momento in cui era iniziato quello strano mantra non aveva avuto alcun dubbio. Ma quella cantilena, nonostante le sue convinzioni, l'aveva fatta sentire sempre più a disagio. E di quello che era successo dopo non ricordava più nulla. Si era svegliata nel corso del furibondo combattimento tra Lil e *quella cosa*.

E ora siamo nuovamente prigionieri, pensò sconsolata. *Ed è colpa mia! Come potranno fidarsi ancora di me?*

D'un tratto tutti i soldati della Federazione si misero sull'attenti. Poco dopo, quelli più vicini aprirono un varco, consentendole di intravedere un individuo che camminava nella loro direzione.

Non è possibile!, urlò dentro di sé Valika. *L'ultima persona che vorrei incontrare in questo momento!*

L'uomo ignorò tutti gli altri e avanzò fino a raggiungere proprio lei.

"Mi hai ucciso due volte e ho ancora una gran voglia di scoparti," le disse, sfidandola con un sorriso beffardo.

Valika scosse la testa e tacque.

"Hai perso la parola?" la punzecchiò lui.

Devi resistere... Sapeva che rispondere alle sue provocazioni non le avrebbe portato nessun beneficio, ma alla fine cedette. "Lasciaci andare," sibilò con tono imperioso.

"Oh certo," ribatté Molov, "vuoi che ti dia anche un coltello ben affilato per sgozzarmi un'altra volta?"

"Se insisti..."

"Hai ucciso l'uomo che ti stava per regalare tutto quello che hai sempre desiderato. Bella mossa," la schernì.

È un insicuro. Tra i meandri della sua mente giunse a quella verità con assoluta certezza. *Come ho fatto a non arrivarci prima? Forse perché ne ero innamorata? La sua ansia di potere, la sua esigenza di dominio su tutto. Lo fa solo per la sua infinita, profonda, incolmabile insicurezza.*

"No, Molov," replicò lei, quasi con rassegnazione. "Tu non hai mai avuto la più pallida idea di cosa desiderassi davvero. La tua offerta era soltanto un altro dei tuoi trucchetti, un'illusione. Sarei diventata un'altra tua schiava, come tutte le creature viventi di questa galassia da cui pretendi obbedienza. Tu non dai nulla, tu prendi e basta. Hai bisogno che sia tutto tuo, tutto sotto controllo, perché in realtà ciò che vorresti non lo avrai mai."

"E cosa sarebbe?" domandò lui in tono ironico. Ma Valika notò che per la prima volta si guardò intorno, come se desiderasse che quella conversazione, che aveva iniziato spavaldamente dinanzi a tutti, potesse proseguire in un ambito più privato.

"Dopo migliaia di anni dovresti averlo capito. Se così non è, mi dispiace, ma non posso fare nulla per aiutarti."

"Oh piccola Valika, ancora con questi tuoi giochetti!" La fissò sorridendo e scuotendo la testa, quindi aggiunse, in tono paterno: "Sono disposto a perdonarti. Ti concedo di venire con me e dimenticherò queste ultime ore."

Lei lo guardò stupefatta. "Tu sei pazzo!" Alzò la voce: "La galassia, la Federazione dei Mondi sono nelle mani di un folle. Credi davvero che esista anche solo una minima possibilità che io ora acconsenta a venir via con te? Piuttosto mi farei uccidere!"

Lui le si avvicinò con passi sciolti e sicuri e si fermò col viso a pochi centimetri da quello della donna. Nella sala nessuno osava parlare.

La squadrò e le disse: "Ne sono certo, perché è quello che hai sempre voluto e quello che vuoi ancora. Solo che non vuoi ammetterlo. Quindi ora smettila."

Molov fece per accostarsi ancora di più, come per baciarla, ma lei d'istinto tirò indietro la testa, schifata.

Non aveva mai provato un tale ribrezzo per un essere umano. Lui alzò una mano, posandogliela sul fianco.

Quel tocco le diede i brividi.

Valika gli sputò in faccia. Era sciocco, lo sapeva, ma era l'unico modo con cui potesse esprimergli il suo profondo disgusto.

Il Presidente si portò la mano al volto e si pulì con il palmo.

Per un attimo la fissò con aria interrogativa, come se non capisse. Poi quel velo di incertezza lasciò il posto a una rabbia così furibonda che Valika credette che stesse davvero per ucciderla.

Il colpo arrivò improvviso. Fu talmente forte che sarebbe caduta a terra senza l'intervento dei soldati. Sentì il dolore pungerle la guancia e le orecchie fischiarle.

Un rabbioso urlo maschile si levò a pochi metri oltre il muro di soldati, ma lei, incurante, con uno sforzo ritornò in posizione eretta per sfidare con gli occhi l'uomo che l'aveva appena picchiata.

Molov continuò a fissarla. Incredibilmente, aveva uno sguardo tradito, carico di vendetta, come se venendo lì si aspettasse davvero che lei l'avrebbe seguito.

"Il grande e potente Presidente della Federazione dei Mondi," recitò Valika con la voce impastata e il sapore metallico del sangue mischiato alla saliva. "Il grande Molov che picchia brutalmente una donna indifesa e ammanettata. E io, secondo te, dovrei accettare l'invito di questo codardo, questa creatura mostruosa, quest'aberrazione della natura che non ha in sé neppure più un briciolo di umanità, questa copia della copia della copia della copia, un clone privo di ogni emozione autentica, nulla più di un semplice automa, del peggiore e più scarso dei robot?"

Si preparò al secondo colpo, che tuttavia non arrivò.

Il Presidente si voltò e, indicando Lil, ordinò ai soldati: "Sedatela e caricatela insieme agli altri su una navicella."

Valika vide alcuni uomini affaccendarsi con delle pistole mediche attorno a Lil, la quale svenne subito dopo tra le loro braccia.

Capitolo 29 – Valika

Il labbro spaccato, l'occhio e lo zigomo doloranti, il male al collo. *Lo odio! Con tutta me stessa!*, pensava.

Era bloccata su un sedile della navicella, con polsi e caviglie stretti da cinturini di materiale polimorfico. E faceva del suo meglio per non guardare in direzione di Molov.

Come ho potuto immaginare un futuro insieme a lui? Come ho fatto a tradire il mio popolo per inseguire un sogno d'amore con quest'imitazione di umanità?

Valika non era mai stata picchiata in precedenza. Da nessuno. Era conscia che il dolore era più interiore che fisico, ma proprio per quello non riusciva a darsi pace.

Le venne in mente suo padre. Come avrebbe reagito un tempo se avesse saputo che qualcuno aveva osato alzare le mani su di lei? *Si sarebbe scagliato su Molov, a costo della vita*. Lo avrebbe fatto incurante della carica e del potere smisurato di quest'ultimo. Non sarebbe mai e poi mai rimasto impassibile di fronte a una simile offesa. *Come mi manca!*, pensò.

Si mosse a disagio sul proprio sedile. Bloccata in quel modo, le era impossibile trovare una posizione comoda.

Al suo fianco c'erano Saytak – evidentemente il nuovo braccio destro del Presidente – e, dall'altra parte, Lil, sedata e priva di conoscenza, con il capo riverso in avanti.

Miril e Aleia sedevano di fronte a lei. La sacerdotessa era ancora mezza nuda. Valika sospettava che il suo ex amante la tenesse in quello stato per un certo gusto sadico. Quei corpi senza peli e capelli le facevano uno strano effetto.

Bascos, poco più in là, sembrava invece un leone in gabbia. Ricordò che erano state sue le urla furibonde quando lei era stata picchiata da Molov nella Cripta.

L'unica assente era Ipsia. Valika immaginò che per la mutante fosse stato facile svignarsela confondendosi tra la moltitudine di soldati. A quel punto era lei la loro ultima speranza. *Sono stata ingiusta, anche con Ipsia.* E quello era solo uno dei tanti errori che aveva commesso e cui sperava di poter rimediare.

Valika continuava a non darsi pace per la presenza, a pochi passi da lei, di Molov, come al solito tranquillo e a suo agio. Sentiva un bisogno viscerale di alzarsi e prenderlo a pugni, ma sapeva che, anche se fosse stato possibile, non sarebbe servito a nulla. *Cosa darei per eliminarlo definitivamente!* Scosse il capo, chiedendosi se ci fosse davvero un modo per uccidere un individuo la cui esistenza era condivisa da centinaia di cloni.

Fu proprio la voce del Presidente a interrompere il silenzio: "Sistema, isolamento," ordinò.

La paratia che separava lo spazio dei passeggeri da quello dei due conducenti si sollevò automaticamente.

"Blocca passeggero numero due."

I braccialetti serrarono di scatto i polsi e le caviglie di Saytak, il quale rivolse al suo capo uno sguardo interrogativo.

"Fascia intorno alla bocca."

Un quinto braccialetto fuoriuscì dalla parete, andando a bendare le labbra del giovane, i cui occhi tradirono un vivo sgomento.

"Scusa, ragazzo," si limitò a dire Molov.

Valika sorrise. Non lo aveva mai sentito scusarsi con anima viva.

L'uomo si alzò in piedi, le passò di fronte, raggiunse Bascos e sfiorò i braccioli del sedile di quest'ultimo, liberandolo.

A quel punto l'espressione del Presidente della Federazione dei Mondi si addolcì. E anche la collera di Bascos evaporò come se non ci fosse mai stata, sostituita da uno sguardo a metà tra l'amorevole e l'ironico.

Molov prese il viso del capitano tra le mani e lo baciò per qualche secondo. Dopo si girò verso gli altri, facendo segno di tacere.

I due uomini iniziarono a confabulare a voce così bassa che Valika non fu in grado di udire una sola parola.

E mi ha pure picchiata!, pensò lasciandosi sfuggire un sorriso.

Il Presidente e Bascos avanzarono silenziosamente lungo il corridoio. Poi il primo fece abbassare la paratia ed entrambi, da dietro, cinsero con un braccio il collo dei due piloti, addormentandoli.

Molov digitò qualcosa sul computer di bordo, aggiungendo a voce: "Scollegamento controllo navigazione remota."

Solo allora avvenne la trasformazione e Ipsia riprese le proprie sembianze.

Ogni volta che Valika glielo vedeva fare era sempre una sorpresa e le sarebbe piaciuto capire che emozione si provasse nello sgusciare via da un essere per diventarne un altro. *E come riesce a calarsi così bene nella psicologia altrui?* Con Molov c'era sicuramente riuscita, provocando in lei gli stessi sentimenti d'odio che le suscitava l'originale. Mentre i capelli si allungavano, i seni divenivano via via più pronunciati e i fianchi si ammorbidivano, Ipsia si inginocchiò ai suoi piedi, liberandola.

"Ti chiedo scusa," le disse. "Doveva essere tutto realistico. Ho pensato che qualcuno di quei soldati avrebbe potuto insospettirsi, giudicando improbabile che un altro clone di Molov fosse giunto sul pianeta in così poco tempo. Avevo bisogno che qualcosa catturasse la loro attenzione. So che sei in collera con me e ne hai tutte le ragioni."

Ipsia, la mutante dalle mille soluzioni, pensò Valika, scivolando per qualche istante nell'antipatia di qualche giorno prima. Invece replicò: "No, hai fatto bene e ha funzionato. Ti ringrazio per quello che hai fatto per noi."

Bascos nel frattempo aveva già liberato gli altri.

"Dobbiamo trovare la strada per la Sorgente," disse Ipsia.

"E farlo al più presto," le fece eco Miril. "Il pianeta sta per essere militarizzato."

Gli sguardi interrogativi di tutti si volsero verso la sacerdotessa, la quale spiegò che fino a poco prima aveva letto nella mente dei due piloti. "E dopo la seconda morte di Molov, sono arrivate nuove direttive. I trasferimenti volontari dei cittadini sono stati bloccati. Tutti quelli rimasti verranno deportati in massa. Ha ordinato che sul pianeta non resti anima viva fatta eccezione per i militari della Federazione."

Fu un colpo al cuore per Valika. *Che bastardo! Davvero è arrivato a tanto?!*

"Nella mente di un soldato ho visto il centro di detenzione dove ha prestato servizio," continuò Miril. "Sono veri e propri pianeti prigione dove finirà la maggior parte dei vaioriani, mentre gli altri saranno rieducati." La sacerdotessa si rivolse a Valika: "Mi dispiace, so che è la tua gente. E ora l'unico modo per salvarli è fare in fretta."

"Tu conosci la strada?" chiese Aleia, rivolta a Valika.

La donna scosse la testa. "No, purtroppo. Non sono mai stata all'altra Sorgente. All'inizio le Sorgenti sacre erano due, ma dopo che le vestali hanno cominciato a creare mille problemi a chi voleva recarsi in quella del loro territorio, il Maestro dell'epoca ha preferito evitare qualsiasi conflitto e da allora i vaioriani celebrano i riti nella nostra. So che Elor è stato nell'altra diverse volte senza che le vestali avessero alcunché da ridire, ma non mi ha mai portata con sé."

Dannazione! Neppure in questo posso aiutarli!, pensò.

"Lui, ci può portare lui," disse Miril, indicando Saytak.

Il ragazzo era una maschera di preoccupazione e odio.

"È confuso," spiegò la sacerdotessa, "crede che siamo suoi nemici. E continua a ripetersi mentalmente che mai e poi mai ci aiuterà. Ma sa dove si trova la Sorgente."

"Puoi fare qualcosa?" le domandò Bascos.

"No, posso leggere nella sua mente, ma non modificare la sua volontà. E in lui c'è qualcosa che non riesco a capire. È come se sotto lo strato di ricordi che riesco a percepire ve ne fosse un altro. L'unica che può aiutarci è Lil."

"So che tipo di sedativo le hanno dato," disse il capitano. "In questa navicella dovrebbe esserci qualcosa per risvegliarla."

Andò verso la prua dell'astronave e controllò il contenuto di diversi scompartimenti. Infine tornò indietro con un piccolo cilindro di colore argenteo che premette sul braccio di Lil.

La ragazza riprese subito conoscenza. Guardò Ipsia e Valika a turno. "Una scena un po' troppo convincente laggiù nella Cripta," commentò sorridendo.

Capitolo 30 – Lil

Lil andò a sedersi vicino a Saytak e gli appoggiò delicatamente una mano sul braccio. Lui le rivolse un'occhiata terrorizzata.

"Non voglio farti del male," gli disse, chiedendosi il perché di quella reazione.

Il giovane si dimenò, spinse con gambe e braccia contro i braccialetti e sbatté più volte la testa sullo schienale, digrignando i denti.

Lil ritrasse la mano spaventata, non aveva mai visto nessuno reagire in quel modo al suo tocco.

"Saytak, sono qui per te, voglio ridarti quello che ti hanno tolto," gli sussurrò. Con le dita gli sfiorò la pelle sotto l'orecchio e subito il capo del ragazzo cadde in avanti.

"L'ho indotto in uno stato di regressione ipnotica," spiegò Lil agli altri, senza smettere di fissare Saytak, "ma percepisco qualcosa con cui non avevo mai avuto a che fare. È come se anima, emozioni e pensieri fossero stati collocati in luoghi diversi, in camere separate, senza più alcun collegamento." *Chi ha potuto fare una cosa del genere?*, si chiese.

"Puoi leggere i suoi ricordi sulla Sorgente? Riesci a capire dove si trova?" domandò Bascos.

Lil si prese qualche secondo per riflettere e rispose: "Sì, con un po' di tempo a disposizione potrei, ma non credo che sarebbe giusto. Dobbiamo aiutarlo! Non possiamo lasciarlo in questo stato." Si accorse dell'impazienza dell'uomo, ma continuò. "E poi lui conosce meglio di tutti noi i cunicoli sotto il Santuario. Se decidesse di aiutarci sarebbe un bene anche per noi."

Bascos annuì.

Prima che qualcun altro potesse intervenire, Lil chiuse gli occhi, lasciò che ogni altro pensiero si sciogliesse come neve al sole e si concentrò su Saytak, seduto al suo fianco. Lo percepì come una bolla pulsante di energia e immaginò di tuffarcisi dentro. Si ritrovò nell'infinita sequenza di emozioni, pensieri e idee del ragazzo. Per un po' si fece trasportare come dalla corrente di un fiume, finché gli sussurrò: *Portami dove fa più male. Aiutami ad aiutarti.*

Si trovava su un mezzanino in compagnia di Saytak, Molov e una vestale. Pareti, balaustra e pavimento erano in pietra di colore bianco latte. Più sotto, in una sala riccamente adornata, c'era una ventina di fanciulle, vestite in abiti leggeri tendenti al bianco e al rosa pallido.

Erano molto giovani, ma non si udivano risate o schiamazzi. Anzi, quasi nessuna apriva la bocca per parlare. Ogni tanto qualcuna gettava uno sguardo sofferente verso la balconata, per tornare subito dopo a fissare il vuoto.

"L'*autron* è assolutamente sicuro," stava spiegando Molov alla vestale, in prossimità della balaustra. "Potete ordinarne il quantitativo che preferite. Non solo è stato accuratamente testato dagli scienziati della Federazione, ma come potete vedere, anche il ragazzo si sta comportando esattamente come previsto." Accennò a Saytak, in piedi a pochi metri da loro.

"Bene," ribatté la donna con voce atona, "ma l'approvvigionamento di materiali che ha richiesto in cambio è enorme. Prima di acconsentire a una simile fornitura dobbiamo essere più che sicure degli effetti."

Molov, con un largo sorriso, disse: "Permettetemi di darvene una dimostrazione lampante. Potrei avere una pallina di *nomos,* per favore?"

La vestale estrasse da un contenitore appoggiato sulla balaustra una sfera trasparente di colore verde brillante e la consegnò a Molov. Un sottile filo di fumo chiaro si innalzò dall'oggetto.

La reazione delle ragazze fu immediata. Balzarono tutte in piedi all'unisono. Alcune, guardandosi intorno sospettose, fecero qualche passo verso la balconata. L'atteggiamento apatico di poco prima era totalmente scomparso. Tutte fissavano quello che Molov teneva in mano con occhi carichi di tensione.

Lil rimase impressionata da come anelassero alla sfera più che a ogni altra cosa. Ne avevano un bisogno assoluto, fisico e psicologico. Alcune sembravano sul punto di volersi arrampicare sul mezzanino da un momento all'altro.

Il Presidente porse la sfera con studiata lentezza a Saytak, quindi con noncuranza gli disse: "Lanciala a quella ragazza seduta nell'angolo in fondo a destra."

Il giovane obbedì. Alzò il braccio e lanciò.

Le teste delle fanciulle ruotarono mentre seguivano come ipnotizzate il volo dell'oggetto. Il *nomos* andò a rimbalzare proprio di fronte alla ragazza indicata dal Presidente. Lei non riuscì a prenderla al volo e si lanciò al suo inseguimento, finendo per afferrarla solo al terzo rimbalzo.

Alcune delle altre erano rimaste con gli occhi fissi sulla vestale, ma la maggior parte era corsa verso la giovane. Lei si girò e, con la sfera chiusa tra le mani strette al petto, rivolse loro un'occhiata rabbiosa, come una madre che protegge il proprio cucciolo in una situazione di pericolo.

Lil la osservò con cura. Aveva i capelli neri e lunghissimi, il viso ovale, la corporatura esile. Erano gli stessi lineamenti di Saytak, ma più aggraziati.

"Per oggi c'è solo quella, chi la vuole dovrà conquistarsela," disse a voce alta Molov all'indirizzo delle ragazze. Il suo sguardo tradiva una trepidante attesa.

Saytak invece sembrava non curarsi affatto del rischio che incombeva sulla sorella.

Per qualche secondo le fanciulle di sotto parvero disorientate, poi si girarono tutte contemporaneamente verso la sorella di Saytak.

Grazie alla telepatia, Lil scoprì che si chiamava Entiak, ma la sua ricerca nei ricordi di suo fratello fu subito interrotta dal caos che scoppiò dabbasso.

Dopo essersi avvicinate con fare guardingo, le ragazze saltarono addosso a Entiak, che scomparve sommersa dalla massa di corpi. Le fanciulle che fino a qualche minuto prima fissavano il vuoto sprofondate nell'apatia si confusero in un violento groviglio di gambe e braccia. Si spinsero, strattonarono, percossero l'un l'altra, minacciandosi e insultandosi. Lil vide capelli tirati e strappati, unghie affondate nelle carni, calci e schiaffi. Udì urla bestiali finché una delle ragazze si allontanò dal gruppo con una mano chiusa a pugno e corse velocemente verso l'angolo opposto della stanza, inseguita a ruota dalle altre.

Correndo aprì il pugno e si premette con forza il palmo della mano sul padiglione auricolare. Cadde a terra e le sue inseguitrici si fermarono, confuse e impaurite.

Entiak nel frattempo si era rialzata in piedi a fatica. Aveva l'abito stracciato, il corpo coperto di graffi e lividi. Dalle ferite sullo zigomo, sul braccio destro e sui seni grondava sangue.

Molov aveva assistito alla scena con un'aria compiaciuta e soddisfatta. "Forse per oggi possiamo concederne loro una seconda," propose alla vestale, porgendole la mano.

La donna estrasse una nuova sfera, che diede direttamente a Saytak.

Il Presidente gli ordinò: "Ancora a tua sorella."

Saytak rivolse a Entiak uno sguardo indifferente e ripeté il lancio. Gli occhi della ragazza furono calamitati all'istante dalla parabola aerea della pallina. Alzò la mano per prenderla al volo, ma fu buttata a terra dalle altre. Cadde, battendo la testa.

Una delle giovani riuscì a impossessarsi dell'oggetto tanto agognato e, con incredibile rapidità, a portarselo all'orecchio. Barcollò fino al più vicino divanetto, sul quale crollò a peso morto, le palpebre ridotte a due fessure da cui si intravedeva solo il bianco degli occhi.

"Un'altra," disse Molov, "ma ora gettiamola dalla parte opposta."

Saytak obbedì e immediatamente tutte le fanciulle, a eccezione delle due già collassate sui divanetti, si lanciarono in una corsa disperata alla conquista della droga. Anche Entiak, con una serie di balzi scomposti, si affannò nella stessa direzione delle compagne, ma dovette arrestare il proprio slancio quasi subito perché un'altra ragazza si era già appropriata della sfera e giaceva inebetita a terra.

"Scendi giù," ordinò allora Molov a Saytak, esaminandolo con attenzione. Il giovane si diresse verso un lato della balconata, aprì una porta e poco dopo sbucò nella sala in basso, fermandosi in attesa di nuovi ordini.

"Vai da tua sorella e trattienila per le spalle."

Entiak guardò esterrefatta il fratello avvicinarlesi. Gli fece segno di no con la testa, ma di fronte alla sua aria impassibile, impaurita arretrò di alcuni passi fino a ritrovarsi costretta in un angolo.

Saytak continuò ad avanzare senza battere ciglio e, quando la sorella cercò di fuggire lungo la parete alla sua sinistra, con un movimento rapido prima la bloccò, poi la costrinse a voltarsi, cingendole braccia e torso. Entiak scalciò e si dimenò, ma lui la strinse con una forza tale da mozzarle il respiro.

"Posso?" chiese Molov alla vestale indicando la scatola di sfere.

La donna annuì, il Presidente ne prese una manciata e le gettò in basso.

Nella sala si scatenò un incredibile parapiglia, ma lo sguardo di Lil rimase su Entiak, la quale dapprima seguitò a dimenarsi come scossa da violente convulsioni, quindi affondò le unghie sui fianchi del fratello, che la strattonò con decisione. Lei emise un urlo straziante e scoppiò a piangere. Iniziò a supplicare Saytak. Grazie ai propri poteri, nonostante tutto quel caos Lil la udì dire: "Ti prego, non farmi questo. Ne ho bisogno, lasciami andare. Ti scongiuro, ti prego, ti prego!"

Di fronte a loro le lotte erano già terminate, con quasi una decina di ragazze crollate sul pavimento e sui divanetti.

Una nuova manciata di palline volò allora nella sala.

Entiak cercò di liberarsi con rinnovata veemenza. Chinò la testa e affondò i denti sul braccio del fratello. Lui, come se fosse insensibile al dolore, la strinse ancora di più e la scosse facendole sbattere piede e ginocchio contro il muro. Mentre le fanciulle lottavano ferocemente a pochi metri da loro, Entiak prima gridò per il dolore, poi urlò al fratello: "Lasciami andare, Saytak, devi lasciarmi andare. Se rimango senza, morirò. Mi ucciderai!"

La presa di Saytak rimase ben salda mentre le ragazze di fronte a lei cadevano a terra una dopo l'altra.

Molov rivolse alla vestale uno sguardo compiaciuto, che la donna non si degnò di ricambiare.

Oltre a Entiak, erano ancora in piedi solamente due giovani. Fissavano la balconata con occhi iniettati di sangue.

"Lasciala e torna su," ordinò ancora Molov a Saytak. "È ora di finirla qui."

A voce più alta, estraendo una sfera dalla scatola, spiegò: "Ne è rimasta solo più una, ma dovrete guadagnarvela. La darò a quella di voi che sopravvivrà. Finché le altre due resteranno in vita, nessuna di voi tre la avrà."

Le tre ragazze guardarono a turno Molov e la vestale. Era evidente che non erano mai state abituate a lottare per il *nomos* in quel modo. Quando capirono che non c'era alternativa, abbassarono il capo e si scrutarono prima con diffidenza e via via con ferocia sempre maggiore. Si mossero circospette tra i corpi distesi delle compagne, fino a ritrovarsi ai vertici di un triangolo immaginario.

A Lil in quel momento sembrarono più belve assetate di sangue che esseri umani. Stava assistendo a un ricordo, ne era consapevole, ma la faceva comunque soffrire l'impossibilità di alleviare in qualche maniera le loro sofferenze.

Entiak arretrò di qualche passo, come spaventata dalla determinazione delle altre due. In effetti, lei era appena un'adolescente, decisamente più minuta rispetto a loro. Una aveva una corporatura robusta, con il volto lentigginoso incorniciato da una spuma di capelli rossi, mentre l'altra era alta almeno una spanna più di Entiak e aveva lunghi capelli biondi con i boccoli che le scendevano lungo la schiena.

Le due si scambiarono uno sguardo d'intesa. La rossa propose: "Facciamo fuori prima Entiak e poi ce la vediamo tra noi..."

Sul viso della sorella di Saytak si dipinse una maschera di terrore. "Tinia, Amin, non siete costrette a farlo. Ci dev'essere un'altra soluzione," riuscì a dire, con la voce incrinata dalla disperazione.

Per tutta risposta la ragazza con i capelli rossi, Tinia, si avventò su di lei. Entiak fu lesta a schivarla e si mise a correre superando i corpi a terra di altre due sue compagne, ma la strada le fu sbarrata quasi subito da Amin. Si fermò disorientata solo per una frazione di secondo, che consentì a Tinia di raggiungerla, ma lei sgusciò tra le due lanciandosi a capofitto verso il lato opposto della stanza. Parve però rendersi conto che il locale era troppo piccolo per continuare a fuggire, così guardò in alto, all'indirizzo del fratello: "Ti prego, aiutami," lo implorò, riprendendo tuttavia subito a correre, quasi desse per scontato che da lui non sarebbe giunto alcun aiuto.

Le altre due le erano ormai col fiato sul collo. "Non puoi scappare! Fermati e finirà tutto in un attimo," le urlò Tinia, ma ancora una volta Entiak sgattaiolò lungo una parete, con le due alle calcagna. Arrivò fino a un angolo e proseguì verso la parete a destra, riuscendo a sfuggire per un pelo alla mano di Amin che aveva di nuovo cercato di tagliarle la strada. Subito dopo, però, inciampò su un corpo disteso sul pavimento e cadde a terra in malo modo, sbattendo violentemente un gomito sulla cornice dello schienale di un divanetto.

Tentò di rialzarsi, ma prima che potesse riuscirci le due compagne le furono addosso. Amin le salì a cavalcioni sul collo e Tinia le bloccò le gambe. Entiak fu sopraffatta dalla loro forza. La girarono supina, Tinia sedendosi sugli stinchi e Amin tenendole fermi i polsi mentre le piantava le ginocchia sul petto.

Entiak si dimenò con tutta sé stessa. Amin iniziò a schiaffeggiarla. "Devi smetterla, hai capito? Piantala! Perché lo fai se tanto sai che tra poco morirai?" Entiak cercò di mordere l'interno coscia di Amin, la quale in risposta le diede un pugno così forte da tramortirla.

La ragazzina rimase immobile per qualche secondo, poi d'un tratto spalancò gli occhi e riprese a scuotersi con raddoppiata veemenza. Tentò ancora una volta di mordere Amin, ma l'altra fu più rapida nel prenderla per i capelli. Le alzò la testa e poi gliela sbatté violentemente contro il pavimento, una, due, tre volte. Al quarto colpo la fanciulla perse conoscenza.

"Soffocala," urlò Tinia da dietro. "Ora soffocala e morirà."

Amin portò entrambe le mani sul collo di Entiak e strinse con forza.

Lil scosse la testa. Incapace di reggere oltre, distolse lo sguardo.

Vide Molov gustarsi la scena con un bel sorriso stampato sul volto, mentre Saytak e la vestale assistevano imperturbabili.

"È tua sorella," disse Lil a Saytak. Il ragazzo si voltò e la osservò sorpreso.

"Saytak, è tua sorella e la stanno uccidendo," insistette Lil.

"Non m'importa," replicò seccamente lui.

"Sì che ti importa, la amavi, la amavi con tutto te stesso."

"No, non è vero, l'ho sempre odiata!"

Lil scosse la testa. "È quello che ti hanno fatto credere, quello che ti hanno inculcato nella mente con l'*autron*, ma una parte di te sa che non è vero. Tu vivevi per la tua sorellina."

Saytak strinse le palpebre, rivolgendole un'occhiata carica di astio.

"L'ho sempre odiata, con tutto me stesso, fin dal giorno della sua nascita. I miei genitori, i *nostri* genitori, mi trattavano sempre male, per colpa sua. Lei mi ha tolto anche quel poco di felicità che potevamo avere laggiù."

"Saytak, ho vagato per i tuoi ricordi. C'è molta confusione nella tua testa, ma le tue memorie sono state cambiate. L'*autron* ti ha fatto dimenticare tutta la bellezza dei momenti felici della tua infanzia. Tu amavi Entiak, vivevi per lei, avresti lottato contro tutto e tutti per proteggerla. Quando i tuoi genitori sono mancati lei è diventata la tua ragione di vita."

"No," urlò Saytak di rimando, con tale veemenza da spaventare Lil. "Mi hanno punito per colpa sua, mi hanno frustato. Mia sorella è sempre stata una bambina orrenda e il giorno più fortunato della mia vita è stato quando finalmente l'hanno rinchiusa al Santuario e me ne sono sbarazzato!"

"Saytak, ricordi i tuoi genitori intorno al focolare della vostra casetta? Tua madre un giorno ti porse quel fagottino appena venuto al mondo e tu pensasti: 'Uno sguardo puro, limpido, la luce più bella dell'universo'. Sentivi che per lei e con lei avresti potuto fare qualsiasi cosa. La amavi e non vedevi l'ora che potesse crescere per prenderla per mano e portarla via con te."

"No, no, mia madre guardava soltanto lei, io non ero più nulla. Non faceva altro che scacciarmi. Non c'era neppure più cibo per me, solo per lei."

"Non è vero," replicò Lil avvicinandoglisi. "Saytak, questo non sei tu. È qualcos'altro che ti fa parlare così. Sì, è vero, hai fatto dei sacrifici per lei, ma erano sacrifici che *tu* volevi fare. Eri tu a nascondere il cibo per poterglielo dare in segreto, senza che nessuno lo sapesse. Volevi che lei potesse crescere sana, forte, bella."

Il giovane si gettò a terra urlando con le mani sulle orecchie. Lil tacque.

Intorno a loro due il tempo scorreva più lentamente. Molov, la vestale e le tre ragazze si muovevano con gesti dilatati lasciando le scie dei propri movimenti dietro di sé.

Amin continuava a premere sul collo di Entiak, il cui viso era diventato cianotico.

La vestale si stava voltando verso il Presidente della Federazione dei Mondi.

Lil si rivolse ancora a Saytak, indicando la scena in basso: "È questo che vuoi? Vuoi vederla morire? Non riesco a capire, come possono averti fatto tutto questo?! Come sono riusciti a cancellare l'amore dal tuo cuore?"

Lui scuoteva la testa, a occhi chiusi. "Io sono un adepto del Santuario, ho sempre desiderato entrarci, farne parte, servirlo... È così fin da quando ne ho memoria. Il Santuario è sempre stato la mia unica ragione di vita. Questo è ciò che sono io."

"No, Saytak, sono solo convinzioni impiantate ad arte nella tua testa. Te l'hanno fatto credere, hanno cambiato i tuoi ricordi, le tue emozioni. Tu eri un ragazzo buono d'animo, con un grande cuore, coraggioso. Tenevi prima di tutto alla tua famiglia e ai tuoi amici. Erano loro che amavi con tutto te stesso ed era per loro che avresti dato la tua vita. Sapevi che il Santuario aveva comprato i tuoi genitori da un altro mondo, come schiavi, e sognavi di fuggire, con tutta la tua famiglia. Hai sempre desiderato portarli via, ridare loro la libertà e farla conoscere a tua sorella. Sognavi di mostrarle un mondo dove di giorno si potesse ammirare la bellezza del cielo e di notte lo splendore delle stelle. E hai lottato per la sua libertà finché hai potuto, fino all'ultimo istante."

Con gli occhi rossi e le lacrime che gli scendevano lungo il viso, Saytak si alzò in piedi: "No," disse, questa volta all'indirizzo della sorella. "No," ripeté gridando.

Ma la piccola aveva smesso di dimenarsi. "Non è morta, lo so che non è morta," aggiunse, scuotendo la testa disperato.

La vestale si rivolse a Molov: "Va bene, mi ha convinto. Ora basta, però. Abbiamo bisogno di lei. Se morisse, dovrebbe come minimo ripagarcela e i suoi anni di educazione le costerebbero una fortuna."

Molov replicò con un sorriso vittorioso. "Ve l'avevo detto che non c'è nulla di paragonabile all'*autron*."

Prese tre sfere di *nomos* dalla scatola e alzò la mano. "Ehi, ragazze, ce n'è per tutte." Ne gettò due in basso e diede la terza a Saytak. "Portagliela, si riprenderà in un attimo."

Capitolo 31 – Saytak

"Mi fa male... mi fa troppo male... Non... non capisco più nulla. Le cose che ho fatto. Sono... un mostro. Sono peggio di un mostro!"

Saytak parlava a voce bassa, il viso nascosto tra le mani, il braccio di Lil poggiato sulle sue spalle. Piangeva e singhiozzava.

Cercò gli occhi di Lil. "Entiak..." disse, scuotendo la testa. "Come ho potuto farle una cosa simile?! Che cosa sono diventato? In che cosa mi hanno trasformato?"

Con la voce rotta dalla disperazione aggiunse: "Queste... Queste cose sono ancora nella mia testa. Le sento. Non riesco a liberarmene."

Tacque.

Lil gli accarezzò una guancia, delicatamente: "Ci vorrà del tempo, Saytak. Hanno usato qualcosa di molto forte, che è ancora lì dentro. Posso percepirlo anche io. Hanno modificato i tuoi ricordi, ma ora solo tu puoi capire cos'è reale e cosa non lo è."

"Non lo so, non so se posso farcela. È tutto... così confuso. Una parte di me continua a voler servire il Santuario. Voglio quest'uniforme, voglio essere il loro soldato perfetto, voglio la sicurezza dei loro ordini. Questa... questa libertà, è come se non la volessi, come se mi terrorizzasse. Però lo so... so che è tutto sbagliato. Eppure continuo a volerlo, è più forte di me. E poi Molov, so che è un abominio, è il male di questa galassia, ma io gli affiderei la mia vita, in ogni momento. Lui... è l'ordine, il centro di tutto, l'origine di tutte le cose buone che ci circondano. Noi abbiamo bisogno di lui, non possiamo stare senza di lui."

Gli altri ascoltavano il ragazzo in silenzio, emozionati e commossi. Saytak accennò una risata amara. "Anche mentre pronuncio queste parole, una parte di me sa che sono false e un'altra ha bisogno di crederci. Lil, puoi aiutarmi? Ti prego, fallo, liberami dal male che sento."

Lei lo abbracciò e Saytak le portò le mani dietro la schiena. Si strinsero a lungo.

"Saytak, ci aiuterai?" gli chiese infine Ipsia. "Sai dove si trova l'altra Sorgente? Puoi portarci?"

Il giovane le rivolse uno sguardo triste e smarrito, poi si girò verso Valika, scuotendo la testa. "Non... non volevo farlo, non volevo ucciderlo. Ne avevo sempre sentito parlare bene. Ho sempre pensato che, una volta fuggiti, dopo aver messo al sicuro la mia famiglia e aver mostrato a mia sorella le meraviglie degli altri mondi, mi sarei stabilito per un po' nelle Terre Libere. Volevo imparare la via dello spirito dal Maestro Elor. Io... Che cosa ho fatto?! Come posso averlo ucciso con queste mani?" Si guardò terrorizzato palmi e dita, come se fossero ancora macchiati di sangue. Il suo respiro si fece via via più affannato. "Sono un assassino, Lil. Dovreste giustiziarmi, dovreste portarmi di fronte a un giudice e farmi condannare. Dovreste punirmi, farmi soffrire."

Lei gli sorrise di nuovo, gentilmente: "No, non faremo nulla di tutto questo. Anzi, ti mostreremo dove può arrivare la bontà del tuo cuore, che è ancora lì, anche se non la vedi. Quando hai compiuto quei misfatti eri sotto il controllo di qualcun altro. La responsabilità non è tua, ma di chi ti ha dato quegli ordini. Da ora in poi potrai scoprire il vero Saytak. Non importa quanto sono grandi gli errori del nostro passato, quel che conta davvero è far ogni cosa in nostro potere per non ripeterli e impegnarsi con ogni goccia di energia per rimediare."

Intervenne Ipsia: "Se ci aiuterai a trovare la Sorgente, cambierà tutto. Sconfiggeremo Molov e sarà il miglior modo per vendicarti di lui e di quello che ti ha fatto."

Saytak annuì. "Va bene, vi aiuterò ma, quando passeremo dal Santuario, voglio trovare mia sorella. Voglio portarla con noi, non posso sopportare l'idea che rimanga ancora prigioniera."

Ipsia guardò Bascos, il quale assentì col capo.

Capitolo 32 – Saytak

I marmi, le pietre preziose e i materiali pregiati di cui erano ricoperti pavimento, soffitto e pareti del corridoio gli provocavano un profondo senso di nausea. Come minatore, li aveva conosciuti solo allo stato grezzo. E come soldato del Santuario aveva iniziato a muoversi per quegli eleganti locali insensibile al loro fascino. Ora era come vederli per la prima volta e gli davano il voltastomaco. Quante vite umane erano costati? Quanti schiavi erano morti nei cunicoli delle miniere perché i piedini delle vestali potessero posarsi su quel lusso?

Guardando disgustato intorno a sé, non riusciva a capacitarsi del fatto che per l'estrazione venissero usati degli schiavi per l'assurda ragione che erano meno costosi dei robot. Davvero le vestali consideravano degli esseri umani alla stregua di oggetti di cui disporre a loro piacimento?

Al suo fianco, camuffata con la maschera e l'abito delle vestali, camminava la mutante Ipsia.

Avevano deciso che fosse lei la sola ad accompagnarlo. Lui ovviamente non poteva non far parte della missione, perché era l'unico che conoscesse Entiak, l'unico del quale sua sorella si sarebbe fidata. Ipsia si era offerta di seguirlo e non aveva voluto sentire ragioni. Era una mutante e, prima di lasciarsi catturare dal capitano Bascos, aveva trascorso metà della sua esistenza in pericolose missioni in incognito. Lil e gli altri avevano accettato a malincuore di non unirsi alla spedizione, perché sarebbe stato più difficile camuffare e, nel caso, giustificare la loro presenza nel Santuario.

Ipsia, come una vera vestale, procedeva in silenzio, guardando dritto dinanzi a sé, senza mai rivolgergli la parola.

All'ingresso del Santuario, confidando nei controlli piuttosto blandi dei guardiani, Saytak aveva usato il proprio nome e Ipsia quello che lui le aveva fornito. Tutto era filato liscio.

Si stavano dirigendo verso il settore commerciale, dove lavorava sua sorella. Saytak l'aveva incrociata in quel luogo in diverse occasioni, anche se non si era mai fermato a parlarle.

D'un tratto dovette appoggiarsi alla parete. Respirava a fatica.

"Cosa c'è?" gli chiese Ipsia, sottovoce. "Non stai bene?"

Lui strinse le palpebre e serrò la mascella. No, non stava bene. Una parte di lui aveva l'impressione di essere sul punto di compiere un tradimento gravissimo. Dovette imporsi di respirare a fondo una, due, tre volte. Sapeva che quei dubbi erano il risultato del male che c'era nella sua mente, e per qualche secondo si immaginò mentre si metteva a gridare denunciando sé stesso e la mutante.

Emise un profondo sospiro. "Va tutto bene. Andiamo. Andiamo avanti."

Dopo pochi minuti giunsero alla galleria commerciale. A perdita d'occhio, una lunga fila di ragazze lavorava al centro di tante sfere di ologrammi, ciascuna impegnata nell'interloquire con i potenziali clienti di altri mondi.

La vera essenza del Santuario, pensò Saytak. Sapeva che tutto quello era nato da una costola del popolo delle Terre Libere. Si trattava di fanatici che volevano vivere secondo un'interpretazione molto più rigida e arbitraria degli insegnamenti dei Maestri. *Ecco dove conduce il fanatismo*, rifletté ancora, *a nient'altro che a perdere completamente di vista gli ideali dai quali è nato.*

Superarono numerose sfere di ologrammi. Al centro di una di esse, Saytak riconobbe Tinia, una delle ragazze che avevano quasi ucciso sua sorella mentre lui assisteva immobile. Una decina di postazioni più avanti, trovarono Entiak.

La fanciulla era alle prese con una trattativa, così attesero che portasse a termine il proprio compito.

"Se lo desidera," stava dicendo Entiak, "possiamo mandarle dei campioni di nero assoluto, rosso cobalto e turchese, che in questo periodo vanno molto di moda nella sua regione."

L'interlocutore, il cui ologramma indistinguibile dalla figura reale appariva a pochi metri dalla ragazzina, era una creatura dall'aspetto di una grossa lumaca.

"Ma il costo? Voglio sapere il prezzo al metro, altrimenti sto perdendo solo del tempo," ribatté il lumacone con voce nasale, allungando a dismisura le vocali.

"È estremamente competitivo. Le possiamo inviare dei campioni gratuiti con cui potrà arredare un locale a sua scelta. Il nostro nero assoluto è l'unico materiale naturale in tutta la galassia che dà un effetto di vuoto completo, mentre il turchese fa sentire gli ospiti come se si trovassero sospesi su un cielo azzurro. Il rosso cobalto, infine, è uno dei marmi considerati di maggiore eleganza."

"Va bene, va bene, ma se poi piacciono, le mie mogli ne vorranno in quantità industriale. Voglio sapere prima il costo, altrimenti non mandatemi nulla."

Entiak, senza smettere di sorridere, con grande gentilezza replicò: "Si parte dai centodieci *sist* al metro del turchese, per passare ai centosessantacinque del rosso cobalto fino ai duecentoventi del nero assoluto."

L'immagine del lumacone scomparve.

Ipsia passò attraverso i numerosi ologrammi proiettati nello spazio e si avvicinò alla fanciulla, seguita da Saytak, il quale, trovandosi così vicino alla sorella, provò l'impellente impulso di abbracciarla e dirle tutto. Avrebbe voluto scusarsi, chiederle perdono per non essere stato in grado di proteggerla e per averla abbandonata in quell'orrore. Tuttavia si trattenne, mantenendo sul viso l'espressione impassibile e distaccata del soldato.

Appena si era accorta della loro presenza, Entiak aveva iniziato a scrutarli con aria preoccupata, senza aprir bocca.

Ipsia le disse in tono secco e autoritario: "Vieni con noi!" Senza attendere risposta, si girò e riprese il cammino.

Entiak si mosse e la seguì, superando Saytak senza degnarlo di un solo sguardo. Lui si incamminò con il cuore gonfio dietro di lei.

La mutante aveva evidentemente memorizzato il tragitto con grande accuratezza, perché procedette lungo il percorso dell'andata con passo spedito senza il minimo indugio alle svolte.

Presto sarà libera, pensava Saytak, con nell'animo l'energia di una speranza dimenticata da tempo. Osservava il corpo di sua sorella, che camminava con movimenti aggraziati, le belle membra vestite di una tuta aderente a strisce orizzontali di diverse sfumature d'argento. Era l'uniforme di ordinanza delle venditrici del Santuario e Saytak doveva ammettere che faceva risaltare le loro figure nel migliore dei modi. Aveva i capelli raccolti in una coda di cavallo con alcune ciocche che le scendevano ai lati del viso. *È davvero bellissima!* Si assomigliavano, sì, ma grazia, sensualità e bellezza appartenevano solo a lei. *Cosa mi hanno fatto per farmi comportare come un mostro con la persona alla quale più tengo al mondo?*, si chiese. Sospirò e cercò di concentrarsi sulla missione. Stavano per liberarla e Lil aveva ragione. *L'unica cosa che posso fare per porre rimedio agli orrori del passato è agire al meglio delle mie possibilità ora.*

La sola idea che il suo sogno si stesse per realizzare gli sembrava così meravigliosa che aveva paura che, se ci avesse pensato troppo, avrebbe rovinato tutto. *Saremo liberi, per la prima volta saremo davvero liberi.* Era quello che aveva sempre desiderato, per Entiak e per sé stesso. *Vivere senza le catene del Santuario, liberi di andare dove vogliamo, di esplorare altri mondi, lo spazio, le città aliene.*

Entiak sarebbe finalmente stata felice. Nei suoi sogni, l'aveva sempre immaginata con un compagno, un uomo con il quale lui sarebbe diventato amico. Sua sorella e il marito avrebbero formato una famiglia, avrebbero avuto dei figli, e anche lui, una volta tornato dalle Terre Libere, avrebbe seguito la stessa strada, sarebbe divenuto padre e i bambini delle due famiglie avrebbero giocato allegramente, crescendo insieme. *Uomini liberi, esseri umani non più costretti a trascorrere la propria infanzia nel dolore e nella sofferenza dei cunicoli sotto il Santuario.*

Si chiese se vi fosse un punto del percorso dove fermarsi per abbracciarla e rivelarle tutto. *No, io con l'uniforme da soldato, lei vestita da adepta.* In quel luogo, dove era vietata qualsiasi manifestazione d'amore, sarebbe stato troppo rischioso. *Ma appena saremo liberi, allora sì, l'abbraccerò e farò di tutto per farmi perdonare.*

Sapeva che non tutto sarebbe stato facile come immaginava. Avrebbe dovuto per prima cosa aiutarla a uscire dalla dipendenza dal *nomos*. Questa parte lo preoccupava molto, ma confidava in Lil. Ormai aveva capito che quella ragazza, con il viso da adolescente e lo sguardo diretto, aveva dei poteri straordinari. Era sufficiente starle vicino per sentire che emanava un'energia assolutamente unica. Lui e Ipsia stavano sì conducendo Entiak fuori dal Santuario, ma sarebbe stata Lil a darle la vera libertà.

Mancava poco, pochissimo, per abbandonare per sempre quel luogo di sofferenza. Era necessario mantenere la concentrazione alta ancora per un po'. *Devo sforzarmi di non pensare ad altro*. Fin lì nessuno li aveva fermati e pregò che non accadesse nulla di brutto in quell'ultima parte del tragitto.

Finalmente arrivarono al corridoio iniziale. In fondo c'era la porticina di servizio da cui erano venuti. Saytak tirò un sospiro di sollievo.

Prima di entrare aveva fornito a Ipsia il nominativo di una vestale da usare nel caso in cui le fosse chiesto di identificarsi. Per fortuna all'ingresso era bastato che lui dicesse: "Sono Saytak." e la loro visita era stata autorizzata.

Il corridoio, scarsamente illuminato, era vuoto. Conduceva a un'uscita secondaria che dava sul lato destro del grande piazzale antistante al Santuario.

Avanzarono in silenzio. Ogni passo verso la libertà gli rimbombava nella testa e a stento riusciva a trattenersi dal prendere sua sorella per mano e correre fuori insieme a lei.

Giunsero infine alla porticina e aspettarono sotto l'occhio della telecamera. Con il cuore che gli galoppava nel petto, attese la voce del citofono. Era pronto a spiegare il perché della sua uscita insieme a una vestale e a un'adepta, ma la serratura scattò senza che gli fosse rivolta alcuna domanda. Saytak abbassò la maniglia, aprì la porticina e uscì, seguito da Entiak e Ipsia.

Inspirò a fondo, con le mani che gli tremavano per l'emozione.

Il piazzale di fronte era una grande caverna dalla volta piuttosto uniforme tagliata a metà dall'imponente facciata del Santuario. Questa era costituita da un'unica parete verticale di pietre color sabbia con una decina di aperture a feritoia nella parte alta e un portone monumentale al centro.

Nelle sue orecchie il rumore della porticina che si richiudeva alle loro spalle si trasformò nel suono della libertà. Fatti pochi passi, non si trattenne dal sussurrare a sua sorella: "Ce l'abbiamo fatta. Siamo liberi!"

Entiak si fermò, l'espressione confusa e perplessa.

Saytak afferrò al volo cosa l'aveva turbata. "Non ti preoccupare, lei è dalla nostra parte." Con una nota di imbarazzo nella voce, aggiunse: "E io sono tornato quello di prima."

Ma la fanciulla continuava a guardarlo con un misto di paura e incertezza.
"Vieni," le disse, sforzandosi di apparire rassicurante. "Andiamo avanti, ti spiegherò tutto..."
Lei però non si mosse.
Saytak provò un filo di inquietudine. "È meglio non restare qui fermi. Non c'è nulla che tu debba temere. Ti sto portando in salvo, lontano dal Santuario, lontano da loro. Ma ora andiamo, ti spiegherò dopo."
Ipsia assistette alla scena in silenzio, a pochi passi dai due. Fece infine un cenno di assenso con il capo e questo sembrò smuovere la ragazzina, che riprese a camminare.
"Lei chi è?" gli chiese Entiak a bassa voce.
"È con noi. È una mutante, un'ambasciatrice delle Terre Libere. Si chiama Ipsia."
La fanciulla apparve ancora più confusa.
"E... ne ha?" domandò, mordendosi il labbro.
Questa volta fu Saytak a rivolgerle uno sguardo perplesso.
Come infastidita, Entiak insistette, a voce un po' più alta: "Ce l'ha? Ce l'ha il *nomos*?"
"No, lei no, ma non devi preoccuparti, ti aiuteremo."
L'occhiata glaciale che gli scoccò sua sorella lo scombussolò, ma si affrettò a spiegare: "Tra poco incontrerai Lil. Lei mi sta aiutando e lo farà anche con te. Vedrai, non ne sentirai più la mancanza."
Erano arrivati a circa due terzi del piazzale. Entiak si fermò ancora. "Saytak, voglio sapere se ne avete. Non posso stare senza."
Saytak avvertì un brivido corrergli lungo la schiena. Quello non era il luogo adatto dove discutere. Benché fossero ormai in territorio libero, la facciata del Santuario che incombeva sul piazzale lo faceva sentire profondamente a disagio.
"Entiak, no, non ne abbiamo, ma non ne avrai bisogno. Lil ti aiuterà a uscirne, come ha aiutato me. Ora non pensarci. Allontaniamoci di qui."
"Ma io non voglio uscirne, lo capisci?" protestò con veemenza sua sorella. "Non voglio uscirne," ripeté. "Voglio il *nomos*. Altrimenti torno indietro!"
Saytak le si avvicinò, parlandole a bassa voce, augurandosi che lei non alzasse ulteriormente la sua. "Entiak, tra poco saremo liberi, liberi di andare dove vogliamo, di essere chi vogliamo, di fare tutto ciò che desideriamo. Se vorrai, Lil ti aiuterà a fare a meno del *nomos*; in caso contrario sarai libera di scegliere e la decisione spetterà solo a te."
La ragazzina strinse i pugni e con la voce incrinata dalla disperazione gridò: "No, no, no, no! Io non voglio nessuna libertà. Il *nomos* mi aiuta a dimenticare, è il mio unico piacere. Quando sono in punizione e ritardano la dose per qualche ora vado nel panico, non riesco a respirare. La mia testa

viene invasa dai ricordi e dai... mostri. Non voglio andare da nessuna parte, voglio solo il *nomos*!"

Saytak si chiese se gli orrori del passato non avessero scavato solchi troppo profondi nella mente di sua sorella.

"Allora te lo procurerò io," le promise.

Lei lo squadrò sospettosa, poi scosse ancora il capo, con lo sguardo triste e dispiaciuto. "No, non è vero. Say, tu non sei mai stato bravo a mentire. Anche quando mi dicevi di non preoccuparmi, che andava tutto bene, io lo leggevo nei tuoi occhi che non era vero, lo sapevo sempre, sapevo che qualcuno era morto o che un amico sarebbe stato ucciso di lì a poco o che stavamo rischiando la vita o una punizione dolorosa. Lo so che mi hai sempre mentito per il mio bene e io ero felice di farti pensare che ti credevo, ma ora... Ora tutto è cambiato. Mi dispiace, grazie per essere venuto a prendermi, ma non posso venire con te."

Saytak si sentì come trafitto da una lama. "Ma, Entiak... Ti sto portando via, via dal Santuario, via per sempre. Potrai fare tutto quello che vorrai..."

La sorella lo interruppe, volgendo il viso verso la facciata. "Tutto ciò che voglio è una cosa sola ed è là dentro. Non voglio lottare per procurarmelo, non voglio vivere nell'incertezza. Se mi comporto bene, se faccio tutto quello che mi ordinano, loro ogni giorno mi danno la dose. Mi dispiace. Non dirò nulla, non temere. Tu vai. Non preoccuparti per me. Io starò bene."

Ipsia, rimasta fino ad allora in silenzio, le si avvicinò: "Entiak, lì dentro non sarai più al sicuro. La punizione per la diserzione di una di voi è la morte."

La ragazzina sprofondò nel panico. "Ma io, io sono appena uscita, mi avete fatto uscire voi, con l'inganno. Mi avete ingannato, io stavo seguendo una vestale."

Ipsia sospirò. "Lo so. Ma conosci meglio di tutti noi le regole del Santuario e come le applicano. Ormai sei fuori, non puoi più tornare dentro."

Entiak cominciò ad ansimare. "No, no, io non volevo uscire. Se non mi fanno rientrare, il *nomos*... Tra un'ora c'è la dose... Devono lasciarmi rientrare. Ne ho bisogno..."

Saytak prese sua sorella per mano, ma lei si divincolò di scatto, come morsa da un serpente.

Spaventato e con il cuore in subbuglio, fece del suo meglio per restare calmo. "Non posso permetterti di rischiare," le disse, con un tono più supplichevole di quanto avrebbe voluto.

Il respiro di Entiak era affannoso e irregolare. "Ne ho bisogno," insistette, con gli occhi smarriti, "ne ho bisogno davvero. Non posso... non posso starne senza. Mi dispiace."

Saytak fu assalito da una cupa disperazione, ma si impose di tenere duro. Sua sorella era più importante di tutto. Ripensò ai suoi genitori, che gli avevano chiesto di prendersi cura di Entiak prima di andarsene. *O forse no, non è vero, prima di morire hanno salutato solamente lei e non mi hanno degnato neppure di uno sguardo*, si sorprese a pensare. *No, no, non è vero, questi ricordi malati mi sono stati impiantati, sono fantasie create artificialmente nella mia testa.* Chiuse gli occhi, stringendo le palpebre, e poi li riaprì.

"Entiak, non ti lascerò morire, per nessun motivo. Vieni con noi, è l'unica possibilità."

Lei lo trafisse con lo sguardo: "Se non vuoi che accada qualcosa di brutto, devi andartene, ora. Andatevene tutti e due, oppure..." Non terminò la frase.

Quelle parole uccisero le sue speranze. Sua sorella non parlava mai a vanvera. I suoi propositi si traducevano sempre in azione e quando aveva preso una decisione era impossibile farle cambiare idea.

Ipsia gli rivolse un'occhiata eloquente. Saytak aveva ben chiaro quanto lui fosse importante per la mutante, che aveva accettato di aiutarlo solo a patto che lui li guidasse alla Sorgente. *Ma non posso abbandonarla... è mia sorella!*

Coprì la distanza che lo separava da Entiak e, d'impulso, la afferrò alla vita con entrambe le mani, tentando di alzarla da terra per caricarsela in spalla. Era più forte di lei e, mancando poco all'ingresso del cunicolo a lato del piazzale, era certo di poterla trascinare fino a lì, dove sarebbero stati più tranquilli al riparo dallo sguardo minaccioso del Santuario.

Entiak si dimenò e urlò con quanto fiato avesse in gola: "Aiuto! Aiutatemi, vi prego, aiutatemi, vogliono portarmi via."

Fu come se il mondo si fosse capovolto. Per qualche secondo Saytak rimase immobile, spiazzato. Non riusciva a credere che sua sorella stesse chiedendo aiuto al Santuario contro di lui!

Ma lei continuò a ribellarsi. Lo colpì al volto con uno schiaffo violento, poi con un altro e infine un terzo.

Saytak non voleva farle del male, ma le strinse la vita con ancora più forza nel tentativo di caricarsela in spalla. Lei reagì assestandogli un pugno alla tempia. Il ragazzo barcollò, allentò suo malgrado la presa e lei ne approfittò per liberarsi. Corse via, in direzione del Santuario, con le braccia alzate urlando per richiamare l'attenzione.

Saytak per qualche secondo non si mosse, tramortito e incredulo, poi, dopo qualche secondo, decise di rincorrerla. Si ritrovò però bloccato a sua volta da Ipsia, che gli aveva afferrato e stretto il polso.

Stava per divincolarsi quando il piazzale fu illuminato da potenti raggi luminosi provenienti dalle feritoie sulla facciata del Santuario. La luce era così intensa che Saytak dovette coprirsi gli occhi.

Nell'aria rimbombò una voce di donna, dal tono freddo e autoritario. "Identificatevi!"

"Sono Entiak, l'adepta! Devo rientrare!" urlò sua sorella con la voce rotta dalla disperazione.

Dopo qualche istante la voce chiese: "Per quale motivo ti trovi all'esterno?"

La fanciulla tentò di giustificarsi, gridando: "È colpa sua." E puntò il dito dietro di sé in direzione di Ipsia. "Non è una vera vestale, è una mutante e mi ha costretta a uscire con l'inganno."

Per qualche secondo sul piazzale regnò il silenzio, poi la voce disse: "Soldato, identificati."

"Sono Saytak," rispose lui.

Ancora qualche attimo di pausa, quindi la voce replicò: "Risulti assegnato alla scorta del Presidente Molov. È imperativo che tu lo raggiunga, immediatamente. Questo è un ordine!"

Saytak esitò, ma Ipsia gli disse, sottovoce: "Vai. Qui ora non puoi più fare nulla. Te la riporterò io."

Esitò ancora, ma la determinazione nello sguardo della mutante lo indusse a darle ascolto. Percorse l'ultimo tratto del piazzale, entrò nel cunicolo e si nascose all'ombra di un anfratto da cui poteva guardare dietro di sé. La sua mente mulinava ipotesi e controipotesi. *Da sole hanno più possibilità. Ipsia può assumere le sembianze di chiunque. Ma io tornerò a prenderle, senza farmi vedere. Aspetterò che le facciano entrare e poi rientrerò e le porterò via. Anzi no, andrò da Bascos e da Lil e mi farò aiutare da loro. Ma dovrò procurarmi un'arma. Se però perdo troppo tempo rischio che le puniscano prima del mio ritorno. No, Ipsia è una mutante, una volta dentro si trasformerà in chi le pare. Penserà a un piano e intanto arriveremo noi.*

"Vestale, identificati," ordinò la voce.

Ipsia, in tono deciso, diede il nome che avevano concordato: "Sono Paytang."

"Dov'eri diretta?" domandò la voce.

"Stavo scortando l'adepta Entiak dal Presidente Molov."

Silenzio, poi la voce obiettò: "Non ci risulta nessuna richiesta da parte del Presidente."

"La richiesta mi è stata portata dal soldato Saytak in persona. Il Presidente preferiva che rimanesse *riservata*," spiegò Ipsia, con aria allusiva.

Un'altra pausa, più lunga delle precedenti.

"Abbiamo rintracciato la vestale Paytang. Si trova attualmente nei propri alloggi."

Saytak sentì l'ennesimo brivido corrergli lungo la schiena. Se sua sorella non avesse denunciato Ipsia, non avrebbero mai fatto quel controllo.

A voce alta e sicura, la mutante disse: "Sono Ipsia, delle Terre Libere di Vaior. Mi trovo sul nostro territorio e non sono tenuta a rispondere alle vostre domande."

Nel piazzale sembrò che il tempo si fermasse, poi la voce proveniente dalla facciata del Santuario riempì ancora una volta l'aria.

"Adepta Entiak, sei stata giudicata colpevole di abbandono del Santuario. La pena è la morte. L'esecuzione è immediata."

A Saytak parve che il cunicolo gli si chiudesse attorno in un abbraccio mortale.

Scattò in avanti, ma dopo nemmeno un passo vide una raffica di colpi luminosi scaricarsi su sua sorella, il cui corpo si afflosciò a terra come un fantoccio inanimato.

Il mondo gli crollò addosso. Perse la cognizione del tempo e dello spazio. Fissò i fori dei colpi sul cadavere di Entiak, da cui si innalzavano sottili volute di fumo.

Come in un sogno, si rese conto che Ipsia si era girata e gli aveva puntato contro una pistola laser, intimandogli di fuggire: "Scappa, scappa!"

Capitolo 33 – Ipsia

Poteva percepire l'odore di carne bruciata del cadavere di Entiak steso sul piazzale dietro di lei.

Sapeva di non potersi muovere. Un solo passo falso e le avrebbero fatto fare la stessa fine della ragazzina. Da tempo non correva più buon sangue tra il Santuario e le Terre Libere di Vaior e lei era ben consapevole di essere ai primi posti nella lista dei nemici delle vestali.

Con la pistola ancora puntata verso Saytak, lo vide indietreggiare. Il ragazzo aveva gli occhi fissi sul corpo della sorella e sembrava sul punto di crollare. *Forza, allontanati*, pensò. *Resisti fino all'ingresso del cunicolo!* Lì Saytak sarebbe stato al riparo dai colpi del Santuario e dubitava che le vestali avrebbero avuto il coraggio di mandare qualcuno su quello che ormai era un territorio della Federazione dei Mondi.

Tutto ciò che conta è che Lil raggiunga la Sorgente. La giovane aveva bisogno della guida di Saytak per trovare la strada nel dedalo di cunicoli. Quando fossero finalmente giunti alla meta, l'antica profezia si sarebbe realizzata e nulla sarebbe più stato come prima. *È quello per cui ho lottato, per tutta la mia esistenza.*

Un colpo le perforò la coscia destra. Per una frazione di secondo Ipsia chiuse gli occhi e avviò il processo di trasformazione per rimarginare la ferita. Subito dopo li riaprì, balzò in avanti e corse il più velocemente possibile, cambiando continuamente direzione per ingannare la mira della torretta del Santuario.

Il secondo colpo la ferì al piede sinistro, facendole perdere l'equilibrio. Ruzzolò a terra. Benché il primo foro non fosse completamente guarito, dovette spostare l'attenzione sulla nuova ferita, così da poter riprendere a correre. *L'imboccatura del cunicolo è vicina. Ce la farò!*

Riuscì a rialzarsi, ma altri due colpi le trapassarono i polmoni. Non fu più in grado di respirare e la vista le si annebbiò. Aveva bisogno di guarirsi più rapidamente, ma come?

Il quinto colpo le perforò la gola. Sentì un fiotto di sangue sgorgarle dal collo e un sapore orrendo invaderle la bocca.

No, Lil ha ancora bisogno di me. Devo continuare a muovermi. Mi sono già trovata altre volte a un passo dalla morte e sono sempre sopravvissuta. Aveva promesso a Bascos che un giorno, quando tutto fosse finito, avrebbero cercato un bel posto dove vivere. Avrebbero provato a concepire un figlio e forse lei sarebbe diventata mamma di un ibrido umano-mutante.

Un altro proiettile le bucò la nuca, uscendo dall'orbita oculare destra. La vista da entrambi gli occhi svanì. I pensieri divennero vaghi, confusi. Non riuscì più a capire se stesse ancora correndo o se fosse già caduta a terra.

Dov'erano le sue mani? Libere nell'aria o arrancavano sulla nuda roccia del piazzale per trascinarla in avanti?

Anche se una parte di lei stava ancora tentando di guarire, sentiva che la trasformazione era troppo lenta.

Sto morendo, realizzò, quasi con sorpresa.

Nel vortice di pensieri sconnessi, comparve Lil. Ian si sarebbe preso cura della giovane? Erano entrambi umani, forse...

Avrebbe voluto lasciarsi andare, ma no, doveva tornare da loro. Provò a respirare, ma non capiva se l'aria stesse davvero entrando nei suoi polmoni.

Quali ferite era riuscita a rimarginare e quali no? Il suo cuore batteva ancora?

Avvertiva qualcosa scivolare via da lei. *È la mia vita?*, si chiese.

Sapeva che in punto di morte si vede scorrere nella propria mente, in pochi istanti, l'intera vita, così, quando le parve di ritrovare un po' di lucidità, si lasciò cullare dai dolci ricordi del suo incontro con Bascos, dei giorni trascorsi nella cella dell'astronave nel tentativo di attirare le attenzioni del bel capitano umano. E poi l'amore, l'incredibile, folle, pazzesco amore che avevano vissuto da lì in avanti. Le venne da sorridere. Con lui si era sentita felice, davvero felice.

Capitolo 34 – Miril

La lunga sequenza di cunicoli pareva non avere mai termine. Miril, affaticata e sudata, si volse a guardare Lil. *Sta bene*, pensò.

Preoccuparsi di come si sentisse la sua compagna era da egoisti, lo sapeva, ma non poteva farne a meno. Aveva temuto che per l'ennesima volta Lil si sarebbe torturata con i sensi di colpa e invece la vedeva sì dispiaciuta, ma tranquilla e concentrata. *Sembra un'altra*, rifletté. Non aveva mai visto nessuno cambiare così in fretta.

Quando Saytak era tornato barcollando ferito, sanguinante e tutto sporco, Miril aveva estratto in pochi attimi dalla mente del ragazzo le informazioni essenziali su quanto accaduto. E aveva subito cercato lo sguardo di Lil. Anche lei sapeva, ovviamente.

Non è colpa tua, le aveva comunicato d'impulso.

Era stata Ipsia a insistere che fossero solo lei e Saytak ad andare e che tutti gli altri si nascondessero in un luogo dove i soldati della Federazione non li avrebbero sicuramente trovati, evitando di correre rischi inutili. La logica della mutante era stata accolta di malavoglia da Lil, la quale avrebbe comunque voluto aiutarli. Ma Ipsia era stata irremovibile e tutti avevano dovuto ammettere che il suo piano era il più sensato.

Lil aveva fatto del suo meglio per confortare sia Saytak sia Bascos.

Il ragazzo non aveva pianto, né si era disperato. Si era lasciato consolare, poi aveva detto solamente: "Andiamo." E da allora li aveva guidati con sguardo assente, in silenzio, fermandosi alle svolte il tempo necessario per sincerarsi di essere sulla strada giusta.

Avevano così percorso vecchi cunicoli in disuso e gallerie scavate dall'acqua nella roccia. In alcuni casi, le incredibili strutture disegnate dalla natura li avevano lasciati a bocca aperta. Era uno spettacolo straordinario di forme e colori. Alcune caverne erano talmente grosse che dapprincipio Miril non era stata in grado di scorgerne la fine. Altre erano disseminate di stalattiti e stalagmiti così fitte da impedirle di capire in che direzione si stessero muovendo.

Dietro di lei Aleia era l'unica che di tanto in tanto interrompesse il silenzio con qualche esclamazione di meraviglia.

A chiudere la fila c'era Bascos. Il capitano avanzava con circospezione, attento al minimo rumore. Persino quando avevano incrociato qualche animaletto di piccola taglia l'aveva subito inquadrato con il mirino della propria arma, pronto a far fuoco. Si aggrappava alla volontà di Ipsia con tutto sé stesso. Era il suo modo di vivere il dolore per la perdita dell'amata. Eppure Miril poteva percepire i ricordi che di continuo tentavano di sommergerlo e che lui si sforzava, a volte invano, di ricacciare indietro.

La sacerdotessa chiese telepaticamente a Lil: *Sei stanca?*

No, sto bene, le rispose lei. *E tu? Ce la fai a proseguire?*

Miril annuì.

Forse quella fatica in quel momento era proprio ciò che serviva a tutti loro per distrarsi.

Stavo ripensando a Milia, comunicò Lil, scuotendo la testa, assorta. *Non posso biasimarla per la scelta che ha fatto. Ero lì con lei e ho sentito quel che ha provato per le persone che amava.*

Però era solo una finzione e lei lo sapeva, replicò Miril.

Non a tutti importa la verità. Pur sapendo che non c'è nulla di vero, molti preferiscono un'illusione rassicurante alla dura realtà.

Lil aveva ragione. Miril cambiò argomento. *Tu sei l'unica a non aver avuto nessuna visione nel passaggio attraverso la parete.*

Sì. Anche io mi sono chiesta da cosa sia dipeso. In questi mesi sono tornata così tante volte con il pensiero alla nostra isola, al Tempio, a noi due che... mi ha sorpreso che l'Antro degli Specchi non me l'abbia... proposto. Ma, so che è strano a dirsi, ora sono felice. No, forse felice non è la parola adatta. Sono convinta... Ecco, sì, sono davvero convinta del cammino che abbiamo intrapreso. E credo sia questo il motivo per cui non ho visto nulla. Io voglio con tutta me stessa essere qui, in questo momento e fare proprio questo, tu ed io, insieme. Lil scosse ancora il capo, sorridendo. *In fondo, ho sempre sentito che c'era qualcos'altro a cui ero destinata, che era lì ad aspettarmi, e che era più importante di tutto quello che mi circondava, anche se non avrei mai potuto immaginare che si trattasse di cambiare il destino del nostro universo!*

Quello che sei ora lo devi anche a ciò che eri allora, le comunicò Miril, con il garbo di una dolce carezza.

È vero, e lo devo anche a te e alla mia voglia di... andare oltre. Tu hai creduto in me, mi hai dato fiducia nel farmi intraprendere la strada del noviziato. Io... avrei potuto tirarmi indietro, rifiutare, scegliere di rimanere quella che ero, cullarmi con l'amore sotto l'ala protettiva di Bashinoir, ma non l'ho fatto, ho scelto di seguirti.

Miril intrecciò le proprie dita a quelle di Lil e insieme procedettero nel cammino, mano nella mano.

Più i minuti passavano, più la sacerdotessa scorgeva in Lil qualcosa di diverso. Cercandola con gli occhi dell'anima, la vedeva sempre più scintillante. L'aria aveva cominciato a brillare intorno al corpo della giovane e Miril avvertiva l'impazienza della compagna, che faticava a trattenersi dal lanciarsi in una corsa verso la loro meta.

Non se la sentiva di disturbarne lo stato emotivo con la telepatia, ma sapeva che ormai erano vicini, molto vicini, e ne aveva conferma dai pensieri di Saytak.

Erano tutti stremati, ma neppure Aleia, la più sensibile del gruppo da quel punto di vista, protestava più.

È la Sorgente. Ci sta attirando a sé, realizzò.

Nonostante il lungo cammino Miril non avvertiva più alcuna fatica. Si rese conto che si stava nutrendo della magia pura sospesa nell'aria.

E fu così che finalmente la vide.

Superata l'ennesima svolta del cunicolo, si ritrovò in un luogo che mai avrebbe immaginato e rimase immobile, incantata, ad ammirare lo spettacolo che le si parava di fronte.

Su una serie di terrazze che dalla sommità dell'ampia caverna si estendevano con linee morbide e voluttuose scendeva un'acqua brillante che dava luce all'intero ambiente, per raccogliersi infine in un lago cristallino.

Come in un bellissimo sogno, Miril fece qualche passo in avanti e si chinò a osservare l'acqua, che, seppur trasparente, risplendeva di una luce intensa. Quasi faticando a credere ai propri sensi, mise le mani a coppa, raccolse il liquido e vide che era l'acqua in sé a irradiare un bagliore morbido e acceso allo stesso tempo. Il suo primo desiderio fu quello di berla, di lasciarla penetrare nel suo corpo per espandersi in ogni angolo del suo essere. O ancora più bello sarebbe stato tuffarsi in quel lago, a occhi chiusi, per godere di quella meraviglia dentro e fuori di sé.

Ma più guardava il luogo che la circondava, più si sentiva paralizzata dall'emozione. Con occhi sognanti si girò verso Lil, la quale, immobile, sembrava cibarsi con lo sguardo dello splendore dinanzi a loro, le pupille che le brillavano della stessa luce dell'acqua.

E la corrente, incredibilmente, non scendeva solo verso il basso, ma risaliva anche in volute e flussi sinuosi che sfidavano con successo la forza di gravità. L'acqua scorreva in alto come appoggiata su rocce invisibili che Miril non era in grado di percepire neppure sul piano sottile. E sul tetto della caverna era adagiato un secondo lago, luminoso e limpido proprio come quello che si trovava ai suoi piedi.

Il rumore dell'acqua che fluiva era pura musica, note armoniose che si susseguivano senza sosta. Ogni volta che spostava la sua attenzione su una corrente diversa, udiva una nuova melodia.

Iniziò a piangere di gioia.

Si rese conto che erano giunti in un luogo dove tutto era possibile.

"Ce l'abbiamo fatta," sussurrò a Bascos, immobile al suo fianco. Il capitano non rispose e Miril si volse a guardarlo. Era felice e lacrime di commozione gli rigavano il volto. "Ce l'abbiamo fatta, Ipsia," disse, come se l'amata fosse accanto a lui.

Miril si alzò per andare ad abbracciare Lil e si accorse che lo sguardo della sua compagna era fisso su un punto in particolare.

Si voltò e, quando lo inquadrò, si meravigliò di non averlo notato prima.

Oltre la sommità delle terrazze, a mezz'aria, l'acqua sgorgava dal nulla. Il liquido lì era di un colore rosso così acceso e luminoso che Miril dovette socchiudere le palpebre.

"Com'è possibile?" chiese Aleia. "Da dove viene?"

"Da un'altra dimensione," spiegò Lil. "L'abbiamo trovata, abbiamo trovato la Sorgente."

Bascos si avvicinò alla ragazza e le posò una mano sulla spalla. "Credo che quest'ultima parte del cammino spetti a te," le disse, gentilmente.

Lil fece qualche passo in avanti e si fermò sulla riva del lago, incerta. Si guardò indietro, in cerca del consiglio dei compagni.

In effetti non era chiaro quale via dovesse prendere per raggiungere la Sorgente. Che dovesse muoversi in astrale?

Miril stava ancora riflettendo su cosa suggerirle quando la vide spostarsi di qualche metro alla loro destra, fino a un punto in cui l'acqua scivolava pigramente verso l'alto.

Lil si liberò dei vestiti e, completamente nuda, mise un piede nel liquido. Rimase così per qualche secondo, poi, con tutto il corpo, ci si tuffò dentro e subito iniziò a lievitare adagio verso l'alto trascinata dalla corrente.

A ogni incrocio tra un flusso e l'altro, deviava per avvicinarsi sempre più alla meta. Sembrava una bimba intenta a giocare in un labirinto. Quando una corrente infine la condusse a pochi metri dalla Sorgente sospesa nell'aria, Lil si tuffò ancora.

Miril temette che cadesse sulle rocce in basso, invece l'amica scivolò armoniosamente verso l'acqua purpurea della Sorgente. Il liquido luminescente le avvolse il corpo come una seconda pelle e lei allargò gambe e braccia, abbandonando la testa all'indietro e chiudendo gli occhi.

Proprio allora un'onda di luce accecante si propagò dalla Sorgente. Riparandosi gli occhi, Miril comprese che il destino del loro universo era appena cambiato.

Capitolo 35 – Lil

Ecco, sono arrivata... Vedo le stelle, vedo le vite. Mi sento. Sono qui, insieme a voi.

Lil si guarda intorno. *Ovunque energia, bellezza sospesa in un attimo eterno.*

Sorride.

Sono io.

La Sorgente sono io, ripete. *Sono dentro me stessa e non ci sono più confini. Eccola. Ecco quella parte che è stata con me fin dall'inizio, che non si è mai celata, che mi ha chiamata ogni momento a sé per raccontarmi una storia infinita.*

Chiude gli occhi. *Sono sempre stata io.*

Tanti passi e tanti sacrifici, pensa, ricordando gli amici perduti, *per giungere dentro di me, per riabbracciare la mia anima, che non mi ha mai abbandonata, che non avrebbe mai potuto abbandonarmi.*

Tante prove...

Tanto dolore... Ma senza non avrei mai capito.

Senza travestirmi da altro, senza infrangermi sul muro della vita e quasi perdermi, non sarei mai arrivata fin qui.

Riapre le palpebre e lascia vagare lo sguardo su quelle correnti che salgono e scendono come le emozioni della sua intera esistenza: quelle dei giorni bui, delle albe luminose, degli istanti di vera felicità, dell'amore.

Getta un'occhiata in basso. I suoi amici sono lì con lei.

È tutto così facile. Basta che una di noi raggiunga sé stessa per dare una possibilità a tutti. Perché siamo un'unica energia. E questa magia è in tutti noi. La Sorgente è nel profondo di ogni essere vivente. Ecco qual è il suo segreto, riflette, sentendosi espandere tra miliardi di miliardi di creature. *Siamo amore, nient'altro che amore.*

Capitolo 36 – Saytak

Soldato, esegui l'ordine, immediatamente.

Ma io...

Non discutere. Esegui, ora.

Saytak strinse i pugni e digrignò i denti.

Non indugiare. Devi farlo, ora.

Il ragazzo sospirò.

Esegui subito. Questo è un ordine!

Non posso, non ha senso.

Non ha senso? Hanno ucciso tua sorella!

No, non l'hanno uccisa loro. Sono state le vestali.

Nella mente di Saytak rimbombò una risata sarcastica.

Ipsia... pensa alla mutante. La pistola era nella sua mano. Ha sparato lei a tua sorella, poi ha cercato di colpire te, prima che il Santuario ti salvasse.

No... È stato il Santuario a sparare a mia sorella, me lo ricordo.

Queste creature che ti circondano giocano con la tua mente; hanno cominciato a farlo dal momento in cui le hai incontrate. Loro sono il male, la minaccia, il pericolo.

Saytak rimase in silenzio per qualche secondo, poi mormorò: "Amavo mia sorella."

No, non è vero, la odiavi perché i tuoi genitori hanno sempre preferito lei a te, ma era pur sempre tua sorella e loro non avevano alcun diritto di ucciderla.

Il ragazzo non replicò.

Ricorda! Vi hanno sempre trattato diversamente. A lei venivano elargiti sorrisi, a te schiaffi; lei veniva coccolata, tu allontanato.

Forse è capitato qualche volta, ma... me lo sono meritato.

No, era sempre così, perché i tuoi genitori non ti hanno mai voluto bene. Anzi, non ti hanno mai voluto e basta. Ma il Santuario ti ha dato una casa, uno scopo, ti ha portato via dai cunicoli.

Ma noi eravamo schiavi del Santuario nei cunicoli.

Saytak, Saytak! Cos'hanno cercato di fare con la tua mente? Eravate nel Santuario perché i tuoi genitori avevano deciso di lavorare lì per guadagnare abbastanza soldi, ma quando poi tu sei diventato abbastanza grande ti hanno venduto, si sono presi il bottino e sono andati a spassarsela su un altro mondo.

Io li ho visti morire!, protestò il ragazzo.

Davvero? O è stata quella strega a farti credere di averli visti morire, per manipolarti grazie al tuo dolore?

Saytak tacque ancora, poi rispose, debolmente: *Io... io credo di averlo visto.*

Pensa, Saytak, pensa! Lei ha cambiato i tuoi ricordi. È entrata nella tua mente, per sottometterti, per spingerti a servirla. Pensa all'incubo della distribuzione del nomos*!*

Il Presidente Molov ha fatto combattere le adepte tra di loro. Voleva che lottassero, fino alla morte!

E a che scopo? Non ti sembra assurdo? Colui che comanda l'intera Federazione potrebbe mai perdere tempo con un'attività di così poco conto? O forse è più probabile che nella tua memoria ci fosse il ricordo di una normalissima distribuzione del nomos*, una delle tante, ma la strega, entrando nella tua mente, l'ha usata per torturarti, per farti vedere scene che non sono mai accadute, farti vivere un incubo a occhi aperti, e tutto con il solo obiettivo di farti odiare il Santuario, il Presidente, la tua casa e la tua guida.*

No, no, no, no, io so che cos'è reale.

Ah sì? Lo sai? Allora perché tutti questi dubbi? Quando sono iniziati?

Saytak tacque.

Pensa, Saytak, pensa. Quando sono cominciati tutti questi dubbi?, lo incalzò la voce.

Nella... nella navicella, rispose il giovane, con il respiro accelerato.

Ah! E chi hai incontrato nella navicella? Cosa ti hanno fatto?

Ho incontrato Lil... Lei... lei ha cercato di aiutarmi...

Ha cercato di aiutarti o di confonderti per servirsi di te?

Saytak non seppe cosa ribattere.

Vedi, vedi che lo sai... Dopo qualche secondo di silenzio la voce proseguì: *Questo luogo è molto pericoloso... Se non agisci ora, l'ordine della galassia, l'ordine così faticosamente costruito dal Presidente Molov, sarà minacciato, messo in discussione. Ogni mondo, ogni casa, sarà preda dell'incertezza, del caos. È questo quello che vuoi?*

Saytak non rispose.

Il potere della strega non avrà più confini e tutti gli abitanti della galassia saranno in balia dei tuoi stessi dubbi, nessuno saprà più che cosa è vero e che cosa è falso. Tutti metteranno in discussione i loro obiettivi, il loro posto nella società. È questo che vuoi?

No, non credo, replicò debolmente il ragazzo.

Non vuoi liberarti dei tuoi dubbi? Non vuoi smettere di soffrire, Saytak?

Il giovane annuì.

Esegui l'ordine e non sentirai più dolore, non avrai più incertezze, riprenderai a seguire la strada che ti dà sicurezza, contribuirai al progresso e allo splendore della Federazione dei Mondi, servirai la giustizia e il bene, farai carriera nell'esercito e diverrai un membro ammirato e invidiato delle Forze Armate!

Saytak chiuse gli occhi, poi li riaprì.

Cosa devo fare?, domandò.

Sparale, sparale ora, in questo preciso momento, senza attendere un solo istante, e starai bene.

Le dita gli tremarono.

Vendicherai la morte di tua sorella. È vero, loro te l'hanno uccisa, ma tu avrai la tua vendetta.

Ancora una volta Saytak si lasciò torturare dal ricordo del cadavere di Entiak mentre si afflosciava sul piazzale del Santuario.

Non sono state le vestali, ma Ipsia, per ordine di Lil, gli ripeté la voce.

Il ragazzo cercò Lil nel gioco di luci e di illusioni che gli si stendevano dinanzi.

Non c'è nulla di vero. Questi sono ancora i suoi trucchi. Nella realtà l'acqua non scorre verso l'alto, pensò.

Bravo! Hai visto? Ci sei arrivato da solo! È lei che ti fa vedere cose che non esistono, che gioca con la tua mente!

E l'acqua non può emettere luce, ragionò ancora Saytak.

Lil era sospesa in alto, a mezz'aria, come se volasse. Era senza dubbio anche quella un'illusione, ma lui sapeva che il corpo della ragazza era reale. La vide sorridere, piena di vita, quella vita che aveva sottratto alla sua sorellina.

Con un movimento fluido estrasse l'arma dalla fondina, puntò verso Lil e sparò.

Capitolo 37 – Aleia

Aleia vide quella saetta luminosa attraversare l'aria. Istintivamente si voltò verso i suoi compagni proprio mentre Saytak riponeva l'arma nella fondina.

Non può... non può essere vero.

Dal momento in cui era entrata in quel luogo si era sentita leggera, con l'anima che si librava sulle ali di un'estasi mai vissuta prima, neppure nei suoi più selvaggi orgasmi. No, quello che aveva provato era molto più profondo del piacere derivante dal sesso, più intenso, più vivo, così coinvolgente da farla immergere in una parte di sé che non aveva mai neanche immaginato.

E, quando Lil si era tuffata in quel punto dove le acque sgorgavano dal nulla – o, come aveva spiegato la giovane, da un'altra dimensione – Aleia aveva compreso il senso di quella profezia alla quale in fondo non aveva mai creduto del tutto in precedenza. Il significato di quegli oscuri concetti di magia e spirito le era finalmente divenuto lampante. *Sì*, aveva sorriso, *anche io sono qualcosa di più di questo corpo, di queste membra, di questo cervello, di questa vagina!*

Come aveva fatto quel sogno a tramutarsi d'improvviso in un incubo? *Quel ragazzo... come ha potuto?*, si chiese.

Vide come in una visione onirica il capitano Bascos gettarsi su Saytak e contemporaneamente udì l'urlo più straziante che avesse mai sentito. Proveniva da Miril, che un secondo dopo si tuffò nel lago.

Non aveva il coraggio di sollevare lo sguardo, ma era conscia di non poterlo evitare. Troppe volte in vita sua di fronte al dolore si era girata dall'altra parte.

Alzò gli occhi e guardò verso la Sorgente: Lil era immobile nella stessa posizione di prima, nuda, con gambe e braccia aperte. Ma al rosso luminescente dell'acqua che la circondava si stava mescolando un'altra tonalità, quella del sangue.

Capitolo 38 – Miril

La sacerdotessa Miril nuotava nel liquido luminoso, la testa sott'acqua che riemergeva solo per brevi respiri, i movimenti fluidi delle gambe e delle braccia che la portavano sempre più vicino a Lil.

Un mondo si era spento e un altro era appena nato.

Lil era morta, lo sentiva. Era consapevole di come le energie vitali ne avessero già abbandonato le membra. Lo sparo di Saytak l'aveva uccisa sul colpo. Ma, allo stesso tempo, il regalo che la giovane aveva fatto a tutti loro spingeva Miril verso territori ignoti.

Posso percepirli, pensava mentre, una bracciata dopo l'altra, nuotava in mezzo al lago. *Posso sentire i loro pensieri, l'aria che respirano, le cellule che muoiono e quelle che nascono, le loro aure, la tensione dei loro muscoli.*

Si accorse di poterlo fare addirittura con sé stessa. Girò il capo, portò le labbra oltre il pelo dell'acqua, inspirò a fondo e avvertì l'ossigeno penetrarle nel naso e nella bocca, scendere nella trachea, raggiungere gli alveoli polmonari ed entrare in circolo nel sangue.

Il cuore... posso sentire il mio cuore. Ne esplorò velocemente le cavità per poi perdersi nella corrente del sangue. Seguì il flusso, meravigliata di riuscire a distinguere i globuli bianchi, quelli rossi e le piastrine. Viaggiò fino a un capillare sulla coscia destra e da lì si fermò a osservare una singola cellula, nella cui membrana penetrò facilmente.

La mano che sbatté contro la roccia della riva la richiamò al mondo esterno. Miril appoggiò entrambi i palmi sulla pietra e si tirò su a sedere, incapace di trattenere le lacrime.

Lil l'aveva lasciata donandole energie e possibilità di cui aveva appena iniziato a intuire la portata. Non c'era più, ma era come se infinite parti di lei si fossero diffuse nel mondo intorno.

Miril aveva bisogno di continuare a muoversi, così cominciò a scalare la roccia. La salita era dura, eppure non avvertiva la fatica. Avrebbe potuto farsi trasportare dalle correnti d'acqua ascensionali, ma voleva che quel cammino magico rimanesse un privilegio della sua amata. E poi lo sforzo dei muscoli l'aiutava ad alleviare il dolore della mente.

Di sfuggita, sull'altra sponda, scorse Aleia, accovacciata e in lacrime, che la guardava e Saytak, disteso a terra, immobilizzato da Bascos.

Seguitò a salire, passo dopo passo, roccia dopo roccia. Spostò la sua attenzione su Lil. Poteva percepire le cellule cerebrali che morivano, il corpo che si raffreddava, gli organi interni che avevano iniziato il lento processo di decomposizione.

Dove sei? Perché non posso sentirti?

Le pareva impossibile che le sue percezioni fossero in grado di spingersi ovunque intorno e dentro di lei, e che le fosse invece precluso proprio il contatto con l'anima della sua innamorata.

La cercò nell'aria circostante, nei cunicoli nei quali stava sopraggiungendo il Presidente Molov con un battaglione di soldati, nell'intero sottosuolo del pianeta, sulla crosta inospitale.

Dove sei? Perché non posso raggiungerti, dirti addio, salutarti un'ultima volta?

E, quando la sua percezione superò i confini della debole atmosfera e si ritrovò a fissare il sole Diamistis intorno al quale orbitava quel pianeta, Miril capì. *Posso percepire la vita e le energie di questo universo, ma lei non è più qui. È già altrove.*

Alzò lo sguardo e vide il corpo di Lil a pochi metri da lei, braccia e mani distese, il sangue che si mescolava con il liquido un po' più chiaro della Sorgente per poi scorrere via e perdersi nelle mille cascatelle di quel luogo magico.

Quello che Lil aveva donato a tutti loro andava oltre ogni immaginazione, ma Miril si chiese perché avessero dovuto pagare un prezzo così alto. *Eppure, se anche Lil avesse saputo cosa l'aspettava, non si sarebbe mai tirata indietro!*

Si arrampicò sull'ultima roccia. Il cadavere della sua compagna dondolava nella corrente della Sorgente. Per raggiungerla Miril sarebbe dovuta saltare nel vuoto. Benché fosse in grado di percepire distintamente le energie che tenevano sospeso il corpo dell'amica, aveva paura di non farcela e di precipitare in basso.

Ma devo farlo. Saltare è l'unico modo per arrivare da lei.

Puntò i piedi su una sporgenza della roccia, tese le mani in avanti e spiccò il balzo. A metà del salto, per un attimo temette davvero di sfracellarsi a terra ma, subito dopo, avvertì il caldo abbraccio di quell'acqua luminosa e si ritrovò sospesa a mezz'aria.

Abbracciò la sua innamorata, a lungo, le lacrime che si mischiavano al sangue e al liquido della Sorgente.

Poi le guardò il viso. Le abbassò le palpebre su quegli occhi che mai avrebbe creduto di vedere senza vita e la accarezzò ancora a lungo, con lo sguardo. La chioma scura fluttuava in basso nella corrente del liquido luminescente e i tratti apparivano distesi, sereni. Si ricordò di quando l'aveva osservata dormire la prima volta al suo fianco, nelle stanze del Tempio.

Capì che nei suoi ultimi istanti di vita Lil si era liberata di ogni sofferenza e aveva lasciato quel mondo in pace. E le aveva detto addio. Miril non era riuscita a sentire nulla, ma sapeva che era andata così, che Lil aveva pensato a lei.

Le labbra le tremarono e scoppiò a piangere, affondando ancora una volta il viso tra la spalla e il collo dell'amata. Avrebbe vissuto di lì in avanti in un mondo meraviglioso, ma senza la presenza di colei che aveva illuminato quello precedente.

Non essere egoista, si disse, ma lacrime e singhiozzi continuarono a lungo a mescolarsi con l'acqua della Sorgente.

Infine Miril accettò il distacco dal corpo di Lil. Non aveva idea di quanto tempo fosse trascorso, forse minuti, forse ore. Cercò i suoi amici, in basso.

A Bascos, Aleia e Valika si erano aggiunti il Presidente Molov e numerosi soldati. Tutti guardavano nella sua direzione e la sacerdotessa poteva percepire la loro confusione e le loro emozioni. I nuovi venuti erano rimasti fino a quel momento in silenzio, sorpresi dalle meraviglie del luogo e dalle sensazioni che gli avevano accarezzato l'anima dall'istante in cui Lil era entrata nella Sorgente.

Vagando nei loro pensieri, Miril comprese che era la prima volta che quegli individui provavano dei sentimenti autentici. Non sapevano come reagire e lei sorrise immaginandoli come bambini alla scoperta di una nuova dimensione di cui avevano appena varcato la soglia.

Ancora più interessante si rivelò l'esplorazione della mente e delle energie di Molov. Il Presidente della Federazione dei Mondi era travolto dall'unicità del luogo e, poiché era in costante collegamento con gli altri suoi corpi sparsi ovunque nella galassia, era impegnato in un fitto dialogo tra sé e sé.

Devo arrestare queste persone, distruggere questo posto e partire, si ripeteva Molov. Tuttavia era incapace di dar corso al suo proponimento e continuava a guardarsi intorno affascinato e turbato, senza riuscire ad arginare le emozioni che lo scuotevano fin nel profondo.

Una parte di lui ora sapeva che la magia e lo spirito erano reali. *E ho impiegato migliaia di anni a cercare di estirparne ogni traccia in ogni mondo di questa galassia*, rifletteva amaramente.

In realtà ci ha sempre creduto ed è proprio per questo che ha fatto di tutto per spegnere la luce dello spirito, ragionò Miril.

Decise di non intervenire e di dargli una possibilità. Molov era alla ricerca di risposte che, a quel punto, poteva trovare solo dentro di sé.

Viaggiò oltre. In astrale percorse i cunicoli e giunse nel Santuario, dove lo sconvolgimento delle vestali era ancora maggiore. In fondo quelle donne avevano sempre saputo quale fosse la via dello spirito. Il loro gruppo aveva avuto origine da alcune fanatiche della fede. Avevano trascorso l'intera esistenza a fianco alle Terre Libere di Vaior, udito i richiami del Maestro Elor e, ciononostante, avevano dedicato la loro vita a inseguire un'altra via, legata al possesso, alla materialità, alla brama e all'accumulo di risorse, senza nessun legame con le loro reali necessità, perse in un circolo vizioso in cui l'aumento delle ricchezze materiali era diventato l'unico fine.

E ora il velo che nascondeva la natura delle loro illusioni era caduto.

Miril non riusciva a credere di poterne percepire così chiaramente i pensieri e le emozioni. I suoi poteri telepatici fino a quel giorno non avevano mai avuto una portata così vasta.

Si soffermò sulla figura di una vestale. Malgrado la distanza, le lesse con facilità nella mente, avvertendone il turbamento emotivo. Per un attimo si insinuò nell'intimità di quella donna, ma poi i suoi principi etici la richiamarono all'ordine e uscì. Si guardò intorno, improvvisamente attratta dalla luce che illuminava la cella di quella vestale. Persino la consapevolezza di quella forma di energie era cambiata. Entrò dentro quella lampada, seguì il cavo elettrico finché questo scomparve in una conduttura scavata nella roccia, dove Miril se ne distaccò per esplorare la solidità del materiale, percependone la composizione fisica e il particolare calore. E capì. *Anche questa pietra ha la sua energia. È diversa da quella degli esseri viventi, ma esiste e io la sento*, pensò. *Esiste su più piani, proprio come me, e fa parte di qualcosa di più ampio e... unico.*

La percezione dell'energia di quella roccia la attraversò procurandole brividi di gioia e ancora una volta fu incapace di arginare le lacrime, che le scesero copiose sulle gote. *Umani, animali, esseri viventi e cose fanno tutti parte di un'unica essenza universale.* Ecco il vero regalo di Lil, il cammino sul quale la giovane l'aveva indirizzata. Quella scoperta la riempì di una felicità mai provata prima. Lei stessa, quel liquido che l'avvolgeva, quegli uomini in basso sulla sponda rocciosa del lago, l'aria che respiravano, lo spazio intorno al pianeta e tutto, tutto il resto erano una cosa sola.

E mentre quella rivelazione si propagava nella vastità della sua coscienza, si sentì attrarre dal punto esatto in cui l'acqua sgorgava dal nulla per entrare nella loro dimensione. Era un richiamo sia sul piano fisico sia su quello spirituale. Sarebbe voluta rimanere lì con la sua amata, ma capì di non poter indugiare oltre. Una porta le era stata aperta e ora toccava a lei varcarne la soglia.

Abbandonò delicatamente il corpo di Lil alle forze della Sorgente, si girò, alzò l'indice e lo avvicinò al luogo da cui proveniva quel flusso irresistibile. Non accadde nulla. Chiuse gli occhi, spinse il dito in avanti e, quando li riaprì, vide che era scomparso.

Restò per qualche secondo a bocca aperta, sotto l'influsso di quell'attrazione gentile, di quella sorta di richiamo che la invitava ad andare oltre. Fissò la sua mano, da cui ora mancava l'indice, e cercò di concentrarsi per percepire dove fosse finito, rendendosi però conto che, in qualsiasi luogo si trovasse, l'accesso le era precluso. Così lasciò che prima l'intera mano, quindi l'avambraccio e infine tutto l'arto fossero risucchiati. Ancora una volta si fermò a guardare nel tentativo di comprendere, ma quella parte del suo corpo era semplicemente sparita. Benché non potesse più sentirla, non aveva affatto paura. Le giunse l'ondata di stupore degli uomini che la osservavano dalla riva del lago luminoso. Si voltò verso di loro e sorrise. "Va tutto bene," disse, dubitando tuttavia che potessero udirla. Poi si girò di nuovo e si lasciò andare.

Capitolo 39

In un'altra dimensione

I tuoi piedi poggiano sull'erba umida. Il tuo corpo nudo di bambina vibra di energia. Alzi lo sguardo. Noi siamo lì e ti sorridiamo.

È la prima volta che ci vedi, eppure sai chi siamo.

"Sì, siamo Ili e Nal, e tu, Miril, sei finalmente qui con noi," ti diciamo, sorridendoti commossi. Poi ci gettiamo tra le tue braccia, perdendoci nel tuo calore. "Grazie, Miril."

Il nostro parlare all'unisono ti sorprende.

"È normale che tu senta una sola voce, perché è la tua voce," ti rassicuriamo.

Aggrotti la fronte, cercando di afferrare il significato delle nostre parole.

Le nostre figure pian piano iniziano a sovrapporsi l'una all'altra, finché ci vedi come un unico essere, il viso maschile e quello femminile insieme negli stessi lineamenti.

Tenti di capire, ma è tutto nuovo, tutto straordinariamente e meravigliosamente nuovo.

"Noi siamo te, Miril," ti spieghiamo, mentre torni a vederci come un bimbo con i boccoli biondi e una bimba con i lunghi capelli lisci che ti parlano. "Siamo te, siamo voi, siamo la vostra parte più profonda, la vostra anima, il vostro frammento di unione d'infinito."

Inizi a capire.

"Siamo voi e lo siamo sempre stati, ma voi ci stavate abbandonando. Non eravate più in grado di percepirci perché non riuscivate più a percepire voi stessi, l'origine di tutto, la scintilla dalla quale è nato il vostro universo."

I tuoi ricordi vagano nel passato, perdendosi tra le stanze del tuo Tempio, nel lume della candela accesa sugli altari.

Noi annuiamo. Sì, è così. "Miril... quando pregavi gli dei nel Tempio pregavi te stessa, la divinità che c'è dentro di te, dentro tutti coloro che ti circondano e in tutte le altre creature dell'universo."

Nei tuoi occhi brilla una nuova comprensione della tua intera esistenza. Le nostre sembianze scintillano e mutano ancora, finché ti ritrovi a specchiarti nella tua stessa immagine.

Ti sorridiamo, ci sorridiamo. "Così è più chiaro, vero?" ti diciamo.

Osservandoti annuisci, ma un'ombra copre come una nube la luce del tuo viso.

"Lo sappiamo, anche noi le dobbiamo tutto. Lei ha riallacciato il legame tra noi e voi, tra voi e la vostra parte più profonda, proprio all'ultimo istante, poco prima che il collegamento fosse interrotto per sempre. Le dobbiamo tutto."

"Quindi la sua funzione è conclusa?" ci chiedi, con le lacrime che scendono sulle tue guance di bambina.

"Oh no... di lei c'è più bisogno che mai."

"Ma..." inizi a dire, senza terminare la frase.

Il nostro sorriso ti rassicura un po', ma sei ancora confusa.

"Rifletti sulle parole del Presidente Molov. Puoi imparare da tutti, anche da lui. Grazie all'enorme evoluzione tecnologica e scientifica, la Federazione ha tolto alle creature della galassia ogni possibilità di scegliere e di sbagliare. Miliardi di miliardi di esseri intelligenti non hanno avuto per millenni altra scelta che crescere e vivere come animali ammaestrati. Ma ora? Ora Lil ha risvegliato i loro cuori e le loro anime, ha dato loro la più meravigliosa e pericolosa delle opportunità: la libertà di scegliere, il libero arbitrio. Quindi Molov aveva ragione. Lil era davvero la più grande minaccia per la vostra galassia."

Ci ascolti in silenzio, cercando di processare le nostre parole, di afferrarne il significato, di comprendere cosa possano implicare per la tua dimensione.

"Adesso comincia il vostro compito, la vostra lotta, la vostra missione, Miril. Aver conquistato la libertà è solo l'inizio del cammino."

"Ma lei è..." Tentenni prima di pronunciare le sillabe più difficili e che più ti addolorano. "Lil è morta."

Noi annuiamo. "Sì, *una* Lil è morta. Ma tu hai grandi poteri, Miril. Hai già infranto una volta alcune regole... e forse," aggiungiamo con un sorriso complice, "è giunto il momento di farlo ancora."

Ci guardi incuriosita mentre ci voltiamo e scrutiamo dietro di noi, per assicurarci che nessuno ci abbia sentito. Anche tu con aria interrogativa sbirci oltre le nostre spalle.

"Oh, non ci badare. Un giorno ti spiegheremo."

Ti porgiamo la finestra universale, che si srotola tra le tue mani.

Ci fissi insicura, ti sorridiamo. "Cercala, è lì."

Lo sai anche tu, naturalmente, perché tutta la nostra conoscenza in questo momento è anche la tua. Dentro di te ci sono tutte le risposte. Devi solo trovarle.

Capisci come usare lo strumento che hai in mano e il tuo sguardo inizia a vagare nella vastità del tuo universo. Esplori a lungo, fino a concentrarti sulla tua galassia.

Riesci a vedere le stelle, i mondi, i cuori delle persone.

"Tutti voi esistete in mondi, epoche e dimensioni differenti. Cerca la tua innamorata. Cercala là dove la consapevolezza delle conquiste di questa vita è già in lei."

Ti muovi senza sosta. Il sogno di poterla ritrovare ti fa vibrare di passione. Navighi a cavallo della luce delle stelle, su mondi desertici e pianeti completamente coperti d'acqua, tra creature di ogni forma.

Cerchi a lungo, senza fermarti, totalmente assorbita dal tuo impegno. Davanti a te scorrono le immagini di milioni di mondi, di miliardi di anime. Finché alzi lo sguardo, incerta. Non vuoi darti per vinta, ma...

Ti sorridiamo. "È del tutto normale, hai vissuto immersa nel fiume del tempo per quasi tutta la tua esistenza. Miril, non concentrarti sul dove, ma sul quando. Non cercare con la vista, ma con il cuore."

Abbassi le palpebre e le immagini della finestra universale si muovono tra le tue mani. Ognuna inizia a moltiplicarsi, a fuggire in innumerevoli direzioni cambiando forma e aspetto.

Apri gli occhi e ci guardi, estasiata.

"Sì, sono i rami del tempo. Sono un po' più di quanti ti saresti aspettata, vero?"

Chiudi ancora gli occhi e riprendi a navigare. Ti sposti da un ramo all'altro, ne percepisci la linfa vitale, la forza. Anche se solo uno diverrà realtà, di ciascuno scorgi l'universo di possibilità, la bellezza, le infinite opportunità.

Il tuo cuore ha un sussulto. Sei nella tua isola, nel tuo Tempio, ti vedi spingerti in astrale fino a Isk, accogliere Lil e Bashinoir nel Tempio e compiere il viaggio nel passato. Combatti contro i poteri illusori del mago... e poi torni nel tuo presente, che però è cambiato, perché un altro ramo è nato nel passato e ha sostituito il tuo. Rivivi il momento doloroso della scomparsa del tuo mondo e le notti d'amore con Lil nell'astronave. Sei su Nespor, fuggi, raggiungi la Cripta, combatti ancora.

"Sì, Miril, è la tua storia, ma è appena all'inizio."

Apri gli occhi, ci rivolgi uno sguardo interrogativo, li richiudi. Raggiungi i nuovi germogli. Ti fermi. Credi che oltre non ci sia più nulla.

"Non ti fermare," ti sproniamo. Ci guardi ancora una volta, incerta. Il tuo volto si illumina.

"Sì, è proprio così."

E i germogli fioriscono dinanzi a te. Sentiamo il tuo cuore battere, forte. Sentiamo che hai compreso.

Salti da un ramo all'altro, mentre loro continuano a crescere, a rafforzarsi, a moltiplicarsi.

E, in ognuno, in ogni proiezione del futuro, cerchi lei, la sua reincarnazione. Finché ti arresti, come folgorata. Sul tuo viso di bambina si disegna la commozione. Ti sforzi di trattenere il pianto, ma le labbra tremano e le lacrime si fanno strada sulle tue guance.

Ti tuffi, scomparendo nella finestra universale.

Capitolo 40 – Miril

MONDO SCONOSCIUTO
600 ANNI NEL FUTURO

I capelli. Ho di nuovo i capelli, pensò Miril, assaporando la carezza della lunga chioma dorata sulle spalle.

Ai suoi piedi una spiaggetta di sassi si perdeva nelle acque limpide di un incantevole lago, incorniciato da monti coperti di alberi con le cime innevate.

Un molo fendeva le acque cristalline e, ancora più in là, sulla sinistra Miril scorse una curiosa abitazione a tre piani alta e stretta, costruita in pietra, protetta da un tetto di paglia e con un balcone di legno.

Lil si trovava sulla punta del molo, di spalle. Il cuore di Miril iniziò a battere forte. Si sentì avvampare, il respiro accelerò e le mani cominciarono a sudarle.

La ragazzina si girò. Benché fosse piuttosto distante, Miril riuscì a distinguerne i lunghi capelli rossi, il viso tondo, la pelle chiarissima. Era una fisionomia diversa da quella della sua vita passata, che però non le dispiacque.

Sembrava molto giovane. E spaventata.

Forse non sa chi sono, è normale. Miril prese ad avanzare lungo la spiaggia, con cautela.

Lil volse il capo dietro di sé, cercando a destra e a sinistra, il vestitino leggero mosso da un alito di vento.

Miril continuò a procedere nella sua direzione, con i piedi che sfioravano le acque del lago. L'altra la fissava, senza un solo movimento tranne quello del capo mentre seguiva attentamente il suo avvicinarsi. Le parve paralizzata dalla paura.

Miril fece del suo meglio per mostrarsi tranquilla, per farle capire che veniva in pace. *Non mi conosce, non sa chi sono.* Le sorrise e alzò una mano in segno di saluto. Lil non rispose.

Aveva uno sguardo preoccupato, mesto. Miril ebbe l'impressione che fosse indecisa tra l'idea di fuggire o affrontarla.

Quando fu più vicina, si rese conto che era appena un'adolescente e una parte di lei ne fu egoisticamente dispiaciuta. Avrebbe voluto ritrovare la *sua* Lil, la donna della quale era follemente innamorata. *E invece...*

Si rimproverò per quei pensieri. *Non importa, va bene così. Non è questo ciò che conta.*

Non appena il suo piede si posò sul legno del molo, la ragazzina sembrò scuotersi.

Miril la salutò ancora, continuando a sorriderle, ma l'altra rispose con un'occhiata piena di rabbia e terrore.

Una parte di lei si era illusa che Lil l'avrebbe riconosciuta quasi subito, rivedendo in lei la compagna di una vita precedente. Aveva pensato che il semplice fatto di rincontrarsi potesse essere sufficiente per risvegliare emozioni e ricordi di un tempo passato, ma dallo sguardo truce della fanciulla era evidente quanto si fosse sbagliata.

Non aveva idea di come comportarsi, così decise di ricorrere alla telepatia per capire quale fosse l'origine di quella paura. Con molta delicatezza, cercò di insinuarsi nei suoi pensieri, ma si imbatté in un muro invalicabile.

È giusto, rifletté Miril, *possiede le conoscenze di Lil, quindi può far uso della sua stessa capacità di schermare la propria mente.*

La giovane, avendo intercettato il suo tentativo, si mostrò ancora più spaventata.

Il pontile cominciò a tremare, le acque si increspparono, attorno a Miril l'aria divenne gelida. Il vento iniziò a soffiare con forza dalla riva. Miril fece del suo meglio per non essere sbalzata in acqua, ma la terra ruggì in profondità, il molo fu scosso con violenza e lei cadde sulle ginocchia. Alzò il capo gettando un'occhiata sgomenta alla ragazzina, che si reggeva in piedi senza problemi e la fissava con un'espressione sinistra, tetra, quasi maligna.

Quando l'impeto del vento calò d'intensità e terra e acqua sembrarono calmarsi, Miril udì dietro di sé un rumore di rami spezzati. Si girò in tempo per vedere le fronde degli alberi sul limitare della spiaggia scosse con tale violenza che ben presto si staccarono dai tronchi, volteggiando in aria e andando a conficcarsi nella sabbia a pochi passi da lei.

Il cuore della sacerdotessa prese a galoppare, cercò di nuovo il volto della giovane e la vide sfoggiare uno sguardo trionfante, soddisfatta per essere riuscita a incuterle un simile terrore.

Decise di rimanere immobile, senza rialzarsi. Non aveva intenzione di combattere.

La fanciulla ancora una volta guardò frettolosamente dietro di sé.

Proprio allora Miril si rese conto che, da dietro un promontorio, era comparsa una barca.

Restarono entrambe in silenzio. Miril sentì l'impulso di usare i propri poteri per saperne di più sul luogo in cui si trovavano, ma temeva che la ragazzina se ne accorgesse e voleva evitare di spaventarla ulteriormente. *Ma ora la più spaventata delle due sono io!* Non avrebbe mai immaginato di dover combattere con la donna che amava.

La fanciulla si voltò spesso, con scatti secchi, per seguire il lento incedere della barca nella loro direzione.

In uno di quei momenti una folata di vento fece aderire il vestitino bianco al suo corpo e Miril si rese conto del gonfiore evidente.

Rimase a bocca aperta. *Non può essere, non ha alcun senso. È giovanissima!*

Cercò di convincersi di aver visto male, consapevole che in realtà aveva visto fin troppo bene.

Quando, qualche minuto dopo, la ragazzina si girò nuovamente e la brezza le tese ancora l'abito sulla pancia, Miril non ebbe più dubbi.

È incinta, realizzò, sbalordita. Non sapeva cosa pensare. Lì, dinanzi a lei, c'era la sua Lil, così giovane eppure in attesa di un bimbo o di una bimba!

La fanciulla si voltò a guardarla con un'espressione imperscrutabile, dura, assente, come se si fosse resa conto di quel che lei aveva capito.

Attesero.

Nella barca che si avvicinava, un uomo remava mostrando loro la schiena. Aveva capelli castani ricci e indossava una camicia bordeaux scuro, con le maniche arrotolate sulle braccia. Anche lui si girò diverse volte in direzione della ragazzina. Gettò a Miril un'occhiata così fugace che le venne quasi il sospetto che non volesse farle capire che si era accorto di lei.

Non appena giunse al pontile lanciò una corda, balzò giù, legò la barca e andò ad abbracciare la giovane. Nell'aria si diffuse un forte odore di pesce.

Sembrava suo padre o l'uomo che si prendeva cura di lei, non certo il suo compagno.

Continuò per qualche secondo a ignorare Miril, come se per lui non potesse rappresentare alcun pericolo. Infine alzò lo sguardo verso di lei, posandolo subito dopo sui rami sradicati finiti sulla sabbia.

"Non vogliamo problemi," le disse a voce alta.

"Non desidero darvene," ribatté Miril, lieta di avere finalmente l'occasione di spiegarsi.

"Ha cercato di leggermi i pensieri," affermò la ragazzina in tono accusatorio.

L'uomo guardò Miril con astio. "Come ci hai trovati?"

Lei fece del suo meglio per sorridere e apparire tranquilla. Non era semplice rispondere a quella domanda. *Con una finestra universale gentilmente presa in prestito da due divinità* non sembrava una risposta convincente, ma non voleva neppure dir loro una bugia.

Si tenne sul vago. "Vengo da molto lontano, da un altro mondo."

La fanciulla gettò un'occhiata dubbiosa al padre, il quale non smise di fissare Miril.

"Devi andartene," le disse semplicemente lui, con una punta di rabbia nella voce.

"Sono qui per voi," replicò Miril.

"Devi andartene e basta. Non intendiamo combattere, non vogliamo farti del male. Se te ne vai ora potrai riferire di non averci trovati. Noi cercheremo una nuova casa, scompariremo e non ci vedremo mai più."

Sono inseguiti? E da chi? Miril si rese conto del grave errore commesso nel presentarsi da una sconosciuta illudendosi di risvegliare con facilità i ricordi di una vita passata. Aveva agito con tale sicurezza da non aver preparato nessuna strategia. Non le rimaneva che affidarsi alla sincerità.

"Io conosco tua figlia. La conosco da molto tempo. Abbiamo vissuto insieme, ci siamo volute bene. È accaduto in un'altra vita, in un'altra epoca, in un altro mondo, è accaduto là da dove vengo io."

Padre e figlia la guardarono come fosse impazzita.

"Non ci importa! Qualsiasi cosa dirai non è di nostro interesse. Non vogliamo saperne nulla, né di te né della tua storia."

L'uomo aveva un'aria sospettosa e minacciosa allo stesso tempo. Era senza dubbio convinto che lei stesse cercando di raggirarli.

"Vogliamo essere lasciati in pace!" continuò. "Voltati e torna al luogo da dove sei venuta. Questo è l'ultimo avvertimento!"

"Non posso!" esclamò Miril, con fermezza, sforzandosi di ignorare la minaccia. "Quel luogo ha bisogno di lei," aggiunse, indicando la ragazzina. "Abbiamo fatto tanta strada insieme, ma ce ne resta ancora molta di più. È essenziale che lei ricordi chi è davvero e da dove viene. Deve tornare ad avere piena consapevolezza del suo passato. È importante, davvero importante, per tutto e per tutti."

Lui scosse la testa. "Non hai capito?! Non ci interessa ciò di cui tu hai bisogno, né nulla di quel che vuoi dirci. Se te ne vai ora non succederà niente di male, nessuno di noi tre dovrà soffrire."

L'uomo sembrava assolutamente fermo sulla sua posizione, nessuna incrinatura nella voce, nessun dubbio. Semplicemente non la voleva lì.

"Farò come desiderate," assicurò Miril. "Non vi disturberò più. Tutto ciò che vi chiedo è di potervi mostrare cos'è accaduto nel mio mondo. Neppure io voglio combattere e di certo non voglio farvi del male in alcun modo. Concedetemi solo questo e obbedirò ai vostri ordini. Me ne andrò e non mi vedrete mai più."

La fanciulla guardò con aria interrogativa il padre. Miril sentì di aver fatto breccia, ma lui scosse il capo, ancora più infuriato di prima.

"Lo so che stai mentendo!" le urlò contro, con rabbia. "Ti avevo avvisato e ora ne pagherai le conseguenze."

Alzò le mani nella sua direzione e anche Miril scattò in piedi, pronta a difendersi.

"Non è una di loro!" gridò la ragazzina.

"Non puoi saperlo, non puoi!" obiettò lui, senza perdere di vista la donna.

"Padre, ne sono certa!"

"Chi? Loro chi?" si arrischiò a chiedere Miril.

"Ce ne eravamo andati da tanto tempo. Vivevamo da soli, io, papà e la mamma."

L'uomo mise una mano davanti al corpo della figlia, come per proteggerla. "Non devi dirle niente," sibilò.

Ma lei continuò, imperterrita: "Sembravano dei viandanti. Si sono offerti di condividere la loro cacciagione e hanno chiesto un riparo per la notte. Noi volevamo solo essere lasciati in pace, ma secondo mamma la proposta era allettante e se li avessimo cacciati via sarebbe parso sospetto. Lei..." La piccola singhiozzò. "Voleva che smettessimo di uccidere tutti quelli che incontravamo!" aggiunse, abbassando lo sguardo e voltando leggermente la testa verso il padre, che aveva serrato la mascella e guardava altrove. "Mamma ha cucinato per loro," proseguì a raccontare, in tono più sommesso. "Ci siamo messi a chiacchierare. Loro erano... gentili."

"Basta, basta!" intervenne il padre. "Lei ora deve andarsene e tu non lasciarti sfuggire una sola altra parola." Il tono perentorio convinse la figlia a chiudere la bocca.

Miril aveva notato l'espressione sul viso dell'uomo nel momento in cui la ragazzina aveva pronunciato la parola *mamma*. Comprese qual era l'origine del loro dolore. Non aveva idea di chi desse loro la caccia o di chi fossero gli abitanti di quel pianeta, ma non le fu difficile intuire la fine del loro racconto e gli abusi che quei viandanti avevano commesso.

Fissando la fanciulla negli occhi disse: "Vivevamo su un'isola, tu ed io. Si chiamava Turios. Era a Nord, fredda, ma molto bella. Tu l'adoravi. Ti piaceva il mare, lo spettacolo del sole che sorgeva e tramontava sull'acqua, i boschi. Ti piacevano le tue amiche e i tuoi amici, la tua casa riscaldata dalla legna del focolare e amavi tuo marito, Bashinoir. E più tardi, quando hai perso tutto, hai scoperto la magia del Tempio e..."

Per tutta la durata del discorso, Miril non era stata in grado di scorgere alcuna forma di consapevolezza negli occhi della ragazzina. *Con la telepatia forse sarebbe differente. Rivivrebbe ogni cosa*. Mentre rifletteva, tuttavia, vide il padre cadere a terra, con le ginocchia sul legno del molo. Aveva le lacrime agli occhi e un'espressione di disperazione, meraviglia, stupore, sconcerto e amore dipinta sul viso.

"Miril," disse l'uomo.

Capitolo 41 – Nyon

Tutto gli tornò in mente in un solo attimo. Ogni istante della sua vita passata, la memoria dei suoi poteri, l'amore. Si sentì il corpo scosso da un'onda di energia impossibile da arginare. Percepì lo scorrere del sangue nelle vene e la sua anima si espanse in una bolla che abbracciò ogni cosa intorno a lui.

Per un secondo, il ricordo del colpo che l'aveva ucciso lo azzannò lasciandolo senza fiato.

Il ciclo delle vite..., pensò. Non aveva importanza chi eri stato nelle esistenze precedenti... re, illuminato, mendicante o prostituta. *Ogni volta ricomincerai da capo, portando con te solo la parte più pura delle conquiste delle altre vite. Nessun peso inutile, per poter vivere liberamente. Nuove sfide, nuove opportunità, nuove occasioni...*

Ma il vortice di emozioni, energie e sentimenti si acquietò nel momento in cui Nyon fissò quei meravigliosi occhi verdi. Lei era lì. Quella luce che l'aveva abbracciato e avvolto in un'altra esistenza, che gli aveva rivelato chi era davvero e donato l'amore più puro era a pochi metri da lui. *Miril!*

No, non aveva dimenticato quegli occhi. Si rese conto di come la loro luce avesse continuato ad accompagnarlo anche in quella vita. L'aveva cercata ovunque, persino sui volti di sua madre, di sua moglie, di sua figlia. E lei ora era lì e lo guardava. "Miril," ripeté.

Avrebbe voluto abbracciarla, ne aveva bisogno, ma era consapevole di non poterlo ancora fare.

Tentò, come al solito, di celare i propri pensieri.

Si alzò in piedi e si asciugò le lacrime, accorgendosi che sua figlia lo stava fissando. Era conscio di come quella sua breve disattenzione fosse bastata per spingerla al limite. Ancora poco e avrebbe perso il controllo.

Respirò a fondo, attento a evitare lo sguardo di Miril. C'era un solo luogo dove avrebbero potuto parlare liberamente.

Procedette lungo il molo, prendendo la donna per un braccio. "Vieni," le disse in tono secco, imponendosi di rimanere indifferente alla scossa generata da quel contatto.

La voce di sua figlia risuonò alle loro spalle, tesa, affilata. "Il pesce."

Nyon si voltò. La vide immobile, che stringeva i pugni. "Papà, hai dimenticato il pesce," insistette.

"Può aspettare," ribatté lui, risoluto, in un tono che non ammetteva repliche.

"Dove la porti?" chiese la ragazzina.

"Hai visto cosa ha fatto poco fa? Ti fa credere quello che vuole, con le parole. Devo portarla di sopra." Dopo qualche secondo aggiunse rassicurante: "Non le farò del male."

Elya non sembrò del tutto convinta, ma non fece altre domande.

Camminando lungo il molo, Nyon strinse il braccio di Miril con forza, come se la stesse trascinando contro la sua volontà. *Il suo calore. È come toccare la fiamma viva, ma senza scottarsi.* E avvertì le energie di entrambi fondersi in un flusso che li univa scorrendo in circolo. *Di nuovo insieme...* Si sentì trasportare nel ricordo delle loro lunghe notti d'amore di molte vite prima, ma dovette sforzarsi di arginare il fiume in piena delle emozioni. *Devo farlo o lei capirà.* Fece del suo meglio per non pensare a nulla, augurandosi, senza poter avvisarla, che Miril facesse altrettanto.

Raggiunse la pesante porta di legno della casa che divideva con la figlia, estrasse una vecchia chiave dalla tasca dei pantaloni, aprì e spinse Miril all'interno, chiudendo la porta alle sue spalle.

Sulla sinistra c'era una ripida scalinata che portava al piano superiore. "Vai!" le ordinò in tono perentorio, con il cuore a pezzi per essere costretto a parlarle in quel modo.

Mentre Miril saliva le scale non poté resistere: ne ammirò i lunghi capelli biondi che le scendevano lungo la schiena e il sedere, quel meraviglioso sedere. Si sentì di nuovo assalire dal ricordo delle loro notti sull'astronave. Quante volte la sua lingua si era insinuata tra quelle natiche, spingendosi a fondo, fino ad assaporare il gusto intenso della sua innamorata! Ricordò le emozioni provate nel suo corpo di donna, i capezzoli che si indurivano, il fuoco tra le gambe mentre le labbra di Miril la trasportavano su territori sempre nuovi. Per un attimo il corpo maschile gli parve alieno, ma la dura erezione sotto i pantaloni lo riportò alla realtà di quella vita. Strinse le palpebre e sospirò. Miril era arrivata al piano superiore e lo fissava. Lui evitò di incrociarne lo sguardo.

Quando l'ebbe raggiunta, l'accompagnò alla rampa che portava all'ultimo piano, indicandole, con una lieve pressione sulla schiena, di salire ancora. Lei obbedì fino a che, al termine degli scalini, un'altra porta non le sbarrò il cammino. Nyon l'affiancò e, senza riuscire a trattenere un sussulto per la vicinanza, estrasse un mazzo di chiavi. Aprì ed entrò per primo, seguito da Miril.

Richiuse immediatamente la porta alle loro spalle, girando con due mandate.

Vide che Miril si guardava intorno e si vergognò dello stato d'abbandono in cui versava la stanza.

Si trovavano nel suo laboratorio magico. Era il luogo riservato in cui, avendo solo una lontana reminiscenza degli immensi poteri delle sue vite passate, si era a lungo sforzato di fare esperimenti magici che ora gli apparivano al pari dei giochi di un bimbo. Si rese conto di come per tutta la sua esistenza avesse parlato la lingua della magia alla stregua di un neonato che imitasse quella degli adulti.

C'erano scaffali colmi di oggetti di ogni tipo. Cristalli, candele e libri ovunque, tutti ricoperti di uno spesso strato di polvere. Soltanto ora realizzava che molti di quei volumi non erano altro che le elucubrazioni e i vaneggiamenti privi di fondamento di ciarlatani e prestigiatori. E il resto erano solo sterili giochetti venduti a peso d'oro agli allocchi creduloni come lui.

La tristezza di quel luogo rendeva fin troppo evidente come avesse da troppo tempo lasciato dietro di sé la via della ricerca spirituale. Si sentì profondamente a disagio per quello che Miril poteva leggere nell'ambiente circostante.

Eppure, anche un mediocre apprendista mago come lui, era riuscito, spinto dalla paura, a dotare il locale di un ottimo isolamento contro i poteri oscuri.

Afferrò Miril per un polso e la guardò negli occhi. "Mi hai trovato," le disse.

Il volto della donna si illuminò.

Come può essere così bella? Scorgeva in lei una bellezza mai neppure immaginata. Era perché erano trascorse intere vite da quando l'aveva vista l'ultima volta? O perché gli occhi maschili lo spingevano a una passione inedita?

Miril era pura perfezione e lui non riusciva a smettere di fissarla. Le sfumature dei lineamenti del viso, il taglio degli occhi, l'increspatura delle labbra, i lobi delle orecchie, le ciglia, le sopracciglia, il bianco dei denti, la curva del mento, le guance, il collo slanciato. Aveva amato ogni parte di lei in un'altra vita e ora non aveva altro desiderio che tornare a coprirla di baci.

Lo sguardo che Miril gli ricambiò non avrebbe dovuto lasciargli dubbi, eppure Nyon per un attimo si rabbuiò.

"Ti vado bene anche così?" le chiese, piegando leggermente il capo.

Miril si mise a ridere, poi annuì, con le lacrime che le scendevano sulle gote.

"Sei sicura? Ora ho... un pene!" esclamò, ridendo a sua volta tra le lacrime.

Miril gli si gettò al collo, abbracciandolo con forza. Nyon la sentì serrare le labbra per trattenere i singhiozzi. Cercò di rassicurarla con il suo abbraccio – maschile – e chiuse gli occhi. La sua erezione premette con prepotenza sul corpo della donna.

Udì il rumore della porta dabbasso che si apriva e il cuore gli balzò nel petto.

"Vieni," le disse, invitandola a sedersi sul divanetto di velluto rosso tutto ricoperto di polvere.

"Dobbiamo fare molta attenzione, basta pochissimo per..."

Miril lo interruppe: "Lei è tua figlia?"

Quelle poche parole furono sufficienti per farlo ripiombare nell'abisso di dolore nel quale aveva vissuto per mesi, ma, per la prima volta, anziché sprofondare sempre più giù, trovò la forza di reagire. "Lo era," rispose.

Miril spalancò gli occhi. "Lo era?"

"Sì. Immagino tu abbia capito cos'è successo a lei e a mia moglie." Si chiese se l'aver menzionato la donna con la quale aveva condiviso parte della sua vita sarebbe dispiaciuto a Miril, ma lei sembrò non farci caso.

"Sono state violentate?"

"Sì, stuprate e uccise, entrambe." Era la prima volta che ne parlava con qualcuno. Dopo una breve pausa, riprese: "Ho fatto di tutto per difenderle. Anche mia moglie aveva dei poteri e quelli di Elya erano di gran lunga più forti dei nostri. Fin da quando era piccolina le avevamo insegnato a schermarli, perché quando ne faceva uso era come accendere un faro nella notte. Ogni volta dovevamo fuggire, a volte inseguiti, a volte costretti allo scontro. Avevamo già ucciso decine di nostri inseguitori e sempre più spesso ci ritrovavamo con dei maghi in incognito alle calcagna. Si camuffavano bene ed erano difficili da individuare. In più occasioni abbiamo rischiato di accorgercene troppo tardi, così abbiamo iniziato a seguire percorsi sempre più isolati e, non potendo fidarci di nessuno, a uccidere tutti coloro che destavano anche un minimo sospetto. Lo so, è abominevole e mi vergogno molto. Alla fine ci siamo rifugiati in questo luogo, lontani da tutto e da tutti. Di qui per fortuna non passava mai nessuno. Ci occupavamo di pesca, coltivavamo un po' i campi, io cacciavo nei boschi. Per anni non abbiamo più visto anima viva. Quando sono arrivati quei viandanti mi è parso molto strano che transitassero proprio di qua, ma mia moglie ha insistito. Credo che anche lei fosse costretta a convivere con il rimorso per tutti quei cadaveri lasciati per strada e desiderasse voltare pagina, forse confidando nel fatto che chi ci aveva dato la caccia con tanta tenacia si fosse infine dimenticato di noi. E aveva bisogno di sentire il contatto con altri esseri umani, anche solo per poche ore."

Nyon tacque. Aveva parlato con foga, quasi senza respirare.

"E poi?" chiese Miril.

L'uomo scosse la testa. "Quando ci siamo resi conto di chi erano davvero, era già troppo tardi. Io mi sono ritrovato immobilizzato contro il muro, incapace di qualsiasi movimento. Potevo solo guardare mentre, a turno, le stupravano. I poteri di Elya non erano così sviluppati come ora e quelli di mia moglie non erano neppure lontanamente sufficienti per contrastare quei due."

"Perché le hanno violentate?"

"Credo sia stata una sorta di conversione o di inseminazione per generare nuovi esseri della loro stirpe. Suppongo che abbiano necessità di riprodursi e, per farlo, hanno bisogno di corpi di donne che abbiano già dei poteri. Quando hanno finito, le hanno uccise."

Miril lo fissò perplessa.

"Sono rimasto immobile per qualche giorno. Per tutto quel tempo, dopo che l'avevano accoltellata al cuore, ho guardato mia figlia a terra, con la faccia affogata nella pozza del suo stesso sangue. Avevo sete, fame, il dolore per la perdita di Elya e mia moglie era atroce. Non desideravo altro che raggiungerle. Ma proprio quando ero sul punto di chiudere gli occhi per sempre lei si è... alzata."

Nyon prese tra le sue mani quelle di Miril. "È venuta da me e mi ha detto: *Vieni, papino.* Ha pronunciato una serie di frasi che io non le avevo mai insegnato e mi sono ritrovato libero, scosso e tremante. Mi ha abbracciato, appoggiando il viso al mio petto. Io non avevo idea di chi o cosa fosse. Le accarezzavo il capo senza riuscire a capire. Avevo paura, paura di mia figlia. Dopo poche settimane, ci siamo resi conto che era incinta."

Gli occhi di Miril erano fissi sui suoi. "Eppure, c'è qualcosa di te in lei. L'ho percepito. Quando sono arrivata, ho creduto che lei fosse te."

Nyon scosse la testa. "Lo pensavo anche io. Non che ci fosse qualcosa di me, ma che fosse rimasto qualcosa della mia bambina. Volevo crederlo. Volevo illudermi che per qualche motivo fosse semplicemente guarita, ma non è così."

"Come fai a dirlo?"

Nyon seguitava a fissare gli occhi limpidi di Miril, la cui luce gli pareva così simile a quella delle stelle.

"Perché lo so. L'ho vista morire, lo ricordo bene. So che la vita che ora scorre in lei è dominata da quella cosa che ha dentro, che è in grado di attingere ai suoi vecchi ricordi e di manovrarla come un burattino. Ma mia figlia è morta. È quella cosa che è viva."

"Se lo credi davvero, perché...?"

"Perché non l'ho abbandonata, uccisa? Perché ho continuato a farle da padre?"

Miril annuì. Nyon si guardò le dita, accarezzando con il pollice e l'indice della mano destra un anello in metallo sbiadito con due serpenti in rilievo sull'anulare della sinistra.

"Ho avuto paura... Ho provato a staccarmi da lei, ma sentivo la sua presenza, la sentivo sempre con me, come se mi osservasse, ovunque andassi. Mi spingevo a pescare sempre più lontano, ma più mi allontanavo e più avvertivo crescere una particolare tensione nell'aria. Una volta il cielo è diventato nero, il vento ha iniziato a soffiare così forte che ho temuto che la barca si ribaltasse. Solo quando ho cambiato rotta tutto è tornato alla normalità."

Miril gli prese le mani tra le sue. Quel semplice tocco bastò per rendergli meno dolorosi i ricordi. Riuscì a sorriderle.

Udirono bussare alla porta.

"Papino, apri, per favore."

Avevano parlato a voce molto bassa e la stanza era ben isolata, ma Nyon, che era stato ben attento ai rumori provenienti dalla scala, si chiese se Elya avesse origliato parte della conversazione.

"Apri, papino," ripeté la ragazzina con candore infantile.

Nyon interrogò con lo sguardo Miril. Si sentiva ogni minuto più rinvigorito grazie al recupero delle energie della vita passata, ma sapeva che non sarebbe stato sufficiente. Aveva bisogno di Miril, in quel momento più che mai.

"Papino, sono io. Mi sono fatta male." Elya si mise a piangere, un suono che risvegliò nell'uomo l'istinto protettivo di padre. Nyon scosse la testa, come per giustificarsi. "Non è lei, non è più lei."

"In ogni caso dobbiamo affrontarla. Non possiamo rimanere qui," replicò Miril, fissando l'ingresso del locale con sguardo risoluto.

Nyon si alzò e andò alla porta. La socchiuse piano. La figlia era seduta sull'ultimo scalino, di schiena. Con la mano si teneva l'altro braccio, sanguinante.

Si volse a guardare l'interno della stanza e chiese: "È ancora viva?"

L'uomo si finse sorpreso.

"Perché non l'hai uccisa?" domandò Elya con aria curiosa.

Nyon si interrogò alla ricerca di una risposta convincente, ma lei lo incalzò: "Agli altri non hai lasciato tutto questo tempo."

"Sì, ma... ho capito che a lei tieni. Hai detto che è diversa."

"Non lo è," ribatté la ragazzina, tranquilla. "È solo una di loro."

Una di voi, pensò lui, subito sopprimendo il pensiero.

"Papino, cosa dici?"

Si rese conto di essersi tradito.

Lei lo cinse in un tenero abbraccio. "Sono tua figlia, la tua bambina," gli disse.

Miril si alzò in piedi e Elya fendette l'aria dietro suo padre con uno scatto del braccio. "No, tu no!"

Il colpo sulla donna fu tremendo. Fu spinta indietro da una forza invisibile che la fece roteare su sé stessa. Inciampò sulla gamba del divanetto e finì a terra senza neppure riuscire a ripararsi con le mani, sbattendo con violenza il capo.

Nyon sentì fin nelle viscere il dolore di Miril per la frattura al naso e la botta al mento. Quell'evento così doloroso e inaspettato lo inondò dei pensieri e delle emozioni della sua innamorata, facendogli percepire la forza di quel collegamento telepatico che l'aveva unito a lei nell'altra vita.

Scansò da sé Elya e finalmente lo vide.

Ne aveva sempre avvertito la presenza latente, sin dal momento in cui la ragazzina era resuscitata. Era come un'ombra, un soffio sfuggente, una vibrazione sotto la pelle di sua figlia.

Gli occhi erano completamente neri, il cranio ridotto a quello di una belva, più piccolo di quello umano, con il muso allungato e i canini ben pronunciati nella bocca storpiata in un ghigno ferale. Il corpo era rattrappito, come se l'animale fosse più abituato a reggersi sulle quattro zampe. Aveva la muscolatura ben in evidenza, senza nessuna pelle a coprirla. Era un corpo privo di calore interno, senza cuore e senza sangue, con cellule incollate le une alle altre grazie a un potere oscuro che, per la prima volta, Nyon si ricordò di aver percepito molto tempo addietro, in una tenebrosa Cripta.

Senza le memorie di Lil non sarebbe mai stato in grado di cogliere la vera natura di quell'essere che vestiva le membra di sua figlia come la pelle di un animale morto. Ma come aveva fatto il potere di Obolil a giungere così lontano, in un'altra epoca, su un altro pianeta? E che collegamento avevano con il vecchio mago tutte quelle persone che fino a quel giorno lui era stato costretto a uccidere? Per una frazione di secondo Nyon, che in quella vita non aveva mai lasciato quel mondo, si chiese quanti altri sistemi solari della galassia fossero infestati da quell'orrore.

Vide la creatura pronta a balzare sul corpo a terra di Miril e si mosse per frapporsi tra i due.

E, così com'era venuta, quella visione cessò. Sua figlia riacquistò le proprie sembianze abituali. Avanzando verso di lui gli disse: "Papino, per favore, non voglio farti del male. Lasciami finire."

Dietro di lui, Miril, ancora un po' intontita, si stava rialzando. Si tastava con una mano il naso rotto.

Nyon intimò alla ragazzina: "Fermati!"

Elya scosse la testa, muovendo con cautela un altro passo. "Era tutto perfetto, tra noi andava tutto così bene. Avresti solo dovuto fare a lei quello che hai fatto a tutti gli altri."

"Ti ho detto di fermarti," le ripeté lui, con voce autoritaria, consapevole tuttavia che quel tono non avrebbe mai più prodotto nella fanciulla l'effetto desiderato.

Infatti lei avanzò di un altro passo: "Non puoi fermarmi. Non puoi più farlo. Sapevi cosa stavo diventando. Sapevi che ero morta. Sapevi che questa cosa, dentro di me, mi stava donando una nuova esistenza. Ma io volevo proteggerti. Anche dopo, ti avrei tenuto al mio fianco. Voi umani potete essere dei fedeli servitori. E noi abbiamo bisogno di voi quanto voi di noi."

Miril si era rimessa in piedi. Nyon fece un passo di lato e lei si dispose al suo fianco. Fino ad allora non aveva avuto il coraggio di fare quel che andava fatto, ma era giunto il momento. *Ora*, comunicò telepaticamente a Miril.

Capitolo 42 – Nyon

La mente della creatura era forte, troppo forte, per i loro poteri telepatici applicati singolarmente, ma nulla poteva contro la loro azione combinata.

Il fiume di memorie della vita precedente aveva già colmato Nyon al punto da consentirgli di agire in perfetta sincronia con Miril. Lì, dinanzi a quel mostro che si nascondeva sotto le sembianze di sua figlia, aveva ricominciato a percepire i sentimenti, le emozioni e i pensieri della sacerdotessa come fossero i propri.

Fendettero la mente di Elya con una facilità che solo pochi attimi prima non si sarebbe mai aspettato.

Senza rendersene conto prese la mano di Miril nella sua e lasciò che l'energia della donna scorresse come un'onda infuocata tra i loro corpi.

Sospirò nel vedere sua figlia in ginocchio per la sofferenza, con i bei lineamenti del viso devastati da smorfie di insopportabile dolore. La fanciulla si portò le mani sulle tempie e iniziò a premere con tale forza che sembrava volesse schiacciarsi il cranio come fosse una noce.

Non volevano fermarla, ma ucciderla, e il male che stavano provocando nella sua mente era così intenso che sapevano che di lì a poco avrebbe cercato di togliersi la vita da sola.

Con i loro poteri telepatici Miril e Nyon portarono il sistema nervoso della creatura a un tale livello di sofferenza che per qualche secondo Elya parve perdere conoscenza.

Quando si ridestò prese a battersi con veemenza i pugni sul capo, ma evidentemente non era abbastanza, perché subito dopo cominciò a picchiare la fronte sul pavimento, una, due, tre volte.

Nyon tentò di reprimere un moto di compassione, ma non poté fare a meno di chiedersi se dovessero fermarsi, dandole una possibilità. Eppure sapeva bene che, se avessero indugiato, quell'esitazione avrebbe rappresentato la loro fine.

L'essere alzò il viso verso di lui. Con un filo di voce e un dolore indicibile che le storpiava i lineamenti gli disse: "Uccidimi, papino, uccidimi, ti prego..."

Era possibile che in quelle parole vi fosse ancora qualcosa della sua bambina? Che quell'abominio avesse catturato in qualche modo una parte dell'essenza di sua figlia, richiamandola dall'oltretomba?

Ma, anche in questo caso, pensò dolorosamente, *solo la morte potrebbe porre termine a quest'incubo. Se davvero una parte di Elya è imprigionata lì dentro, la cosa più giusta è liberarla.*

Sapeva che Miril aspettava che fosse lui a muoversi, sia per non perdere la presa sulla creatura, sia perché era a lui che toccava quel compito. Nyon era ben conscio di quel che avrebbe dovuto fare, ma anche solo per compiere il primo passo gli sembrò di dover violentare alcune tra le parti più profonde di sé.

Sospirò e, senza perdere di vista quell'orrore, con una mano frugò dentro un cassetto, ne estrasse un pugnale e avanzò.

Non appena le fu sopra, alzò la mano per il colpo fatale. Lei lo guardò, con i denti serrati e le mani sulle tempie. Nyon esitò.

Accadde tutto così velocemente che non ebbe neppure il tempo di rendersene conto.

Solo quando si ritrovò inchiodato contro la parete, con il suo stesso coltello piantato nel polso, realizzò che la creatura, mentre lui ancora esitava in preda alla compassione, era balzata in avanti con incredibile rapidità. L'aveva preso per il collo e spinto indietro, e in quella fulminea corsa aveva contemporaneamente colpito Miril con tale forza da gettarla a terra tramortita.

Con le lacrime agli occhi per il dolore, volse il capo verso il pugnale che lo aveva trafitto, chiedendosi come avrebbe fatto a liberarsi. Ma subito udì dei rumori di fronte a sé, si girò di nuovo e vide sua figlia avanzare con un ghigno bestiale e altri tre coltelli in mano.

Questa volta, però, tutto si svolse con insopportabile lentezza, come se, in una sorta di orrendo rituale di vendetta, l'essere volesse che lui avesse piena coscienza del male che gli stava infliggendo.

Gli afferrò l'altro braccio, lo distese piano in diagonale sopra la sua testa e con un colpo netto gli inchiodò il polso al muro.

Per il dolore la vista gli si annebbiò e si sentì mancare. Ebbe l'impressione che Elya si inginocchiasse e avvertì due fitte lancinanti in rapida sequenza a entrambi i piedi. Provò a muoversi, ma solo un'acuta sofferenza corrispose ai suoi sforzi.

Devo liberarmi, devo andare a salvarla!

Vide Miril, la sua Miril, sollevata di peso tra le braccia di quell'abominio. *No!*, tentò di gridare, ma non udì alcun suono uscire dalla bocca.

La creatura trascinò il corpo della donna tenendolo con gli avambracci sotto le ascelle. Nyon sentì una stretta al cuore.

Scorse Miril accennare un movimento del braccio, come se stesse cercando di ribellarsi ma non ne avesse la forza. Ripensò alla violenza con cui era stata colpita in pieno viso poco prima. *Se solo non avessi esitato!*

Non poteva permettere che quel mostro le facesse ancora del male. Provò a sfilare i polsi lungo le lame, ma il dolore gli fece perdere quasi del tutto i sensi. Tuttavia continuò a spingere e, quando arrivò con il polso contro lo spessore del manico, nonostante l'incredibile sofferenza premette con tutte le sue energie residue. Si sentì ancora una volta mancare. *Spingi, spingi ancora!*, urlò dentro di sé.

L'essere si voltò, guardandolo con un misto di incredulità e sarcasmo, quasi volesse sbeffeggiarlo, ma subito dopo si rimise all'opera.

Come ha fatto a nascondersi fino a oggi? Com'è possibile che non mi sia reso conto di cos'era? Come ho fatto ad avere tutti quei dubbi? Si era lasciato ingannare dall'illusione che una parte della sua bambina fosse davvero tornata da lui? Fino a che punto la speranza poteva rendere cieco un uomo?

La creatura trascinò il corpo di Miril contro il muro a un paio di metri da lui. Nyon capì immediatamente cosa voleva farle. La lasciò cadere come un sacco vuoto, si allontanò e tornò con altre quattro lame.

La sollevò tirandola per un braccio, che poi stese in alto sulla parete. *Come fa ad avere una simile forza?* Quando Elya piantò il primo coltello nel polso di Miril Nyon, senza volerlo, chiuse gli occhi, ma si costrinse a riaprirli e a guardare attraverso il velo delle lacrime mentre le martoriava allo stesso modo prima l'altro polso e poi entrambi i piedi.

La sua amata aveva la testa abbandonata in avanti, con i capelli biondi che le nascondevano completamente il viso. Dopo che il mostro ebbe finito di inchiodarla al muro, Miril emise solo qualche lamento, simile al grugnito di qualcuno che sia disturbato nel sonno.

Il sangue iniziò a colarle dai polsi lungo le braccia fino ai gomiti e da lì a gocciolare sul pavimento.

È tornata per riportarmi indietro con lei. Dovrà morire per colpa mia? Nyon temette che fosse giunta la fine, per entrambi. Possibile che poco dopo averla ritrovata dovesse di nuovo perderla, per di più in quel modo atroce e assurdo? Si sarebbero incontrati ancora una volta, in un'altra vita, in un altro tempo? Avrebbe voluto urlare tutta la propria rabbia, più contro sé stesso che contro quella cosa che aveva preso il corpo di sua figlia. Non era lui che aveva permesso tutto quello? Non era lui che aveva consentito a quell'abominio di protrarre la sua esistenza fino ad allora?

Miril... Miril..., chiamò nella mente, ma lei non rispose.

Attraverso il dolore che permeava ogni parte del suo essere, sentì l'estrema debolezza della sua innamorata, il battito del cuore sempre più fievole.

La creatura si era allontanata. Dov'era andata?

Come richiamata dalla sua domanda, la vide tornare con in mano delle bende e un barattolo di unguento. Gli si avvicinò, con l'espressione e il volto di sua figlia.

Si dedicò alla ferita al piede sinistro senza guardarlo negli occhi, poi iniziò a bendarlo attorno al punto dove la pelle era lacerata.

Scosse leggermente la testa e, passando alla gamba destra, gli disse: "Mi dispiace, papino. Credevo che sarebbe andata diversamente, che avresti capito, che avremmo potuto farlo in un altro modo. Ma mi hai attaccata. Volevi uccidermi, vero?"

Nyon non rispose.
“Io non credo che ne sarei mai capace. Quando avrò finito ti lascerò qui, senza farti del male, oppure potrai scegliere di venire con me. Abbiamo sempre vissuto insieme... sarebbe bello.”
La ragazzina alzò gli occhi scuri e lo fissò.
“Siamo sempre stati tu ed io, non voglio perderti.”
Sembra persino sincera..., pensò Nyon, amaramente.
Dopo avergli curato e bendato anche le ferite ai polsi, Elya passò a Miril.
“Ti prego, lasciala andare,” la supplicò Nyon. “Puoi fare quello che vuoi con me, ma ti prego, lascia andare lei.”
La figlia si volse per un attimo a osservarlo come se non capisse di cosa stesse parlando. Non replicò e si dedicò a curare una ferita di Miril con la stessa premura che aveva riservato a lui.
Quando ebbe finito di bendare tutti e quattro i tagli della donna, Elya si mise tra lui e Miril. Gli ricordò quando era ancora una bambina e amava sistemarsi nel calore del letto tra lui e la madre.
Dopodiché sollevò entrambe le braccia, toccò le loro mani e scomparve sotto i loro occhi.
Sbalordito Nyon guardò meglio, aiutandosi con le percezioni, e si rese conto che il corpo umano di sua figlia era divenuto trasparente e aveva lasciato il posto alla fasciatura muscolare nera priva di pelle della creatura che si era nascosta fino a quel momento dentro di lei.
Sentì un forte dolore al cuore e gli mancò il respiro. Annaspò per riconquistare l’ossigeno, ma i polmoni erano paralizzati e fu preda di una serie di singulti. Sconvolto, tra una scossa e l’altra, cercò di girarsi verso Miril e la vide dimenarsi con forza contro il muro, in preda alla sua stessa sofferenza.
Pur terrorizzato dal soffocamento, Nyon scorse il corpo dell’essere tornare visibile a intermittenza. Il cranio animalesco si piegò all’indietro, le mani e i piedi ricurvi si tesero, la schiena rattrappita si inarcò contro il muro, finché crollò lungo la parete.
Nyon riuscì di nuovo a respirare a pieni polmoni, ma si sentì trascinare verso il basso, come se la forza di gravità fosse d’un tratto divenuta molto più forte.
I polsi tirarono contro i coltelli che lo inchiodavano al muro. Strinse i denti cercando di non impazzire dal dolore e, guardando in alto, si rese conto che la pelle della mano di sua figlia era rimasta attaccata alla sua, allungandosi come un elastico fino alla spalla della creatura che giaceva a terra.
Proprio attraverso quel collegamento percepì ogni sua energia residua defluire nell’altro corpo, come un ruscello prossimo alla secca nel quale scorrano gli ultimi rivoli. Si sentì stanco come mai prima d’allora ed ebbe la consapevolezza che di lì a poco avrebbe chiuso gli occhi, per sempre.

Non è stata una bella esistenza, questa, pensò amareggiato, il cuore pieno di rimpianti. Aveva amato, sì, ma troppo a lungo aveva brancolato nel buio, incapace di dedicarsi a nient'altro che alla fuga da quel potere che gli aveva portato via le donne a cui aveva voluto bene. *Se trascorri la vita fuggendo, alla fine perderai tutto*, realizzò, scuotendo appena la testa.

Non aveva più la forza di tenere le palpebre sollevate. Quando ancora rispondevano alla sua volontà, intravedeva soltanto la creatura in basso scossa dai sussulti.

Udì la voce di sua figlia mista a un verso infernale, ma non capì cosa stesse dicendo.

Tirò i polsi sulle lame affinché la fitta di dolore potesse svegliarlo, aprì un'ultima volta gli occhi e gli sembrò che quelle membra lì a terra si stessero sgonfiando come un palloncino. Sentì un urlo ancora più forte e spaventoso del primo e vide venire alla luce, tra le gambe aperte di sua figlia, un neonato.

Lo sconvolgimento fu tale che si riscosse del tutto. Fissò meravigliato quell'esserino ancora unito al cordone ombelicale. Era umano, senza ombra di dubbio un cucciolo della sua stessa specie. Avvertì dentro di sé un misto di gioia, esaltazione e tenerezza e trovò la forza per uscire da sé stesso e toccargli l'anima. *È un bimbo, uno splendido, minuscolo neonato!*

Poco dietro, il corpo che lo aveva appena dato alla luce continuava a sgonfiarsi, sempre di più. Sentì la pelle delle mani di Elya staccarsi dalle proprie e ricadere come un elastico in basso.

Il mostro giaceva a terra, con la pelle appoggiata sul cranio e sulle ossa come uno straccio su un secchio delle pulizie. Il cordone ombelicale si era tramutato in polvere.

Era morta? Era la fine di quella creatura? Per quale motivo aveva dato vita a un essere così puro e candido per poi cessare d'esistere subito dopo?

E, con orrore, vide quell'involucro muoversi in avanti.

Come sotto l'effetto di un oscuro incantesimo di cui Nyon non era in grado di comprendere l'origine, il mucchio di pelle e ossa spinse prima una e poi l'altra mano di fronte a sé, trascinandosi dietro il teschio.

Il neonato iniziò a strillare.

Il corpicino ricoperto di sangue e vernice caseosa e la creatura erano separati da non più di un palmo di mano.

E allora capì. *Ha bisogno di un nuovo corpo. Nel cadavere di mia figlia non era altro che un ospite. Vuole plasmare il neonato fin dalla nascita. È un parassita sterile a cui serve la vita per sviluppare il proprio potere oscuro. Ha ucciso la mia bimba perché non sarebbe mai stato in grado di concepire con lei. Elya era troppo forte. L'ha usata come involucro per generare una vita che ereditasse le sue facoltà. E io gliel'ho lasciato fare!*

La finestra si spalancò di colpo e Nyon si sentì chiamare.

Era Miril.

Lil, gli disse telepaticamente, *il vento.*

Il vento?

Lui cercò di concentrarsi e di capire, ma non riusciva a smettere di seguire con gli occhi quell'abominio che continuava ad avanzare, lentamente e inesorabilmente. E il pianto del bimbo era ormai così disperato da perforargli le orecchie.

Il vento! Usa il vento... Noi non possiamo muovere gli oggetti, il vento sì.

Miril lo guardava. La donna non aveva più la forza necessaria per parlargli, ma i suoi pensieri gli arrivavano in tutta la loro chiarezza.

Nyon provò a pensare al vento, a raggiungerlo con il proprio essere, ma non accadde nulla.

Non ce la faccio, rispose. *Non so come si fa.*

Lil, sì che lo sai. L'hai sentito, alla Sorgente, per un attimo, prima di morire.

Lui si sforzò di tornare alla sua vita passata di giovane maga, a quell'istante in cui aveva compreso che le possibilità erano infinite, che tutto intorno a sé era cambiato, che nessuno dei limiti che l'avevano tenuta incatenata fino ad allora aveva più senso. *Ma il vento? Come faccio a muovere il vento?*

Cercò disperatamente dentro di sé, mentre le mani della creatura erano ormai a pochi centimetri dal neonato. Temeva che da un momento all'altro, magari già al primo contatto, l'orrore residuo del mostro si sarebbe riversato nel piccolo.

Si accorse che Miril gli sorrideva, proprio come se la ricordava, con lo stesso meraviglioso sorriso di sempre, lo stesso con cui l'aveva accolta nel Tempio dopo la catastrofe nella loro isola, con cui l'aveva rassicurata dopo che il loro pianeta era stato disintegrato dal Raggio dei Mondi, con cui la guardava dopo che avevano fatto l'amore.

Perché mi sorridi?, le chiese.

Perché sei tu il vento. Non devi muovere il vento, devi muovere te stesso.

E quell'attimo unico, straordinario, divino alla Sorgente tornò a essere parte di lui.

Lui era il vento e l'acqua del lago e il vapore delle nuvole e i tremolii sotterranei della terra. Era la luce. Era la forza. Era l'energia dell'universo. *Possibile che me ne fossi dimenticato?*

La creatura avanzava, sì, avanzava, ma non sarebbe mai arrivata al neonato.

Nyon/Lil aveva tutto il tempo dell'universo, ma non l'avrebbe sprecato.

Entrò con una forte folata nel polveroso studio di magia, facendo sbattere le finestre. Si raccolse in un vortice tra quella cosa e il bimbo e spinse dolcemente il corpicino in avanti.

Il pianto disperato cessò e sentì il piccolo ridere, come se gli stesse facendo il solletico, come se una madre fosse lì con lui e lo stesse guardando con occhi pieni d'amore.

Nyon/Lil osservò con curiosità quell'abominio che ancora si muoveva. L'aveva sottovalutato. Era vasto, molto più vasto di quanto avesse creduto. Percepì dei fili oscuri che lo collegavano a molte altre creature simili, su quel mondo, sui mondi vicini e sui pianeti che ruotavano attorno a tante altre stelle della galassia. Si stavano diffondendo come un'epidemia su quel ramo del tempo. *È malato, questo ramo è malato*, pensò, tristemente.

Vide il mostro alzare ancora una volta un artiglio, nel tentativo di raggiungere la sua nuova casa.

Nyon/Lil/Il vento vorticò nuovamente e, per sicurezza, spinse il neonato un po' più avanti.

L'essere sollevò un'ultima volta un artiglio, che ricadde subito dopo sul pavimento, poi più nulla. Giacque immobile, un inutile mucchio inanimato di pelle e grinfie. I collegamenti con le altre creature oscure scomparvero. Nessun'anima si librò da quelle spoglie. Quell'orrore svanì, senza lasciare nulla dietro di sé.

Nyon/Lil tornò al proprio corpo. *La vita germoglia, genera, si riproduce. Il male, alla fine, è sterile*, rifletté tra sé. Miril, ascoltandone i pensieri, annuì.

Ora ne era certo. Sua figlia aveva abbandonato quel corpo molto tempo prima, senza mai farvi ritorno.

Capitolo 43 – Lil

PIANETA NESPOR
PRESENTE

Lil, Miril e il neonato comparvero nel punto esatto dove lei era morta, sei secoli prima.

La ragazza sorrise percependo la dolcezza delle sue vecchie membra femminili.

Benché il ricordo della Sorgente fosse uno dei più vividi tra quelli recuperati nella memoria della sua vita passata, quando si guardò intorno rimase sbalordita.

Sentì la mano di Miril premere sulla sua e chiuse gli occhi umidi di pianto per lasciarsi cullare dalle energie del luogo.

Dopo anni di fughe, orrore e sofferenza, ritrovarsi là dove la magia era vera, reale, dove era tutt'attorno a loro e poteva toccarla, percepirla dentro e fuori di sé, la riempì di felicità.

Si volse verso Miril. La sua compagna riluceva, proprio come l'acqua della Sorgente. Il colore azzurrino della sua aura, tutt'intorno a lei, era diventato così intenso da essere visibile anche a occhio nudo. Ma si accorse che una luce simile, di una tonalità però verde brillante, avvolgeva le sue stesse mani, le gambe, il petto. *Siamo dove tutto è possibile*, pensò.

Cercò gli occhi della sua amata e si rese conto che qualcosa la turbava. Per qualche secondo non capì. Allora ne seguì il flusso di pensieri, guardò in basso e comprese.

Toccava a lui scegliere ed è quel che ha fatto, comunicò a Miril.

La sacerdotessa esitò prima di ribattere. *Sì, ma... persino qui, nella Sorgente... com'è potuto rimanere insensibile a tutto questo?*

Pensa a Saytak, le ricordò Lil. *La Sorgente può riversare nei cuori di chiunque sia pronto ad accoglierla un'energia senza pari. Ma non può illuminare chi si ostina a restare cieco.*

Più giù, sulla riva del lago luminescente, Molov, il Presidente della Federazione dei Mondi, era circondato dai propri soldati. Vicino a lui Valika, Aleia e Bascos avevano le armi dei militari puntate alla testa. Saytak era poco più in là, in disparte. Alcuni avevano appena alzato i fucili in direzione di Miril e Lil.

Andiamo, comunicò quest'ultima, senza scomporsi, indicando la sponda.

E lui?, chiese Miril accennando al bimbo addormentato che teneva in braccio.

Verremo a prenderlo più tardi. Qui è al sicuro.

La sacerdotessa lasciò il neonato sospeso nella magia della Sorgente, cullato dal dolce movimento del liquido.

Capitolo 44 – Valika

Dal suo ingresso, Molov le era parso scosso e preoccupato. Lo aveva visto guardare in alto, spostare gli occhi sui soldati intorno a lui, seguire con sguardo perplesso il gioco di correnti.

Le era sembrato che una parte di lui avesse un disperato bisogno di accettare l'incanto che lo circondava, ma che fosse combattuto, che in qualche angolo della sua mente un groviglio di voci lottasse per convincerlo che era tutto un'illusione.

Per la prima volta le dava l'impressione di essere quasi indifeso, lui, l'essere vivente a capo dei mondi di un'intera galassia, in preda a uno sconvolgimento che minacciava il suo potere non più dall'esterno, ma da dentro.

Quell'uomo, sempre così sicuro e arrogante, che quando la prendeva ci teneva a farle capire in un modo perverso quanto in realtà poco gli importasse di lei, quanto lei fosse lì unicamente per il suo piacere, le aveva ricordato un bimbo confuso e impaurito.

Lo aveva osservato per diversi minuti mentre si girava da una parte e dall'altra con l'espressione tesa che tradiva il suo tormento interiore. E aveva notato come avesse accuratamente evitato di voltarsi nella sua direzione, consapevole di come proprio a lei, in fondo, non avrebbe potuto mentire.

Anche i soldati si erano guardati attorno sbalorditi, con gli occhi di chi assista a qualcosa di nuovo e meraviglioso o di chi li apra davvero per la prima volta. In un certo senso, l'aveva sorpresa il contrasto tra la loro reazione e quella di Molov. Nella loro semplicità le erano sembrati più pronti ad accettare quello che lui con tutte le sue forze voleva rifiutare.

Valika era stata sul punto di avvicinare il suo vecchio amante per provare a rassicurarlo, ma proprio in quel momento l'aveva visto attratto da un nuovo bagliore nel cuore della Sorgente. Aveva guardato a sua volta e si era resa conto che il cadavere di Lil era scomparso. Si stava ancora chiedendo quale fosse la causa di quella sparizione quando, nello stesso punto, si erano materializzate Miril e Lil.

Valika era rimasta a bocca aperta. *Dunque, la magia di questo luogo non ha confini!*

Lil era viva, era lassù di fianco alla sua compagna, che teneva un neonato in braccio.

Entrambe le donne erano tranquille e sorridenti. Valika non aveva resistito alla curiosità di scoprire l'espressione di Molov e l'aveva trovato con gli occhi sbarrati, oltre il limite dell'incredulità, come se quelle due apparizioni fossero davvero troppo, la goccia che aveva fatto traboccare il vaso delle sue certezze.

Valika aveva sorriso. Quel lato umano del Presidente le piaceva. *Se solo me lo avesse mostrato prima*, aveva pensato, un po' dispiaciuta che nelle mille notti trascorse insieme non fosse mai emerso.

Ma subito dopo lo aveva visto incupirsi, come se un'altra parte di lui l'avesse appena richiamato all'ordine, come se un demone interiore avesse di nuovo preso il sopravvento.

Molov, rivolto al suo battaglione, aveva ordinato in tono secco: "Puntate le armi verso quelle due e pronti a sparare."

I soldati, però, avevano obbedito con una certa riluttanza, quasi fossero appena stati trascinati a forza fuori da un bel sogno. Avevano alzato i fucili e mirato, ma con gesti trattenuti e svogliati.

Molov li aveva guardati rigido, indispettito, sorpreso che quei burattini di cui aveva sempre tirato le fila con grande facilità improvvisamente non scattassero più al suo comando.

In alto, Miril aveva posato con grande cura il neonato nel cuore della Sorgente e quell'esserino era rimasto lì da solo, sospeso nel vuoto. A Valika era sembrato che ridesse, come se le dita invisibili di una madre gli stessero facendo il solletico.

Le due donne si erano affidate al flusso delle correnti per raggiungere la riva. La loro discesa era lenta, le espressioni tranquille e serene. Osservavano la folla in basso incuranti di quegli strumenti di morte puntati contro di loro.

Splendevano. Valika lo aveva notato fin dalla loro comparsa, ma aveva creduto che fosse un effetto ottico dovuto all'incredibile gioco di luci di quel luogo. Invece ora se ne rendeva pienamente conto. Miril e Lil rilucevano. La loro aura era visibile, azzurrina quella della sacerdotessa, verde brillante quella della compagna.

Valika si sentiva scossa da emozioni contrastanti.

Amore. Amore per quelle due donne, che aveva iniziato a percepire come due figure divine, provenienti da un'altra realtà, da una dimensione superiore, bellissima e sconosciuta allo stesso tempo.

Umanità. L'umanità che leggeva nei loro sguardi, sguardi semplici, diretti e appassionati, come se non avessero aspettato altro che tornare lì, anche se quella culla di magia era stata profanata dalle armi e dalla morte di una di loro.

E vergogna. Si vergognò per tutte le volte che aveva dubitato della via dello spirito. Sapeva che quello era il destino della sua vita, ne era consapevole fin da quando aveva mosso i primi passi, da quando era una bambina e giocando cercava qualcosa di diverso, qualcosa di impossibile da vedere con gli occhi, che però era certa esistesse. Eppure, aveva tradito sé stessa, i propri sentimenti, il proprio popolo.

Si guardò intorno e vide che molti soldati dall'apparizione di Miril e Lil sembravano in preda a riflessioni intime simili alle sue.

Uno di loro gettò l'arma a terra. Lo fece con semplicità, osservandola come fosse un giocattolo rotto, uno strumento inutile ed estraneo al suo essere che non aveva più alcuna utilità nelle sue mani.
Il rumore colse Molov di sorpresa. Focalizzò lo sguardo prima su quell'uomo, poi sul fucile ai suoi piedi, quindi nuovamente sul suo viso. Per un attimo esitò. Poi si diresse con decisione verso il militare. Passando di fronte a Valika estrasse la propria pistola con rabbia e, una volta che l'ebbe raggiunto, lo colpì senza indugio alla testa con il calcio della pistola, facendolo cadere a terra tramortito.
Molti soldati mantennero l'attenzione su Lil e Miril, ma altri si volsero in direzione del loro capo, quasi che non lo riconoscessero o non fossero più in grado di comprendere qual era il legame che li univa a lui.
Un'altra recluta a qualche metro di distanza scagliò il proprio fucile al suolo e rimase a fissare il suo comandante con un'aria di sfida negli occhi mentre questi gli andava incontro.
Il Presidente sembrava un leone in gabbia. A pochi passi dal ribelle, sollevò l'arma e gliela puntò alla testa.
Valika non riuscì a trattenersi. "No!" gridò.
Molov si voltò verso di lei, guardandola come se si rendesse conto per la prima volta che anche lei era lì con loro.
Lei gli fece segno di no con il capo e lui accennò un gesto di assenso. Sembrava triste, pentito, quasi si vergognasse del suo comportamento.
Ma di scatto si girò verso il soldato, abbassò la pistola e gli sparò alla coscia.
Il ragazzo crollò a terra, ma continuò a sfidare in silenzio il Presidente con aria indignata. Molov dapprima lo squadrò incredulo, poi, ancora più incattivito per quell'aperta ribellione e probabilmente per la sua incapacità di chiudere la questione come avrebbe fatto un tempo, lo prese con entrambe le mani per un braccio e lo scaraventò nel lago luminescente.
Tutti si girarono verso il Presidente. Lui si chinò a guardare il soldato che aveva gettato in acqua quasi stesse cercando di capire in quale altro modo punirlo.
Ma il rivolo di sangue che aveva iniziato a fuoriuscire dalla coscia e a mescolarsi con la luce del liquido si esaurì velocemente e la ferita in pochi secondi si rimarginò.
Molov reagì con un'occhiata rabbiosa e indignata, come se quell'ulteriore testimonianza della magia del luogo fosse l'ennesimo affronto alla sua persona.
Valika fece un passo esitante verso di lui. Nessuno glielo impedì. Voleva salvarlo, aiutarlo a trovare la via d'uscita del labirinto nel quale si era cacciato. Non ce la faceva più a vederlo così, sconvolto, incollerito, i bei capelli sempre in ordine spettinati sulla fronte, gli occhi iniettati di sangue.

Miril e Lil posarono proprio allora i piedi sulla riva. Molov se ne accorse e con poche ampie falcate le raggiunse. La tranquillità delle due donne dinanzi alla sua espressione truce aveva un che di surreale.

"Tutto questo non ha senso... E non sarà di nessuna utilità per la Federazione!" disse loro a denti stretti.

"Perché?" chiese Miril.

"La Federazione è prospera, pacifica, non ci sono guerre, ma solo sviluppo e progresso. Ho creato quel che ogni essere umano ha sempre sognato fin dall'antichità! E non c'è posto per..." si guardò intorno con aria disgustata, "questo!"

"Non c'è possibilità di scelta nella tua Federazione," ribatté la sacerdotessa. "Hai usato scienza e tecnologia per ridurre milioni di miliardi di individui in schiavitù, per costringerli a fare quello che vuoi tu, ogni giorno, ogni momento."

Il viso di Molov si trasformò in una maschera di rabbia: "E prima cosa c'era? Guerre tra i mondi, armi che sterminavano intere popolazioni, orrori senza fine... È a questo che dovremmo tornare?"

Intervenne Lil: "Questa è la tua pace, non quella degli esseri viventi. È la pace che tu hai imposto a forza all'intera galassia. Hai trascorso millenni spegnendo ogni individualità, togliendo a chiunque la possibilità di vivere, scegliere e sbagliare. Le loro esistenze sono diventate inutili, senza senso. Se non permetti a un essere vivente di prendere decisioni e commettere errori, come può evolversi? Come può costruire qualcosa, dentro e fuori di sé?"

Molov per qualche secondo tacque, poi, indicando con un ampio gesto tutto attorno a sé, replicò: "Ma questo è soltanto un'illusione, non è reale, è una mistificazione, un inganno. La magia non esiste."

"Se non esiste, perché hai fatto di tutto per distruggerne ogni traccia nella galassia?" obiettò Miril. "Perché hai eliminato il nostro mondo?"

Il Presidente abbassò l'arma. Per la prima volta nelle sue pupille sembrò emergere il peso delle sue centinaia di vite, delle sue migliaia di anni.

Rivolse a entrambe uno sguardo triste, sconfitto, come se si rendesse conto che il grande edificio che aveva eretto nel corso delle sue esistenze era solo un castello di carte. Si vedeva che le parole delle due donne, unite al travaglio interiore che lo aveva colto da quando era entrato in quel luogo, avevano finalmente fatto breccia.

Ma ancora una volta la sua espressione tornò dura, quasi che da un tizzone sul punto di spegnersi si levasse una nuova potente fiammata.

Come un toro che dia la carica si lanciò verso Lil, con le mani protese verso il collo della giovane.

Lei lo attese senza spostarsi di un solo millimetro. Quando Molov la raggiunse la trapassò. Sbilanciato, cadde in avanti. Si girò furente in cerca di Lil, scorgendola di lato a pochi metri da lui. Ancora a terra, gridò ai soldati intorno: "Avete visto?! Sono solo illusioni! Qui non c'è nulla di reale!"

Con quello sguardo spiritato a Valika fece un po' pena.

Lil spiegò: "Mi sono mossa all'ultimo momento e ti ho lasciato credere di essere rimasta lì. È un trucco, un'illusione, hai ragione... Ma non ti ha fatto del male. Non è meglio sconfiggere il nostro avversario con la forza dei ragionamenti anziché con le armi?"

Molov reagì con un gesto infastidito e sbuffò, come se non ne potesse più di quel dialogo.

Si rialzò, estrasse nuovamente la pistola dalla fondina e cercò intorno a sé, incerto.

La puntò infine in alto, verso il neonato sospeso nell'aria.

"Anche lui può fare i tuoi giochetti, Lil?" urlò esasperato.

Sobbalzò all'udire, in risposta, il movimento di decine di braccia che sollevavano i fucili per puntarli nella sua direzione.

Molov, ti prego... svegliati da questo incubo, pensò Valika, con una stretta al cuore.

Le sembrò che ormai dell'uomo che in un modo o nell'altro aveva amato non fosse rimasto più nulla. Eppure sentiva che, paradossalmente, una parte di lei aveva bisogno di lui in quel momento più che mai. Lo rivoleva con sé, pur sapendo che in fondo non era mai stato davvero suo.

Sarebbe voluta intervenire in quel che stava accadendo, ma era conscia che lui poteva uscirne soltanto con le sue forze.

Molov si guardò intorno, incredulo. "Voi non potete puntarmi addosso le mie armi. Siete stati programmati per obbedirmi! Abbassatele immediatamente!" sbraitò con ferocia.

Alcuni soldati chinarono leggermente le braccia, ma la maggior parte continuò a tenerlo sotto tiro.

Sul volto dell'uomo si alternavano sconvolgimento, disgusto e rabbia.

Bascos, fino ad allora in silenzio, disse a Molov: "Getta a terra la pistola... è finita."

Molov, con occhi spiritati, piegò il braccio e si puntò la canna alla tempia.

Intervenne Aleia: "No, Presidente, hanno bisogno di te, ora più che mai."

Senza abbassare la pistola, lui assunse un'espressione confusa.

"Se è davvero questo quello che sta succedendo a miliardi di individui nell'intera galassia, se davvero Lil è riuscita, immergendosi nella Sorgente, a risvegliare le coscienze, a cambiare qualcosa nei cuori di tutte le creature viventi, sei tu la persona di cui ora hanno bisogno. Tu sei il governo, il potere. Puoi suicidarti come l'ultimo dei disperati e lasciare che tutto quello che hai creato in migliaia di anni crolli in malo modo oppure puoi essere tu a guidare la trasformazione. Ogni cosa nella Federazione dipende da te, hai accentrato ogni potere: cosa credi che accadrà a miliardi di mondi improvvisamente abbandonati a sé stessi?"

L'espressione del Presidente della Federazione tornò seria. Aleia aveva trovato il modo per far breccia nella sua logica. Lui lasciò ciondolare il capo, nuovamente perso nei suoi pensieri.

Valika gli si avvicinò, posò una mano sulla canna della pistola puntata alla tempia e spinse verso il basso. Non voleva che morisse. Voleva che vivesse, accanto a lei.

"Nulla di tutto questo è vero," scandì con rabbia Molov. "Le vostre parole, questo luogo, ogni cosa... è tutto solamente un'illusione. Questo corpo deve essere terminato, perché non infetti con queste follie tutto il mio essere."

Lil ribatté: "La Federazione è malata, Molov. È molto più malata di quanto tu possa pensare. Tu credi che potrà continuare a evolversi sull'onda del progresso scientifico e tecnologico, priva dello spirito, ma non è così. Senz'anima, gli esseri viventi diverranno preda di un male che non puoi neppure immaginare; lo splendore che ti ostini a voler difendere crollerà di colpo, senza lasciarti alcuna possibilità di rimediare."

"E tu come fai a saperlo?"

"Lo so perché io vengo da quel futuro."

Tutti gli sguardi si spostarono su Lil. Sguardi increduli, perplessi.

"Ero morta," spiegò la ragazza, "e l'unico modo per riportarmi qui era cercare una mia reincarnazione. Miril ha viaggiato nel futuro, mi ha scovata nel corpo di un uomo. Ma non ha trovato solo me, anche i segni di un orrore che si diffonderà ovunque, un'epidemia che non risparmierà nessuno dei mondi abitati dagli esseri viventi della galassia."

La giovane si avvicinò al Presidente, portò le mani dietro la sua nuca, gli fece abbassare la testa e appoggiò la fronte alla sua.

Sembrò strano a Valika vederli così vicini, ma era ben consapevole che, se esisteva qualcuno in grado di poter cambiare Molov, quella persona era Lil.

Poco dopo l'uomo urlò: "No, no, no, no, no! Non è possibile." Il suo corpo iniziò a tremare come una foglia. A un certo punto parve quasi lottare per staccarsi dalla fronte della ragazza, come se lei lo stesse trattenendo con la forza.

Valika non resistette e lo raggiunse, prendendolo per un braccio. "Cosa vedi?" gli chiese.

Le fronti di Lil e Molov si allontanarono. Lui continuava a essere scosso da un debole tremolio. "Lo conosco, io conosco quel mondo..." disse, con gli occhi sbarrati. "Non posso crederci!"

Valika era aggrappata al suo braccio, quasi temesse che, lasciandolo, quel terrore che gli aveva letto nelle pupille potesse portarselo via.

"Cos'ha visto?" domandò a Lil.

“Ha visto l’orrore che aspetta tutti noi se ora non cambiamo ogni cosa. Ha visto l’abisso senza fine nel quale precipiteranno i nostri mondi se perderemo ogni contatto con le nostre parti divine.”

Molov cadde sulle ginocchia e alzò il capo verso Lil. Per la prima volta Valika lo vide piangere.

Capitolo 45 – Lil

Attraverso gli occhi dei corpi di Molov, Lil aveva seguito una piccola parte degli eventi che avevano interessato miliardi di mondi. I proclami del Presidente erano stati accolti con entusiasmo, scetticismo, paura. Su molti pianeti gli esseri viventi si erano dimenticati di cosa significasse essere liberi, in altri il desiderio di libertà non si era mai sopito, nonostante millenni di dominio perpetrato con ogni mezzo tecnologico a disposizione della Federazione.

Molov aveva organizzato riunioni a porte chiuse, festeggiamenti, comizi, tenendo in considerazione la specificità di ogni società.

L'onda energetica di Lil era stata accompagnata da cambiamenti concreti e tangibili e dalle proposte di riforma del Presidente. Ogni creatura vivente della galassia era stata toccata dal richiamo di un futuro che per la prima volta era davvero tutto da scrivere.

Miril e Lil percorrevano i corridoi del Santuario, sotto gli sguardi commossi delle vestali.

"Quando ti sei accorta che Saytak era scomparso?" chiese Miril alla compagna.

"Subito..." rispose lei. "Poco dopo il nostro ritorno alla Sorgente si è infilato in un cunicolo laterale."

"Perché l'hai lasciato andare? Ti ha uccisa!"

"Dovevamo parlare con Molov. Nel bene e nel male, era lui la chiave di tutto."

Giunsero a una porta. Lil fece segno alle guardie di farla entrare, ma Miril disse: "Aspetta... Prima voglio chiederti un'altra cosa."

La giovane le rivolse uno sguardo interrogativo.

Sorridendole divertita, la sacerdotessa le domandò: "Perché sei una donna?"

Lil scoppiò a ridere. "Quando ho recuperato le memorie di questa vita, per me non faceva nessuna differenza con quali sembianze sarei venuta in questa epoca. L'anima e la mente viaggiano nel tempo, ma la forma fisica viene ricreata ogni volta con la materia del luogo dove arriviamo. Quindi, ho avuto la possibilità di decidere come disporre i miei atomi."

Miril le scoccò un'occhiata curiosa: "E perché hai scelto di tornare a essere una bellissima ragazza?"

"Mi è sembrato che questo fosse il corpo che tu desideravi. Mi sbagliavo?" replicò Lil con un'aria maliziosa.

"Direi proprio di no," rispose Miril, posando le labbra su quelle dell'innamorata per un breve bacio.

Si volse a guardare la porta e disse, sospirando: "Andiamo!"

Entrarono nella cella di Saytak. Il ragazzo, illudendosi di trovare rifugio nel Santuario, era stato fermato e rinchiuso dalle vestali nella loro prigione.

Sedeva in un angolo, con il viso girato verso la parete in fondo.

"Saytak," lo chiamò Miril.

Lui si voltò lentamente e le fissò con uno sguardo tranquillo. "Ci rivediamo," le salutò.

Quella voce fece correre un brivido gelido lungo la schiena di Lil.

Non è neppure più la sua, le comunicò telepaticamente l'amica.

Sentì che i pensieri di Miril volavano a quel mucchio di ossa che nel futuro strisciava a terra per raggiungere la sua preda.

"Obolil," disse Miril, scuotendo la testa.

"Lo sapevate, l'avete sempre saputo," replicò la voce del mago. "Non avreste mai potuto sconfiggermi. Potete rallentarmi, intralciarmi, ma non battermi, ora meno che mai."

La sacerdotessa incrociò lo sguardo di Lil.

"Cosa ne hai fatto di Saytak?" chiese.

"È qui con me. Non preoccupatevi, è piuttosto felice della nostra coabitazione."

Miril gli rivolse un'espressione disgustata.

Lil si chiese se davvero esistesse qualcuno al di là di ogni possibilità di essere salvato. Eppure c'era stato un breve periodo in cui Obolil era stato loro compagno di viaggio, aveva condiviso il dolore per la scomparsa del loro mondo, aveva lottato per la riuscita di un'impresa impossibile.

"La libertà!" continuò la voce del mago. "Tutti quegli esseri viventi che avranno facoltà di scegliere, quanti credete che abbracceranno la mia via e quanti la vostra? E siete proprio sicure che fosse la libertà ciò che davvero volevano o forse per loro era molto più semplice e più rassicurante lasciarsi guidare dalla frusta del loro Presidente? Voi sapete cos'è stata la galassia finora, ma non avete la più pallida idea di cosa sarà da qui in poi. Perché siete due ingenue, due ingenue ignorantelle che ieri pascolavano sulla loro isoletta e ora sono convinte di conoscere l'universo."

Lil ripensò agli sguardi carichi di speranza che aveva visto su infiniti mondi. Non valeva la pena perdere altro tempo con Obolil. Guardò Miril. Entrambe si girarono e uscirono dalla cella.

Mentre la porta si chiudeva alle loro spalle udirono la risata soddisfatta del vecchio mago.

Ringraziamenti

Quest'opera non avrebbe mai visto la luce senza il grande supporto da parte della mia famiglia: di mia moglie in primis, che ha accettato nel migliore dei modi la follia di vivere con un marito scrittore a tempo pieno; dei miei due cuccioli grandi, che grazie alla loro energia sono stati ogni giorno fonte di enorme ispirazione; e dell'ultimo arrivato, che con i suoi sorrisini e i gorgoglii mi ha tenuto compagnia nelle fasi finali.

Desidero ringraziare tutte le mie lettrici e i miei lettori con i quali, come molti di voi sanno, amo coltivare giornalmente un rapporto diretto sui social network. Il contatto con voi mi ha arricchito moltissimo come uomo e, mi auguro, come scrittore e non posso che sperare di ridarvi indietro, tramite le mie opere, un po' di tutto quello che mi avete insegnato.

Sono poi tantissime le persone che dovrei ringraziare per l'aiuto nella stesura di questo romanzo. Mi limiterò in questa sede al mio editor Germano Dalcielo, collega e professionista dal pessimo carattere, ma dall'occhio infallibile.

Come scrittore indipendente, ho scelto di investire tutto me stesso nella letteratura. Un ringraziamento speciale va a tutti coloro che mi aiuteranno in quest'incredibile impresa lasciando la propria opinione su Amazon a quest'indirizzo: http://bit.ly/segretosorgente. Per me significa davvero molto, grazie!

Energie della Galassia

DataCom, la multinazionale guidata dalle intelligenze artificiali, vuole sterminare gli umani. Aurelia trova il partner perfetto in un robot. L'esploratore spaziale Arcot offre la vita per l'impossibile conquista del cuore di Vril, la regina vampiro. Una mutante può assumere qualsiasi forma accenda i desideri erotici del poliziotto che la insegue. Alessio, il geniale imprenditore, lotta contro la corruzione in un universo da lui stesso creato. L'immotivata incarcerazione di un ingegnere costretto a subire il dominio di una spietata direttrice carceraria. Una dimensione magica che si svela a un sovrano immemore del proprio passato. Due anime straziate dal sentimento dell'abbandono che si rincorrono da una vita all'altra. Un gioco di realtà virtuale dove il cacciatore della temibile vedova nera ne diviene la preda.

In prima posizione tra i 10 migliori autori italiani autopubblicati di WIRED

"Visceralmente coinvolgente, profetico e intrigante" - Katy Policante
"L'anima dei personaggi, i sentimenti, l'eros e le passioni toccano le nostre corde più intime..." - Lande Percorse
"...a crisp, sharp, intriguing look at modern day and the near future" - James Hitchens

Scopri Energie della Galassia su Amazon Kindle
http://www.amazon.it/dp/B00ARD4PUQ/

L’autore

Nell’autunno del 2012 Luca Rossi decide di cambiare completamente vita per dedicarsi al sogno che coltiva fin da quando aveva sei anni: la scrittura.
Lavora su una serie di racconti fantasy e di fantascienza con sfumature erotiche che confluiscono nella raccolta *Energie della Galassia*. L’opera viene tradotta in lingua inglese l’anno successivo e ottiene un buon riscontro tra il pubblico angloamericano.
Il suo primo romanzo, *I Rami del Tempo*, vede la luce nel 2014. Il libro diventa uno dei fantasy più letti su Amazon in Italia. A fine anno Luca pubblica il secondo volume della saga, *L’Erede della Luce*.
Nel 2017 arriva il terzo capitolo, Il Segreto della Sorgente.

Luca Rossi ha pubblicato tutte le proprie opere come scrittore indipendente su Amazon, curando in prima persona ogni aspetto, dalla stesura all’impaginazione alle copertine.

Gestisce autonomamente i suoi account sui social network, dove lo segue quasi mezzo milione di persone.

Per ulteriori informazioni potete consultare il suo sito web: www.lucarossi369.com/,
o scrivergli via email all’indirizzo: luca@lucarossi369.com.
Iscrivendovi alla mailing list verrete informati sulle nuove uscite: www.lucarossi369.com/2013/08/mailing-list.html.
Potete seguirlo su:
Facebook: www.facebook.com/LucaRossiAuthor
Twitter: twitter.com/LucaRossi369
Instagram: instagram.com/lucarossi369
e sulla sua pagina Amazon: amazon.com/author/lucarossi.